Attraction

Tome 1 :
Hélène

Avril Morgan

ATTRACTION

Tome 1 :

HÉLÈNE

Avril Morgan

www.soromance.com

Chapitre 1
Jessie

— La grossesse n'était pas à risque ! hurlé-je, au beau milieu du couloir.

Le médecin hoche de la tête, les lèvres pincées. Ses yeux verts me fuient. Tout son corps est tendu, ses mains fermées. Il subit ma colère sans broncher. Même ses mots pour m'apaiser ne marchent pas.

Ma femme est dans la pièce à côté, se battant pour rester en vie.

Tout s'était bien passé. La grossesse est allée jusqu'au terme, sans aucun problème. Pourquoi est-ce que ça bascule maintenant ? Pourquoi après l'accouchement ?

Je n'ai pas pu voir ma fille et me suis fait sortir de la salle d'accouchement. Me voilà, comme un con, accolé au mur pour supporter mes émotions.

Charlotte va s'en sortir, je le sais. Ma femme est forte. Nous avons traversé pas mal d'épreuves, celle-ci ne nous séparera pas.

— Mes coéquipiers et moi-même ferons tout notre possible pour sauver votre femme.

Je balaie ses mots d'un geste de la main. Je ne le crois pas. S'ils avaient été compétents, sa vie ne serait pas en danger.

Le médecin à blouse blanche tourne des talons. Il regagne la salle où ma brave femme est entre la vie et la mort. À cette pensée, je serre la mâchoire. Si je perds

Charlotte, je ne m'occuperai pas de notre enfant. Je n'en serais pas capable. Elle me rappellera la femme que j'aurais perdue.

Non, Charlotte va survivre. Nous rentrons dans quelques jours à la maison avec notre nouveau-né !

Les mains moites, je fais mes exercices de respiration. Il est important de me calmer. Perdre la tête maintenant ne sert à rien. J'inspire et expire plusieurs fois. Les battements de mon cœur reviennent à la normale.

Jusqu'à une phrase.

— Nous la perdons.

Un voile blanc passe dans ma vue. Ma tête est comme vide. Je me sens perdu. Le couloir à la peinture blanche me paraît trop clair. Ma vision est brouillée et mon cœur bat à nouveau comme un tambour.

Le courage pris à deux mains, je m'élance dans la salle. Plusieurs infirmières et le médecin de tout à l'heure sont autour de Charlotte. Ma femme est allongée sur le lit au drap blanc. Ses prunelles marron observent le plafond. Sa bouche est entrouverte.

Cette vue broie mon cœur.

Une phrase revient en boucle. Elle est morte.

Le médecin s'acharne avec un massage cardiaque, puis une infirmière blonde utilise un défibrillateur. Charlotte ne réagit pas et je m'avance jusqu'à elle. Elle ne peut pas me quitter maintenant.

— Charlotte...

— Sortez ! m'ordonne une infirmière, en m'attrapant par le bras.

Je me débats tant bien que mal.

— C'est terminé, marmonne le docteur Harmin.

L'heure du décès est prononcée à voix haute. Pourtant, je n'y crois pas. Elle va cligner des paupières et me sourire. Puis, elle me lancera une blague stupide à laquelle je rigolerai bêtement.

Mes jambes me portent jusqu'au lit. Bien qu'on tente de m'en empêcher, je me penche sur ma femme. L'espoir en moi faiblit de seconde en seconde. Sa poitrine est immobile. Son nez ne souffle pas d'air qui chatouille le mien. Quant à ses paupières, qui ont été fermées par le médecin, elles ne bougent pas.

Charlotte est morte.

Je ne la reverrai plus. Je ne rigolerai plus avec elle. Elle ne verra pas sa fille grandir.

À ces pensées, des larmes roulent sur mes joues. Mes mains tremblantes s'approchent de son visage pour le caresser. Sa peau est encore chaude.

— Charlotte...

— Laissez-moi voir ma fille !

La voix de ma belle-mère parvient à mes oreilles. Elle pousse un cri d'horreur en voyant son bébé allongé en tenue d'hôpital et baignant dans une mare de sang.

Un sentiment de culpabilité m'étreint. J'aurais dû être plus vigilant. J'aurais dû lui demander d'avorter. Nous n'aurions pas eu d'enfant, mais elle serait encore à mes côtés.

— Charlotte !

Le sanglot de ma belle-mère perce mes tympans. Bien qu'elle ne surjoue pas, je ne supporte pas sa réaction. Je ne la supporte pas tout court. Combien de fois m'a-t-elle dit que je n'étais pas fait pour Charlotte ? Combien de fois m'a-t-elle dit que nous romprons avant cinq ans passés ?

Sans oublier les phrases condescendantes que je me prends à chaque visite.

Charlotte et moi nous sommes rencontrés en vacances dans le sud. À la mer de Palavas les Flots, elle s'est noyée et j'ai plongé à son secours. Nous avons discuté toute l'après-midi, puis avons échangé nos numéros. Le lendemain, elle m'a contacté et nous sommes allés boire un coup. Les vacances se sont terminées et elle me manquait. Nous avions dix-neuf ans. Depuis, nous ne nous sommes jamais quittés. À vingt-deux ans, nous nous sommes mariés et un an après nous avons fondé notre bar. C'est elle qui a choisi le nom. Le Jessotte bar. Ça ne veut plus rien dire désormais.

Ma belle-mère, Lisa Blandin, me pousse en pleurant. Je suis écarté malgré moi de ma femme. La vision de Lisa me fait grincer les dents. Une infirmière tente de la consoler en l'écartant de la défunte. Lisa, les yeux humides, me dévisage. Son doigt est pointé sur moi, me rendant coupable de la mort de sa fille.

— Tu l'as tuée !

Comment peut-elle imaginer ça ? J'aime sa fille plus que tout au monde. J'aurais tout donné pour elle ! J'aurais.

J'essuie rageusement mes larmes et tourne les talons. Une porte de sortie ne m'a jamais semblé être aussi loin. Comme s'il y avait des centaines de kilomètres qui nous séparaient.

Dans le couloir, j'aperçois Pierre, mon beau-père. Il demande à voir sa petite fille. Cet homme a un cœur de pierre. Il détourne son attention pour ne pas craquer à la vue de tous. Il n'aime pas ça ; paraître faible parce qu'il a des sentiments.

— Monsieur Saurel !

Je glisse mes yeux sur une infirmière un peu ronde au sourire crispé. Elle remet nerveusement ses cheveux derrière son oreille en mordillant sa lèvre.

— Hmm ?

— Votre fille, Monsieur. Vous pouvez la voir.

Je ne veux pas de cette fille. Pas sans Charlotte. Je n'en suis pas capable.

— Non.

Ma réponse lui fait écarquiller les yeux. La bouche entrouverte, elle ne sait pas quoi répondre.

— Je ne veux pas de cette gamine ! m'écris-je.

Ok, je perds mon calme.

La respiration soutenue, je serre mes poings. Si fort que j'en ai mal.

Inspirer et expirer. Plusieurs fois. Ça ne m'apaise pas pour autant. J'ai besoin de sortir d'ici. J'étouffe.

Sans rien ajouter, je m'éloigne de la pauvre femme. Elle ne sait pas du tout quoi faire. Je l'entends parler à une de ses collègues, disant que je refuse de voir mon enfant. La femme lui répond qu'il me faudra un peu de temps et du soutien.

Bien sûr ! Je perds ma femme et je vais m'en remettre !

Ces bonnes femmes sont bien toutes stupides. Nous ne sommes pas dans une fiction. Je ne tomberai pas fol amoureux d'une autre personne. Charlotte Michelle Blandin était la seule et l'unique. Personne ne la remplacera.

À ma voiture, je m'installe côté conducteur. Mon pouls tambourine de façon surréaliste. Mon corps tremble aux mots qui tentent de franchir mes lèvres. Je lâche ma tête en avant, qui tombe sur le volant. Le choc n'est pas brutal. Pas autant que ce qu'il vient d'arriver.

— J'ai perdu ma femme.

Les larmes menacent de tomber. Je grimace, mords ma langue, mais rien n'y fait. Un sanglot s'échappe.

Les minutes défilent et rien ne passe. La douleur à ma poitrine me compresse. Je me sens seul, abandonné et comme une vulgaire poussière. Je ne suis plus rien.

Mon téléphone vibre. J'ai reçu un message. La main tremblante, je me saisis de mon cellulaire.

Arthur : *Hé poto, alors l'accouchement ? Je n'ai pas reçu tes photos !*

Mes doigts pianotent lentement sur le clavier tactile.

Arthur Vincent est mon ami depuis la primaire. Il est comptable dans une célèbre banque et est marié à Laure, une avocate de renom. Il est devenu mon ami parce qu'il m'a protégé des grands qui volaient mon goûter. La vie a fait que nous soyons toujours amis, même une fois adultes. Il est l'un de mes amis les plus chers. Il n'hésite pas à sacrifier ses soirées pour remonter le moral du groupe que nous formons avec Nicolas et Léon.

Jessie : *Il n'y aura pas de photo.*

Trois petits points. Il écrit. Sa réponse ne tarde pas.

Arthur : *WTF ?*

Il faut que je lui dise. Je n'ai pas le choix.

Jessie : *Tout se passait bien. La petite est sortie et Charlotte a pu la prendre dans ses bras. Mais elle n'a pas survécu. Elle a fait une hémorragie. Les médecins s'en sont aperçu un peu après. Le gynéco-ob a... merde j'en sais rien. Ça été si vite ! Ils ont tenté de... retirer son utérus, car le saignement continuait. Putain, je n'en sais rien ! Ils ont tout dit en si peu de temps. Cinq heures Arthur ! Cinq heures qu'elle pissait du putain de sang et que rien n'a marché ! Ni les perfusions ni les points d'hémostases ! Elle a souffert sous mes yeux et je n'ai rien pu faire !!!*

J'ai tellement de trucs à écrire. J'aimerais le voir en face, mais je dois me contenter de ça. Hors de question d'en faire part à ma belle-famille.

Arthur met plus de temps à répondre. Ses points viennent, puis s'en vont. Et ce plusieurs fois d'affilée.

Arthur : *T'es sérieux ? Ne bouge pas, j'arrive !*

Jessie : *Ça ne sert à rien. C'est terminé.*

Arthur : *Si, si ! Je suis là dans vingt minutes. Reste à l'hôpital hein !*

De toute façon, où puis-je aller ? Et pour quoi faire ?

Je m'extirpe de mon véhicule et claque la portière. Le vent frais caresse mes cheveux blonds et ma peau pâle. Le dessous de mes yeux est lourd. Je dois avoir de sacrés cernes.

La nuit dernière a été mouvementée. À deux heures du matin, Charlotte m'a réveillé, affolée. Elle avait perdu les eaux et ses contractions étaient plus rapprochées. Ni une ni deux, nous avons pris nos affaires et sommes allés à l'hôpital. Contrairement à tout ce qu'elle avait pu lire auparavant, elle a été prise en charge très vite. Son col était bien dilaté, alors ils l'ont mise en salle de travail. À quatre heures quarante, elle poussait enfin pour la première fois. L'accouchement a duré six heures.

Une fois le bébé né, le cauchemar a évolué. L'une des infirmières s'est aperçu qu'elle saignait. Le gynécologue est venu une première fois. Une première perfusion lui a été donnée, après quelques points. Rien. Pire encore, elle saignait encore plus. On m'a annoncé qu'elle avait une déchirure obstétricale du col de l'utérus et du vagin, je crois bien. Enfin, je n'en suis pas certain, je n'écoutais pas vraiment et j'étais concentré sur ma femme.

Ça s'est enchaîné. Et malgré les tentatives acharnées du personnel de l'hôpital, Charlotte m'a quitté.

La salle d'attente dépassée, je mets mon avant-bras sous mon nez. Je renifle sans gêne. Un geste tellement classe et dont je me contrefous. Les gens que je croise ne me feront pas culpabiliser. Je dois surtout avoir un air à faire peur. La raison est simple. D'un accouchement supposé normal, on est passé à une tragique disparition.

Du coin de l'œil, je vois Pierre et Lisa contre un mur. Ils s'enlacent fortement, en sanglotant. Cette vision serre mon cœur. Les larmes menacent à nouveau de couler. Je suis tiré de mes pensées par l'infirmière de tout à l'heure. À ma hauteur, sa main se pose sur mon bras. Elle tente de me réconforter. Ses mots entrent d'une oreille et ressortent de l'autre. Jusqu'au mot fille.

— Vous voulez vraiment abandonner votre fille ? Votre femme aura sacrifié sa vie pour ça ?

Non.

Charlotte serait en colère contre moi si j'abandonnais notre enfant. Elle m'en voudrait même à mort. Merde ! Ils ont tous raison. Je dois me reprendre. Ma fille est dans une pièce et m'attend.

— Je peux la voir ?

Ma petite voix cristalline fait sourire la bonne femme. Elle m'invite de la tête à la suivre. Derrière elle, lorsque nous dépassons mes beaux-parents, je garde la tête baissée.

— Il ne peut pas avoir sa garde ! s'exclame Lisa, entre deux sanglots.

— Mon cœur, c'est le père...

— Il est incompétent ! Je ne laisserai pas ma petite fille à cet énergumène.

À cet instant, je sais que je vais me battre pour prouver mes compétences. Ma belle-mère ne peut pas retirer la garde de ma fille.

L'infirmière m'ouvre la porte. Je passe en la remerciant et balaie la salle du regard. Mon bébé est au beau milieu des autres, dans une couveuse. Elle a un petit bonnet rose, des chaussons blancs et une couche. Je la reconnais tout de suite.

— Elle ne présente aucun symptôme...

— Je peux la prendre ? la coupé-je.

La femme accepte et sort la petite. De la tête, elle m'invite à m'asseoir sur la chaise, dans un coin de la pièce. Un autre bébé pleure, la mère est au-dessus de la couveuse et lui parle. Je reporte mon attention sur ma fille qui s'approche de moi.

Pour la peau à peau, j'ouvre ma chemise et saisis la petite. Mes doigts tremblent une fois posés sur son dos. Avoir un si petit truc qui gigote contre moi est effrayant. Et si je la blessais ?

À ma place, Charlotte n'aurait pas peur. Elle est forte et s'adapte à toutes les situations. Était.

Mal à l'aise par mes soudains pleurs, l'infirmière me laisse seul. Ma tristesse attire l'attention de la mère plus loin dans la pièce. Elle me fait un sourire crispé et repose ses pupilles sur son enfant.

Ma tête se baisse. Je dépose un baiser sur l'épaule de mon bébé. Elle est toute douce et chaude. Mon corps va de l'avant à l'arrière, plus pour me bercer que pour elle. Ça m'apaise un peu. Mes pleurs se sont arrêtés. La petite bouge. J'en reste bête. Sa bouche commence à suçoter ma peau. Elle a faim. Je n'ai pas de quoi la nourrir et suis obligé d'attendre l'infirmière.

Les minutes passent et la petite se met à pleurer. Je tente de la calmer, en sifflotant un air d'enfant. Bien sûr, ça ne marche pas. Bordel, je ne vais pas me trimbaler dans tout l'hôpital à la recherche d'une infirmière !

— Je vais chercher une infirmière, m'annonce la mère, en passant à côté de moi.

— Oh oui ! Merci !

Elle me sourit en secouant la tête. Heureusement que cette femme a vu ma détresse.

Quand l'infirmière arrive, elle me propose de lui donner un biberon. Le stress me retourne les tripes. C'était à ma femme de faire ça, de l'allaiter. Ainsi que sa première toilette, de choisir sa première vraie tenue...

Mes yeux s'humidifient à nouveau. L'infirmière, qui s'appelle Calista, apporte un biberon chaud. Elle me dit de prendre mon temps, de souffler et commencer quand je me sentirai prêt. Elle est bien gentille de me soutenir. Face à tout ça, je me sens démuni.

Le nouveau cri aigu de la petite me réveille. Elle a besoin d'être nourrie. Je dois prendre sur moi. J'aurai tout le temps pour me lamenter.

Le biberon en bouche, je contemple la petite. Ses yeux sont ouverts et très sombres. Sa petite tête ronde me décroche un sourire. Elle est magnifique. Dire que j'ai voulu l'abandonner ! J'aurais eu honte de moi. Comment aurais-je pu me regarder dans un miroir ? Comment aurais-je pu continuer normalement ma vie ?

Ma vie a pris un tout nouveau tournant. J'ai perdu mon âme sœur. Je l'ai vue mourir sous mes yeux.

Je revois son corps inerte. Son visage atone. Ça me brise de l'intérieur.

Plus jamais je ne pourrai la prendre dans mes bras, la faire sourire ou même entendre sa voix. Nous n'aurons plus de longues conversations ni de disputes.

Putain de merde. Je ne veux pas. J'ai besoin d'elle plus que tout !

Et c'est reparti, ma tristesse prend le dessus. Me voilà en larme, nourrissant ma gamine. L'infirmière a l'air désemparée. Elle ne sait pas quoi dire et détourne le regard. Pour elle aussi ça doit être dur. Je n'aurais pas le courage de faire un métier touchant la santé. Il faut être sacrement blindé ; chose que je ne suis pas.

Je ne vois plus ce que je fais. Ma vision est brouillée, mon nez coule. J'ai besoin de sortir à nouveau. Je termine de nourrir la petite.

Oh, j'ai oublié Arthur ! Il doit être arrivé depuis de bonnes minutes. En me levant de la chaise, je jette un coup d'œil à ma fille. La descendance que Charlotte m'a donnée. Une idée traverse mon esprit.

Elle n'avait toujours pas de prénom. Avec ma femme, nous n'étions pas d'accord. Elle désirait Marion. Quant à moi, je n'aimais pas vraiment ce prénom. Peut-être le trop de « A » dans les prénoms ces dernières années.

À cet instant, je sais comment je vais l'appeler. Ce ne sera pas Marion. Peut-être que Charlotte m'en voudra, mais j'ai une bien meilleure idée.

Michelle Blandin Saurel.

En honneur à ma femme.

Chapitre 2
Hélène

Ma tête se renverse en arrière. Les mots de ma mère, Bénédicte Garnier, sont vrais, mais agaçants. La conversation porte sur moi. Comme toujours et depuis deux mois.

À vingt-neuf ans, je suis célibataire et sans emploi. Pour le premier point, ce n'est pas tant un problème. Je profite de la vie et j'aime ça. Personne sur mon dos, personne dont m'occuper. Je fais ce que je désire, quand je veux. Je suis tout simplement libre.

Pour ce qui est du second point, ça coince. J'ai démissionné il y a deux mois et je n'arrive pas à retrouver un job. J'étais barmaid dans un petit bar au beau milieu de la capitale. Ma démission a été précipitée. Être une femme et barmaid, ça donne de l'imagination à certains hommes.

L'un des clients du bar m'a suivie, lorsque je rentrais chez moi à pied dans la nuit. Il m'a coincée en bas de mon appartement et m'a demandé de lui offrir un verre. En gros, il voulait me sauter. Comme il était insistant, j'ai flippé. J'ai bien cru qu'il allait me poursuivre jusqu'à mon étage. Ce qui n'a pas été le cas. Ça ne m'a pourtant pas empêchée, le lendemain, d'apporter une lettre à mon patron. La réaction de ce dernier n'était pas folle. En fait, ça ne lui a fait ni chaud ni froid.

Je galère donc à trouver un autre travail, loin de l'ancien. N'étant pas stupide, je sais qu'il y aura toujours des risques.

Que ce soit dans ce métier ou dans un autre. Je ne voulais juste pas continuer, sachant qu'un homme m'avait suivie jusqu'à chez moi.

Ma réaction a été impulsive.

C'est même mon premier problème ; l'impulsivité.

Aujourd'hui, je regrette un peu. J'aurais dû prendre du recul. On ne trouve pas un job aussi vite.

— Tu m'écoutes ? Si tu ne te bouges pas, je t'en trouverai un, de boulot !

Je hoche de la tête, en passant la main dans mes cheveux.

— Je me bouge ! réponds-je, en soupirant. J'ai laissé des CV dans plusieurs bars. Ce n'est qu'une question de temps.

Ma mère roule des yeux et s'assied sur la chaise en face de moi. Elle me scrute, de son regard marron. Je me sens mal de lui mentir. Peut-être qu'elle est inquiète pour moi, mais je le suis d'autant plus.

— Tu n'as qu'à changer de voie. Je peux te trouver un poste dès demain.

Oh par pitié, tout mais pas ça !

— Maman ! Non, je ne veux pas garder des enfants. OK ? C'est ton job, pas le mien.

Ne comprend-elle pas qu'elle ne peut pas tout choisir pour moi ? Je suis majeure et femme. Elle n'a plus à me dicter ce que je dois faire. Si je suis partie de la maison tôt, c'est bien pour cette raison.

— Il faut bien que tu t'entraînes, avant d'en avoir.

Et voilà, c'est reparti. Elle va me faire le discours qu'une mère fait à sa fille quand elle est célibataire.

— Tu ne vas pas pouvoir rester seule et sans enfant toute ta vie !

Oh que si. Ce ne serait même pas un problème pour moi.

— Bah pourquoi pas ? Les enfants, c'est bien, mais loin de moi. Et les hommes, je vis mieux sans eux.

Mes convictions n'ont pas changé depuis le collège. Je suis toujours ancrée dans mes désirs d'être seule. La morale qu'on me fait à chaque fois m'emmerde. C'est ma vie, mon corps, je fais ce que je veux. Personne n'a à décider pour moi.

Je décide de couper court à la conversation. Mes yeux glissent sur l'horloge accrochée au mur blanc en face de moi.

— Maman, heu, Cassandre va arriver, la coupé-je en me levant. Elle va me maquiller et m'accompagner...

Le visage de ma mère se contracte.

— Bien, bien, bien, je vois que je dérange !

Le timbre de sa voix se veut attristé. Je soupire. Jouer au petit chien battu marche avec moi. Je la connais par cœur. Ce n'est qu'un moyen pour m'avoir.

— Oh Maman, ne me regarde pas ainsi ! l'imploré-je.

Un radieux sourire étire ses lèvres charnues. Elle hausse des épaules, avant de prendre son sac à main marron accroché à la chaise.

— C'est bon, je file. Ton père va s'inquiéter. Pas de bêtises, hein ?

— Promis !

Croiser les doigts n'est pas correct. Mais promettre une chose aussi bête l'est plus encore. Je me connais très bien. Je suis gaffeuse. D'ici la fin de la journée, j'aurai commis une erreur.

Ma mère me voit toujours comme une enfant, pas comme une adulte. C'est toujours embarrassant. Surtout devant mon amie. Elle a le don de me ridiculiser en permanence. C'est touchant, mais pénible. J'ai besoin qu'on me considère à ma juste valeur. Pas qu'on m'infantilise.

Le départ de ma mère dénoue mes épaules. Jouer une mascarade est pesant. Non, je ne vais pas bien. J'ai besoin de travailler, sans ça je serai dans la merde. Je vis avec mes dernières ressources. Mon compte en banque est bientôt à sec.

Je n'ai pas le temps de me lamenter. Cassandre déboule en flèche dans ma maison. Elle installe toutes ses affaires sur ma table à manger. Je l'observe faire, intriguée. Pinceaux, miroir, palettes de maquillage, rouges à lèvres et j'en passe.

— J'ai demandé un léger maquillage. Je ne veux pas ressembler à... une Youtubeuse beauté.

Les pupilles bleues de mon amie me lancent des éclairs. Oups, il ne faut pas dire ça à une maquilleuse professionnelle.

Ses cheveux bouclés roux ondulent sous ses pas. La lumière non filtrée par la fenêtre du salon les illumine superbement.

Cassandre est ma fidèle amie depuis deux ans. Le vingt-sept juillet 2018, jour où j'ai failli l'écraser en sortant de mon boulot. Elle était à pied et a traversé la route sur le passage piéton. J'étais en faute et venais de griller le feu rouge sous l'impulsivité. Après plusieurs insultes et le début d'un embouteillage, arrêtées par son petit-ami, nous avons sympathisé. Plusieurs semaines après, nous nous sommes vues au bar.

Notre amitié est née au fils des soirées. Elle venait avec son mec boire un coup. Enfin, son ex. Car ce connard a tenté de me draguer à plusieurs reprises. De nature honnête, je l'ai avoué. Nous avons donc tendu un piège à l'infidèle.

J'avais donné rendez-vous à l'homme dans un restaurant. Il m'a fait du pied tout le repas. Cassandre était assise non loin et observait toute la scène. Avant la fin du repas, elle s'est pointée et l'a largué. Je crois bien que c'est ce jour-là que notre relation s'est renforcée. Nous nous sommes promis de toujours dire à l'autre si on découvrait les infidélités d'un copain.

— Ferme les yeux.

Assise, j'exécute tous les ordres de mon amie.

— C'est bientôt fini ?

— Oui ! Je mets juste du liner, ok ? Arrête de m'interrompre, sinon je vais louper.

Je fais signe que je me tais. Elle commence un trait sur ma paupière mobile droite. Il continue encore assez loin pour moi, une non-adepte du maquillage.

Je dois bien admettre que je ne comprends pas tout ça. On ne se prépare pas pour un bal, mais pour me chercher un travail.

— Fini !

Ouf. Ça commençait à être long.

Un petit coup d'œil dans le miroir qu'elle me présente et je quitte ma chaise. Mon teint est unifié, presque parfait. Le fond de teint ne cache malheureusement pas ma cicatrice à ma joue. Celle que j'ai depuis pas mal d'années. Celle que je cache avec un fond de teint très couvrant, recommandé par mon amie. J'aurais dû en mettre avant. Dommage.

Pour ce qui est des yeux, c'est soft. Il n'y a qu'un fard marron foncé qu'elle a mis au creux de la paupière, estompé avec un fard plus clair. Le trait de liner n'est pas aussi long que ce que je m'étais imaginé. Il me donne des yeux de chat.

— Merci !

— Bah de rien ! Mais on n'aura pas le temps de tout faire, si tu ne t'éloignes pas du miroir.

Elle n'a pas tort. Nous aimerions passer dans trois bars avant le début de soirée. C'est généralement plus calme. Enfin, ça dépend des jours !

Nous mettons directement les voiles. Si nous voulons au moins faire trois bars, nous devons partir au plus vite.

Dans la voiture, le trajet est long. Les embouteillages achèvent ma joie. C'est la mine fermée que j'entre dans un bar. La devanture est simple, seuls une plante et le nom du bar l'agrémentent. Rien ne donne un petit plus qui me ferait entrer si j'étais une cliente.

À l'intérieur, c'est le même genre. Il y a bar tout au fond de la salle en bois. Seul un barman travaille. La salle est bien petite pour le nombre de tables qu'il y a. Il faut limite pousser les chaises voisines pour se frayer un chemin.

Au comptoir, je m'accoude, papier en mains. Le barman est plutôt mignon. Il tourne son attention vers mon amie et moi. Il nous sourit et nous propose un verre.

— Non merci, refusé-je. Je viens me présenter pour...

— Un poste ? On n'engage personne ici. Désolé.

Un nouveau refus. D'un autre côté, je ne m'en plains pas. Le bar est horrible. Travailler ici reviendrait à travailler dans une morgue.

Cassandre sort la première en rigolant. Je la suis de près, le sourire aux lèvres.

— Je n'ai jamais été aussi heureuse d'un refus, murmuré-je.

— Tu m'étonnes ! Allez, on va à celui que j'aime bien. Ils ne cherchent pas, mais le patron est cool, avec un peu de chance il t'embauchera...

Je crains ce bar. Les goûts de Cassandre me font peur. Elle m'a déjà traînée de force dans un bar échangiste et un autre où des couples sautaient sur les canapés en cuir. Si celui qu'elle veut me présenter est du même genre, je pars en courant. Il n'est pas question que je bosse dans ça. Loin de moi vouloir garder une étiquette parfaite. Je ne veux juste pas être mêlée au sexe. Dans ce milieu, j'aurais peur de me faire avoir et d'être bloquée à vie.

Ce nouveau bar est plus accueillant. L'entrée est dans un coin de rue. Une porte vitrée bien nettoyée et simple laisse voir l'intérieur. Cassandre ouvre la porte et nous entrons en silence. Des clients sont assis au comptoir, d'autres à des tables en bois. L'ambiance est chaleureuse. Des rires sont audibles. Ils proviennent d'un groupe de jeunes éloignés dans la pièce.

Les murs sont couverts par des grands rideaux rouges. Les magnifiques luminaires sont dans un style ancien et se marient bien avec la décoration épurée.

Je porte mon attention sur le comptoir. Il est en bois massif, sûrement du pin. Le dessus est bien ordonné. Chaque chose est à sa place. Je comprends mieux pourquoi Cassandre aime ce lieu. Il est calme et magnifique. Ça donne envie d'y rester plus longtemps.

— Hey, Nicolas ! interpelle-t-elle, en secouant sa main.

Le barman lève les yeux vers mon amie. Il lui fait signe d'approcher. Je vois qu'elle s'est fait des amis ici.

Je la suis à travers le bar. Il est plus grand que l'ancien dans lequel je travaillais. Je suis assez impressionnée par le lieu.

— Salut, Cass', salut l'homme. T'es tombée direct du lit pour venir ici ?

Sa question me fait sourire et met mal à l'aise mon amie. Elle fronce son nez en faisant une moue.

— Nan, je voulais savoir si Jess' était là, demande-t-elle.

— Non, il n'est pas là depuis hier, dit le barman, avant de me porter attention.

Ses prunelles claires plongent dans les miennes. S'il lit dans mes pensées, je n'en serais pas étonnée ! Il a quelque chose de mystérieux, qui donne envie d'en apprendre plus.

Il doit avoir un peu plus que la trentaine. Mais pas plus ! Il n'a pas de ride, ni les cheveux grisonnants. Sa façon de parler lui donne un air jeune.

— Je te présente Hélène, c'est mon amie. Elle cherche un job, elle était barmaid...

L'homme repose ses yeux sur mon amie. Je ne sais pas où me mettre. Cette situation est embarrassante. Je triture mes doigts, en observant faussement les alentours.

— On ne cherche personne. Mais laisse ton CV, je le ferai circuler aux collègues.

La déception doit être lisible sur mon visage. Parce qu'ils me regardent tous deux les lèvres pincées. Et bah oui, j'ai le droit d'être déçue !

Abattue, je tends sans grand espoir la copie de mon CV. Il le prend et y jette un coup d'œil.

— Faut pas s'en faire, me lance le barman, amusé. Il y a pas mal de place à prendre pour ce poste. Suffit de venir confiante et de demander une journée d'essai.

Comme si c'était aussi simple. Ça se voit que ce n'est pas lui qui s'est tapé deux mois de recherches actives ! J'ai tout fait. Recherche sur le net, envoie d'e-mail, présentation directement dans les bars. Il n'en reste plus qu'une poignée à Paris et ses environs.

— Je serai confiante quand je me trouverai derrière un comptoir à servir des gens !

Ma répartie amuse de plus belle le barman. Il remet en place une mèche de ses cheveux longs et noirs derrière son oreille. Son allure est virile. Sa voix naturellement forte.

Le prénommé Nicolas se tient droit derrière le comptoir. Il porte un haut gris qui moule son corps athlétique. De là où je suis, je peux voir qu'il a un jean noir et une ceinture de la même couleur en cuir. L'homme est élancé et assez costaud. Il a aussi une bague de mariage.

Bon, bah, il vaut mieux que j'arrête mes pensées incongrues.

— J'aime bien ta façon de répondre, avoue-t-il, tout en attrapant un chiffon. Tu pourras aller loin si tu gardes ce mental.

— Merci !

— Bon merci, Nicolas, on va continuer à chercher, lance Cassandre en se détournant de lui.

— Ok. Bonne journée les petites dames.

Le voilà déjà plongé dans son travail. Il nettoie le comptoir avec attention, puis sert un client.

Cassandre attrape mon bras et me tire hors du bâtiment. Sans m'attendre, elle se dirige vers sa voiture. Je la suis, la tête tournée vers l'entrée du bar. Le Jessotte Bar avait l'air pas mal. Dommage qu'il ne prenne personne. Désormais, je dois me concentrer sur mes recherches et travailler sur moi. Il faut absolument que je renvoie une image sûre.

— Bon tu bouges ton cul ?

— Oui, oui.

J'entre dans le véhicule en pleine réflexion. Abandonner ce métier n'est pas envisageable, du moins ne l'est plus. De même que monter mon propre bar. Je vais devoir me battre pour trouver un job. Montrer que je vaux autant qu'un homme. Mais je m'en sens capable. De toute façon, c'est une question de survie. Retourner chez mes parents à vingt-neuf ans n'est pas envisageable.

— Ne mouille pas ta culotte, Nicolas est marié.

— Rho, mais non ! Je ne pensais pas à cet homme.

Du coin de l'œil, je vois Cassandre plisser ses paupières. Elle soupçonne quelque chose, c'est sûr. Qu'elle ne se fasse pas des idées, je ne cherche personne.

— Mouais... Il n'est de toute façon pas du genre à tromper sa femme, crois-moi.

— Je te crois.

Cassandre me mène à un autre bar, cette fois-ci situé à quarante minutes de mon appartement. Il n'est pas mal et prend une barmaid. Le problème est qu'il est trop loin pour moi. Il m'est impossible de faire autant de trajets sans véhicule. Parce que pour payer le loyer du mois dernier, j'ai vendu ma voiture.

— Ne t'inquiète pas, je parlerai au patron. Il est cool et te prendra.

Bien sûr. Son ami va me prendre, juste parce qu'ils sont amis ! Elle vit dans le monde des bisounours.

Chapitre 3
Jessie

Papier et stylos en main, je relis pour la troisième fois le document donné par les pompes funèbres. J'ai pris ce qu'il y avait de mieux pour Charlotte. Mais sans Arthur, je ne serais même pas à cette étape. Mon ami m'aide comme jamais. Il se donne à fond et crèche chez moi depuis hier.

Deux jours que je l'ai perdue. Déjà.

Ce matin le réveil a été compliqué. Je n'ai pas fermé l'œil de la nuit. J'ai vidé une boite entière de mouchoir et en ai entamé une nouvelle. Mes narines sont rouges et piquent dès que je les touche. Ce n'est pas avec les trois cafés que j'ai bus que je serai sur pied. Le serais-je seulement un jour ?

Arthur se précipite à la porte pour ouvrir à Nicolas. Nous nous saluons le plus platement. Aucun sourire, l'ambiance est tendue.

Les deux hommes me rejoignent à table. Excédé, je repousse tout au loin. Ma tête percute le bois protégé par une nappe rose. Nappe qui a été choisie par Charlotte.

Tout me rappelle ma femme. Il n'y a pas une seconde où mes pensées ne volent pas jusqu'à elle.

Elle, si joyeuse, aimante et courageuse. Charlotte n'a jamais cessé de me surprendre. Que ce soit par les paroles ou les gestes. Nous sortions beaucoup, tout en rêvant de notre projet commun ; ouvrir un bar. Elle m'a prouvé à mainte reprise son amour. Par exemple en me laissant à la tête du Le Jessotte Bar. Nous nous faisions confiance. Jamais je n'ai eu à craindre d'être trompé et inversement.

— Allez, passe le truc, je le fais, dit Arthur.

Je le laisse faire. Je n'ai pas le courage de continuer.

Un pleur me surprend. Ma tête se relève et un soupir s'échappe de mes lèvres. Ma fille a besoin de moi.

Debout, je me laisse guider jusqu'à la chambre du bébé. Celle que Charlotte et moi avons créée pour notre enfant.

L'intérieur est neutre. Nous avons peint en blanc les murs et une commode. Charlotte avait pris le temps de customiser un fauteuil donné par sa mère. Le tissu blanc lui donne un effet neuf. Dessus sont posés deux coussins crème brodés par nos soins.

La broderie de l'un est magnifique. Quant à l'autre, il est nul. Normal, c'est le mien ! C'était la première fois que j'en faisais. Le cœur de Charlotte est extraordinaire. Les points chaînettes sont parfaits. Quant aux miens, ils sont tous petits et collés. Ça m'a valu des moqueries pendant plusieurs semaines.

Attention, de gentilles moqueries. Bien loin de celles de ma belle-mère Lisa. Cette vache, si je peux me le permettre, qui m'a humilié devant tout le monde.

Maintenant, elle ne foutra plus jamais les pieds ici. Même pour voir sa petite fille. Bien évidemment, je ne peux l'empêcher de la voir. Mais ce sera ailleurs. Aucune envie qu'elle critique mon intérieur ou la façon dont je m'occupe de Michelle.

Je m'approche du berceau en bois blanc, qui est contre le mur du fond. Penché, j'observe Michelle. Ses bras et ses pieds s'agitent. Elle pleure toujours et je ne sais pas pourquoi.

L'instinct paternel, je ne l'ai définitivement pas.

— Hé bah alors, qu'est-ce que tu as ?

Ma voix est aiguë, ma question stupide. Elle ne peut pas me répondre.

Mes mains s'avancent jusqu'à elle. Je la prends et la renifle. Une grimace de dégoût transforme mes traits. Elle a doit être changée.

— Bon... tonton Arthur m'a montré deux fois...

Ça ne doit pas être si compliqué. Suffit de refaire exactement comme mon ami.

Ami qui n'a pas d'enfant, mais s'en occupe bien.

J'allonge le bébé sur le matelas à langer. J'inspecte les environs. Il y a tout ce dont j'ai besoin. Je ne peux donc pas me défiler. C'est l'heure de la changer. Avec précaution, je retire la couche. J'ai peur de lui faire mal. En plus, elle gigote dans tous les sens en pleurant.

Je fous la couche sale à la poubelle et lève les petites jambes. Oh beurk ! C'est dégueulasse ! Heureusement que mes tripes sont bien à leur place ! Ses petites fesses sont très sales et l'odeur me prend le nez.

— Tu t'en sors ?

La question d'Arthur me soulage. Je ne suis pas seul !

— Oh merde, non. Elle n'arrête pas de bouger et...

— OK, calme-toi. Tu devrais la laver à la salle de bain.

Mes yeux, remplis de souffrance, se plongent dans les siens. Il me gratifie d'un sourire forcé. Ça ne m'apaise pas du tout. Comment dois-je faire pour la transvaser jusqu'à là-bas ?

— Je t'aide si tu veux, mais je ne serai pas toujours là.

Ça, je le sais bien et c'est malheureux.

Mes lèvres s'étirent en un large sourire.

— Heureusement que je t'ai.

— Je sais, je sais, souffle-t-il, en balayant mes mots d'un geste de la main. Sans moi tu es perdu. Oh, si tu veux, je change de religion et te prends comme premier époux !

Arthur éclate d'un rire bien gras. De marbre, je secoue ma tête. Ce n'est pas le bon moment pour les conneries.

— Ça ne te dérange pas si nous parlons de ça un autre jour ? Dans dix ou vingt ans...

Son visage se fait plus sérieux. Après un hochement de tête, il vient à moi et observe les dégâts.

— OK, nous sommes à un niveau élevé, grimace-t-il. Je dirais même sept sur dix. Allez, grouille. Tu m'étonnes que la petite Michelle pleure.

Il prend ma fille des mains et l'emmène à la salle de bain. Quant à moi, je prends une couche, une serviette et une tenue. Je les rejoins très vite. Arthur est au-dessus du lavabo, la petite en l'air.

— Ouvre l'eau, m'ordonne-t-il, lave-toi les mains.

Je traverse la pièce et m'exécute sans broncher. Après, Arthur dépose Michelle dans mes mains qui pleure toujours. Son petit corps nu gigote. J'ai peur de la lâcher ou lui faire mal.

— Vérifie que l'eau est bien tiède, me conseille Arthur.

Avoir un enfant n'est pas de la tarte. Il faut penser à tout. Ce n'est pas un petit poupon qu'on peut oublier quand on en a marre. Il faut s'en occuper nuit et jour jusqu'à ce qu'il quitte le nid.

Et ça, c'est effrayant.

— Fais-le ! m'écrie-je. Je la tiens.

— Ok, ok.

Il passe sa main sous le robinet et me fait signe que c'est bon. Tout doucement, je mets la petite sous l'eau. Elle continue quand même de pleurer. Comment fait-on pour qu'elle se calme ?

À nous deux, nous nous occupons du bébé. Je suis vraiment chanceux de l'avoir à mes côtés. Sans lui, tout serait différent. Je n'aurais déjà pas pu la ramener à la maison aussi vite. Je ne me serais même pas levé ce matin.

Une fois la petite propre et habillée, je la recouche dans son berceau. Comme par miracle, elle ne pleure plus !

Le souffle coupé, je retourne au salon. Nicolas est penché sur des papiers. Ses cheveux noirs brillent à la lumière qui fait ressortir leurs reflets bleutés. Arthur, quant à lui, a repris le dossier des pompes funèbres. Son visage en forme de cœur trahissait ses angoisses. Mes deux amis s'en font pour moi. Je leur suis reconnaissant de tout ce qu'ils m'apportent. Aide et soutien.

— Y a Cassandre qui voulait te voir, me prévient Nicolas.

— C'était urgent ? me renseigné-je inquiet.

La maquilleuse professionnelle est une amie rencontrée dans mon établissement quelques mois plus tôt. Étant cliente et amicale – bien loin des clients impatients et malpolis – nous avons discuté et sympathisé. Même Charlotte l'appréciait. Ma femme aimait sa liberté d'expression et sa loyauté. Cassandre est comme mon ami Nicolas. Elle n'a pas sa langue dans sa poche. Tous deux veulent aider leurs amis. Ce qui est tout à leur honneur, mais leur apporte pas mal de soucis. Quand elle a été agressée par des clients au sein de mon établissement, Nicolas et moi-même lui sommes venus en aide. Depuis, elle fréquente mon bar chaque semaine. Sa bonne humeur est contagieuse. Cette femme de vingt-huit ans est un rayon de soleil.

— Elle a une amie qui cherche un job. Elle était barman.

— Barmaid, le reprends-je, en roulant des yeux. Tu as dit quoi ?

— Qu'on ne cherchait pas, mais de laisser son CV...

Il se tait et replonge le nez dans ses affaires. Je coule un regard à Arthur, qui fait une moue interrogative.

— Elle bossait dans un célèbre bar au beau milieu de Paris, m'annonce Nicolas, sans lever la tête. Si elle a été embauchée là-bas, ça veut dire qu'elle est très compétente !

Je pense déjà savoir de quel bar il parle. Celui qui est aussi célèbre que malfamé. Le Roy Bar.

— Elle y est restée combien de temps ?

— Deux ans et demi.

Wouah. Comment a-t-elle tenu autant de temps ? Quand j'y ai travaillé, il y a bien une dizaine d'années, je n'ai pas tenu. Au bout d'un mois, j'ai démissionné. Je n'imagine même pas ce qu'elle a dû subir en tant que femme.

— Ils ont changé de patron, peut-être que c'était bien mieux que pour toi ?

Ce que me dit Nicolas me fait relativiser. Si c'est le cas, elle l'a échappé belle. Le patron que j'ai connu était immonde. Homme ou femme, il traitait ses employés comme de la merde.

Je m'installe sur ma chaise et lis en biais le CV qu'il tient.

— Je ne savais même pas qu'ils avaient un nouveau patron, déclaré-je en haussant des épaules.

Au moins cette discussion a le don de me changer les idées. Je ne suis plus en train de geindre sur mon sort.

— Bah bien avant qu'elle y travaille. Tu comptes l'embaucher ?

Ses yeux bleu-gris trouvent les miens. Son visage diamant et sa peau pâle m'inquiètent un peu. À vrai dire, je ne me suis pas préoccupé de mes amis qui sont là depuis la tragédie. À son air, je sais ce qu'il veut. Je me redresse sur ma chaise et prends un air sérieux.

— Les fréquentations du bar sont à la baisse. Il faut quelque chose de nouveau, mais ça va demander un investissement de ma part. Je ne pourrais pas me permettre de payer une personne en plus.

Nicolas grogne en croisant les bras contre son torse.

— Je suis seul, je te rappelle, réplique-t-il, agacé. Être deux ne serait pas de trop ! En plus, t'es riche, toi...

Je sais bien tout ça. Je ne peux malheureusement pas faire plus. Surtout pas maintenant.

— Quand tout ira mieux, j'embaucherai quelqu'un. Riche ? J'ai gagné au loto avec Charlotte. C'est grâce à ça que nous avons monté le bar, il y a plusieurs années. Oui, il me reste trois cent mille, mais nous avons promis de ne pas tout dépenser et d'en garder pour nos enfants.

Incrédule, il fait la moue.

Je sais que la situation actuelle du bar ne l'enchante pas, mais je n'ai pas le choix. Pour notre fille, je compte garder cent mille euros. Cela servira pour les couches, les jouets, la nourriture. Quand elle sera plus grande, le reste sera pour ses études et ses protections hygiéniques. Je désire que ma fille vive bien. Être égoïste et tout dépenser serait idiot. Je sais ce que je fais. J'embaucherai un nouvel employé quand le bar tournera mieux.

Avec Charlotte, nous avons pensé à tout. L'avenir était déjà réfléchi. Nous voulions deux enfants, trois si elle s'en sentait capable.

— En tout cas, la petite a besoin d'un job.

Il désigne du menton le CV qu'il me fait glisser.

— Petite ? Vous avez six ans d'écart !

Ses yeux roulent.

— Elle a une allure de poupée, réplique-t-il sérieusement.

Arthur relève, à nouveau, la tête dans la direction de notre ami. Nous sommes tous les deux étonnés par ce qu'il dit. Jamais il n'avait prononcé des mots aussi doux pour une autre que Claire, sa femme.

— Tu es marié, dit Arthur.

Soudain, le visage de Nicolas s'illumine. Il éclate de rire en secouant sa tête. Nous l'observons sans comprendre.

— Ce n'est pas ce que vous pensez. Elle a vraiment un visage de poupée. Il n'y a aucune arrière-pensée. Claire est moi, c'est pour la vie.

Je baisse la tête. Mes deux amis sont en couple avec la femme de leur rêve. Tandis que je viens de perdre la mienne.

Arthur comprend ce qu'il se passe dans ma tête. Il se lève et fait une pile de toutes les feuilles étalées sur ma table.

— Bon, tout est fini, déclare-t-il. Par contre faudra que tu ailles à la banque avant qu'ils ne bloquent ton compte. On ne sait jamais combien de temps il les bloque. Tu as besoin d'argent pour vivre.

Oh oui c'est vrai. Puisqu'avec Charlotte nous avions compte commun, il va être bloqué. Et cela, le temps que l'avocat règle tout.

— Ah ouais, j'y passe demain.

— OK. Bière et foot ?

— Non, refusé-je. Je vais plutôt me coucher. Merci d'ê...

Arthur me coupe la parole et m'oblige à les suivre jusqu'au canapé. Malgré moi, je me retrouve coincé entre mes deux amis à regarder un match dont aucune des deux équipes ne m'intéresse. Par-dessus tout, je n'ai pas de bière. Nous buvons donc un jus d'orange avec de la pulpe.

***

Dans un profond silence, je regarde le cercueil de ma bien-aimée s'engouffrer dans un profond trou. Le temps semble arrêter. Mon cœur aussi et à jamais. Impossible de détourner mon regard voilé. Je l'imagine là, allongée dans le cercueil dans la position qu'on lui a donnée.

Je saigne. Au plus profond de moi. Caché par des lunettes noires, je ne cesse de pleurer. Je suis détruit de l'intérieur.

Pour ce qui est de l'image que je renvoie, je m'en fous. Qu'on me traite d'homme faible si ça leur chante. Ils ne comprennent pas ce que je ressens.

Arthur est agrippé à mon bras droit, lui aussi en larmes. Nicolas est à ma gauche, son bras autour de mes épaules. Il n'a pas l'habitude d'exprimer ses sentiments. D'autant plus que ma belle-famille est présente. Le frère et la sœur de Charlotte nous observent toutes les minutes. Même à notre arrivée à l'église leurs yeux étaient rivés sur nous.

Le moment de jeter une fleur est venu. Je suis le premier à m'avancer. Lisa suivit de Pierre parviennent à me devancer. Ils attrapent des fleurs et vont jusqu'à la tombe. Hébété, je me fais doubler par mon beau-frère, Joseph, et ma belle-sœur, Clémentine. Derrière moi, Nicolas râle. Je bouge légèrement la main, lui faisant comprendre que c'est inutile. Je ne veux pas d'embrouille aujourd'hui. Je ne le permettrai pas.

Une fois devant l'homme qui tient le bac de fleurs, je le salue puis observe ce qu'il tient. Il me tend une fleur. Non, je ne suis pas prêt. Je n'ai pas le courage. Pourtant, je me lance. Tremblant je m'approche seul de la tombe. Un vertige me prend. Le cercueil est bien plus loin que ce que j'avais imaginé.

L'idée de tomber me traverse l'esprit. Non, je ne dois pas jouer au con. Même si ça me fait mal à l'admettre, j'ai encore une personne qui compte sur moi. Notre fille.

— Je t'aime, murmuré-je comme pour moi-même.

Charlotte l'a entendu, j'en suis certain.

Dans un silence, je m'éloigne la tête baissée. Je dépasse ma belle-famille et marche vers la sortie. Le soleil me réchauffe, mais ne me soigne pas. Je ne vais pas bien. Il fait très chaud et je suis pris de spasmes. La gorge serrée, je dénoue ma cravate noire.

Une main se pose sur mon épaule droite. Je m'arrête, au beau milieu du cimetière.

— Ça va ? me questionne Arthur, d'une voix fragile.

Je hoche la tête de haut en bas.

— Pourquoi ça n'irait pas ?

Ma plaisanterie le contracte. Ses sourcils se froncent et ses prunelles vertes me dévisagent.

— Tu veux qu'on attende qu'il rebouche le...

— Non. Je reviendrai seul.

Au loin, Nicolas nous rejoint au pas de course. Son visage est fermé, ses bras se balancent d'avant en arrière. C'est essoufflé qu'il arrive à notre hauteur. Sa chemise noire en coton est humide, des auréoles de transpiration sont dessinées sous ses aisselles.

— Je n'avais jamais rencontré ta belle-famille, dit-il, et je le regrette. Des têtes à claques !

— Arrête ! grogné-je entre mes dents. Pas aujourd'hui !

Il ne m'écoute pas et me prévient de la situation. Il entendu Lisa dire à sa fille, Clémentine, qu'elle allait demander la garde de sa petite-fille. Ma propre fille. Elle ne sait pas dans quoi elle se lance. Si elle pense que je la lui laisserai, elle se trompe lourdement.

Arthur et moi regagnons mon appartement. Nicolas, lui, rentre chez lui. Lorsque nous entrons, je remercie pour la centième fois la femme d'Arthur, Noémie. Elle n'était pas obligée de prendre une journée de congé pour garder mon enfant.

La femme est petite, cheveux longs et rouges, rasés sur le côté gauche. Son style vestimentaire est rock. Même si elle s'est adoucie au fil des années.

— Elle n'a pleuré qu'une fois de faim, me dit-elle.

Ça me rassure. Savoir mon bébé de quatre jours loin de moi m'a retourné l'estomac.

— Je ne reste pas. Je vous laisse entre hommes virils, incapables de changer un bout de chou !

Elle s'esclaffe avant d'embrasser son mari. Je grimace à cette vue. Moi aussi je veux qu'on m'embrasse. Que Charlotte m'embrasse.

Oh non, ma mélancolie pointe le bout de son nez. Ça ne fera qu'une centaine de fois en quatre jours !

Pendant que le couple discute, je me rends dans la chambre de ma petite. Elle dort et ça me fait sourire. Précautionneusement, je ferme la porte et vais à la salle de bain. Les lunettes noires retirées, je me contemple. Mes yeux sont rouges et bouffis par les larmes. Mes cernes sont creusés et ma barbe repousse déjà. Je n'aime pas l'image que je renvoie.

D'un geste sûr, j'attrape le rasoir électrique. Ma barbe ne fait pas long feu. Les poils tombent dans le lavabo. Puis, je remonte, jusqu'à mon crâne.

Blondinet.

C'était le surnom préféré que Charlotte me donnait.

Je ne le supporte plus.

Le rasoir retire une petite zone, qui rejoint les poils. Je n'ai pas peur de ce qu'on va me dire. Je les attends même avec impatience.

Au loin, j'entends la conversation de mon ami avec sa femme. Ils parlent de moi. Comme quoi ils sont inquiets, car je ne mange pas beaucoup. Noémie lui dit que c'est normal et qu'il me faut du temps.

Je n'écoute plus et continue de me raser le crâne. Les mèches tombent et un fin sourire se dessine sur mes lèvres.

Cette petite étape va m'aider pour mon deuil.

Bien sûr, je n'oublierai jamais ma femme. Le regret sera continuellement en moi. Mais je dois avancer. Pour Michelle.

Plus facile à dire qu'à faire. Je viens tout de même de perdre l'amour de ma vie. Comment vais-je pouvoir me relever ? Les dégâts qu'a provoqués sa mort sont indélébiles.

Des tas de phrases me viennent en tête. Quand mon enfant sera grand et qu'elle me demandera pourquoi elle n'a pas de maman, je saurai quoi lui dire. La vérité. Que sa maman a rejoint les anges, mais qu'elle veille toujours sur elle. Qu'elle était superbe, intelligente, honnête et qu'elle avait peu de défauts !

Ma tête est enfin chauve. Je me vois sous un tout nouvel angle. Il est impossible de dire si je suis mieux ou pire qu'avant. Mais j'aime ce nouveau visage. Ça me donne un air plus abrupt.

Ma main glisse sur ma peau. C'est bizarre comme sensation. Je ne regrette pas la folie qui m'a possédé.

Chapitre 4
Hélène

Cassandre me tire par le bras. Son excitation est palpable. La mienne s'est envolée quand j'ai appris que le bar était à quarante minutes de mon appartement.

— Ne fais pas la gueule ! s'exclame-t-elle, agacée.

— Je ne fais pas la tête.

Elle ne répond pas et continue de m'emmener jusqu'au bâtiment. Le bar est en vue. Quand je vois la façade, ma mâchoire se décroche. Il est en fin de rue, juste après une boutique érotique.

— Cassandre ! C'est...

Je me stoppe et l'oblige à faire de même. Elle pousse un profond soupir en se tournant face à moi. Ses yeux bleus me détaillent. Elle n'a pas l'air aussi joyeuse qu'auparavant.

— Je t'assure que je ne savais pas, se défend-elle. Sur leur site, ils disaient juste que c'était un bar.

Quoi qu'il en soit, je ne veux pas travailler là-dedans. C'est clairement un restaurant-bar pour adulte ! Ils doivent même se servir à côté pour les gadgets.

— Je te crois. Mais...

— Tu as un test d'une soirée. Tu le foires et c'est terminé.

Quelle idée a-t-elle eue de demander ici ? Me voilà condamnée. Annuler maintenant n'est pas envisageable. J'aurais aimé que le patron, quand nous nous sommes parlé au téléphone et par mail, m'annonce la couleur. Le contrat pour l'essai ne peut pas être rompu aussi tard.

— De toute façon, je n'ai pas le choix.

— Je vais rester au bar avec toi.

Ouf ! Je ne serais pas seule. Cette annonce m'enchante.

Traînée jusqu'au bar, nous entrons sans problème. L'ambiance à l'intérieur est chargée. La température est très élevée. Mon haut noir à manche longue me fait déjà suer. La nuit va être longue. Sans oublier qu'il y aura le trajet de retour à faire.

Il n'y a pas beaucoup de personnes. Pour l'instant. Je doute qu'il soit vite rempli.

Au fond de la salle se trouvent une estrade et une barre. Oh, encore mieux, des strip-teaseuses ! Je vais de surprise en surprise. Devant l'estrade se trouvent plusieurs tables rondes bien aménagées. Des clients, tous hommes, sont attablés et discutent ensemble. Ils attendent, pour sûr, que les femmes entrent en scène.

Le bar est à gauche, contre le mur. Il est très grand et trois barmans ont déjà commencé le service. Ils sont tous trois habillés de la même tenue. Un haut gris très moulant, qui dévoile leur musculature athlétique et un pantalon noir simple. Le logo du bar est plaqué en gros sur le t-shirt.

Je n'ai rien à faire là.

Cassandre constate la même chose. Elle me lance un regard perdu.

— Vite, fuyons ! lancé-je.

Trop tard, un homme d'une quarantaine d'années s'approche de nous. Il a un large sourire. Nous nous saluons poliment. C'est le grand patron. Son allure est digne d'un PDG milliardaire. Costume sur mesure, bague à chaque doigt et plusieurs colliers. Tout ce que je déteste ! On dirait une personne imbue d'elle-même.

— Suivez-moi, mademoiselle.

— Madame, le reprends-je.

— Mariée ? me questionne-t-il étonnée.

Je retiens ma surprise. Tout le monde sait ça de nos jours... Ou pas.

— Non, mais ça n'a rien avoir. Pour une adolescente c'est mademoiselle et une adulte c'est madame.

Ses yeux marron foncé se lèvent au ciel. Visiblement, il s'en moque totalement.

— Ouais, si vous voulez. Allez, nous n'avons pas la soirée.

Je ne relève pas, la mâchoire serrée. Lui, Kevin Arnaud, patron d'un restaurant-bar, ne connaît pas les bases. Je crains déjà pour la suite.

De là, il me fait visiter les lieux et m'explique tout ce que je dois savoir. Cassandre est restée dans la salle. Je ne suis pas rassurée. Ai-je vraiment besoin de voir les vestiaires des femmes où des costumes de tous genres y sont ? Dois-je obligatoirement passer dans son bureau ?

Monsieur Arnaud me tient la porte. J'entre le cœur lourd. Son bureau n'est pas grand. Il n'y a qu'un meuble en bois simple avec quatre pieds et trois chaises. Aucune plante, aucune décoration. Rien qui habille la pièce.

— Vous savez, quand on est aussi... belle... On mérite plus d'argent. Barman ne paye pas bien. Comparé à d'autres métiers ici.

Il se tait et attend ma réponse. Je rêve ou il me propose ouvertement un autre job ?

— Pardon ? Non je ne veux pas être strip-teaseuse.

Ses yeux s'écarquillent. Il passe une main dans ses cheveux en grimaçant. Il a l'air étonné. J'en profite pour faire un pas en arrière, prête à bondir hors de la pièce.

— Vous n'avez pas compris. Il n'y a pas de strip-teaseuses, mais de strip-teaseurs. C'est un bar gay.

Wouh. Je ne m'attendais pas à ça ! J'en reste sur le cul.

Je bégaye plusieurs mots, sans parvenir à faire une phrase.

— Ce que je vous propose, reprend-il, c'est de vendre nos jouets aux clients. Nous avons eu plusieurs vendeurs et ça n'a jamais été un grand succès.

Vendeuse de sex toys. Cool. C'est vachement le métier que je voulais faire !

Négativement, je secoue la tête. Ma décision est prise et je ne reviendrai pas dessus, peu importe l'argent qu'il me propose.

— Je suis désolée, je suis barmaid et rien d'autre. Si vous tenez toujours à ce que je fasse l'essai...

Sa mine se fait plus sombre. Il arrange sa cravate en tournant la tête. OK, c'est mal barré.

— Je vous pensais intelligente. Tant pis, non, vous pouvez rentrer chez vous. Une barman ne sert à rien ici. Vous serez tout de même payée.

L'énervement fait bouillir mon sang. Une insulte s'échappe et je tourne les talons. Ma main me démange. Le frapper est une belle idée. Je ne me suis tapé quarante minutes pour rien du tout ! C'est quand même fou d'être ignoble à ce point.

Dans la salle, je fais signe à Cassandre de me suivre. Il y a beaucoup plus de clients. Je suis obligée de slalomer entre eux pour sortir du restaurant-bar. Dehors, je ne décolère pas. Cet homme s'est foutu de notre gueule.

Je passe mes mains sur mon visage. Il faut que je me calme.

— Qu'est-ce qu'il s'est passé ?

— Il voulait une vendeuse de sex toys ! Et les clients sont tous gays. Il n'y a pas de femmes.

Mon amie est aussi surprise que moi. Elle s'excuse au moins cinquante fois pour m'avoir entraînée là-dedans. Comment lui en vouloir ? Elle m'aide comme une forcenée à me trouver un travail.

C'est dépitées que nous faisons le trajet du retour. Dans la voiture, ma tête tape plusieurs fois contre la vite, tandis que je m'endors.

— Tu sais quoi ? me demande Cassandre, avant de se répondre. Il n'est pas tard. Nous allons profiter de la soirée ! Je t'emmène à mon bar fétiche.

Oh non. Je voulais rentrer et me mettre devant une série bien au chaud !

Bon, d'un autre côté, si on va au bar je pourrais croiser le patron. Avec un peu de chance, j'obtiendrai un poste !

L'espoir fait vivre.

Quand nous arrivons, il est dix heures vingt-neuf. Le bar est bondé de monde et une douce musique nous envahit. Vraiment, je suis folle de cet endroit. C'est sûrement les petites touches féminines qu'il y a. Je n'arrive pas à croire que c'est un homme qui le tient. Il a de bons goûts.

Le barman, Nicolas, nous accueille chaleureusement. Sa bonne humeur est contagieuse, de même que son sourire.

Il n'y a plus de place au comptoir. Nous sommes contraintes de rester debout sur le côté gauche. À quelques mètres se trouvent les toilettes et un couloir. Il doit mener aux pièces privées.

— Je vous offre un verre ? Cassandre, toi c'est une bière et toi... Je penche pour un jus...

— Loupé ! Un mojito, s'il te plaît.

Le barman nous sourit de ses dents blanches et se met au travail. Il nous sert très vite, puis passe à d'autres clients. La première gorgée me rafraîchit. L'impression d'être à nouveau sur pied est géniale. Je pourrais danser toute la nuit !

— Nico, il y a le patron aujourd'hui ?

Le regard du barman se plonge dans celui de mon amie. Il hoche la tête de haut en bas.

— Il est à l'arrière et viendra un peu après. Tu... sais la nouvelle ?

Mon amie le fixe avec attention. Il se penche vers elle, comme pour lui dévoiler un secret.

— Charlotte est décédée après l'accouchement d'hémorragie, dévoile-t-il, sur un ton bas. Il se retrouve seul, mais un pote l'aide à traverser tout ça.

— Oh mon dieu ! Et... Il va bien ? Et la petite ?

— Non, il fait n'importe quoi. La petite est en pleine santé, mais il ne sait pas s'en occuper... Ou n'en a pas envie. C'est Arthur qui l'aide. Il a un peu le rôle de Charlotte...

Mon amie est éberluée. Elle observe sans rien dire Nicolas. Je la sens se décomposer. Elle encaisse avec difficulté la nouvelle.

Pour ce qui est de moi, je ne sais pas comment réagir. Je ne connais pas cet homme.

— C'est vraiment horrible..., soupire Cassandre. Ils étaient si parfaits. Il doit être dévasté.

— Tu ne sais pas à quel point !

La conversation s'arrête là. Un client a interpellé l'homme pour qu'il soit servi.

Je bois lentement mon verre en balayant la salle du regard. Bien qu'il y ait beaucoup de monde, je me sens bien. Ce bar m'a séduite. L'un des employés aussi. Quant à la serveuse qui court dans toute la salle, je ne lui ai pas encore parlé. Sans oublier le plus important ; le patron.

— Hey, un mec te mate !

Cassandre me donne des coups de coude. Sa tête me désigne un homme seul accoudé au comptoir qui m'observe. Je me penche à l'oreille de mon amie, retenant un rire.

— Pas mon genre ! Suivant.

— Tu manques vraiment de fun dans ta vie. Oh ! Et si on faisait un jeu ?

— Genre ?

Je sens déjà les ennuis arriver.

— Cap ou pas cap... Ou action ou vérité.

Je n'ai rien à lui dire, elle sait déjà tout sur moi. J'opte pour le premier jeu.

Elle commence. Je lui demande si elle est cap de draguer son voisin de droite. Un oui muet est compréhensible. Son attention se tourne vers son voisin. Une longue conversation démarre, que je suis attentivement. Ils échangent leur numéro. Cassandre a donné un faux. Pas folle, elle ne le rappellera jamais.

L'homme se lève en souriant. Il se dirige vers la sortie, en se retournant trois fois vers nous. Pauvre type qui pense avoir chopé une femme !

Cassandre glisse ses prunelles sur moi. Un petit sourire en coin étire ses lèvres.

— Ok, t'as voulu jouer... Cap ou pas cap d'embrasser un inconnu ?

Embrasser un homme que je ne connais pas ? Oulah ! Je me sens déjà mal à cette idée.

Du coin de l'œil, Nicolas nous contemple. Il attend qu'un verre soit rempli. Je suis certaine qu'il nous a entendues... D'ailleurs, j'en ai la réponse quand il me fait signe de dire oui.

Ok, ce n'est pas la mer à boire. Juste un bisou, rien de plus.

Nerveuse, j'avale d'un trait mon verre. Il claque contre le comptoir lorsque je le repose. Je cherche un homme seul. Me pointer devant un groupe de mecs et en embrasser un serait gênant.

Trouvé.

Et pas un moche ! Sa mâchoire est serrée. Il sort à peine des toilettes. Son long corps s'adosse contre le mur à l'entrée de la salle. Il la détaille attentivement, les bras croisés.

— Tu as trouvé une victime ?

— Je crois que oui... Mais s'il ne veut pas ?

Je fixe toujours l'inconnu. Il ne semble pas m'avoir vue. Pourtant, j'aimerais faire tout et n'importe quoi pour qu'il pose son regard sur moi.

L'alcool commence à me monter à la tête à ce que je vois !

— Tu te mets devant lui et tu l'embrasses. À mon avis, le gars ne te repoussera pas.

Ce conseil ne vient pas de mon amie, mais du serveur. La voix de Nicolas est ferme. Il ne plaisante pas. Bon, il n'a pas tort. L'homme aura le temps de m'écarter de lui. Cool je vais potentiellement agresser quelqu'un !

Ça y est, j'avance jusqu'à l'inconnu. Il me porte enfin son attention. Ses yeux sont verts et mon cœur bat plus vite. Il me semble qu'il est à des milliers de mètres.

Il n'a pas de cheveux ni de barbe. Je fais plus ou moins sa taille. Ni lui ni moi ne dépassons l'autre. Sa chemise blanche est sale et froissée. Merde. J'aurais dû mieux l'observer. Son allure est clairement digne d'un célibataire qui vient de quitter ses parents !

J'arrive devant lui, le cœur au bord des lèvres. Il ne dit rien, attendant que je m'exprime en premier. Je jette un regard en biais. Nicolas et Cassandre m'observent avec de grands yeux. Mon amie me fait même signe d'arrêter. Trop tard, je ne la laisserai pas gagner le jeu !

Sans dire mot, je fais quelques pas jusqu'à ce que mon corps frôle le sien. L'homme fronce les sourcils et décroise ses bras.

— Est-ce que je peux... vous... heu...

N'arrivant pas à finir ma phrase, je pince les lèvres. L'homme n'a aucune réaction. A-t-il compris ce que je voulais ?

J'attends deux secondes. Rien. Je continue donc, le cœur cognant contre ma cage thoracique. Mes paupières se ferment et mon visage se presse sur le sien. Nos lèvres se rencontrent. Je me sens tremblante. C'est la première fois que je fais ça et c'est si excitant.

Une fraction de seconde.

C'est ce qu'a duré le baiser, avant que l'homme ne me repousse. Brutalement, j'ouvre les yeux. Ses mains sont posées sur mes bras. Il me foudroie du regard. Merde. Je crois que je me suis trompée !

— Je plaide coupable, parvient la voix du barman. C'est moi qui lui ai dit d'embrasser un mec.

L'inconnu sous mes yeux toise l'employé du bar qui nous a rejoints. Cassandre est à ses côtés et me fait des signes de tête que je ne comprends pas.

L'homme ne me relâche pas. Ses pupilles nous passent tous les trois en revue plusieurs fois.

— On en reparlera après, grogne-t-il, avant de s'adresser à moi. Vous, vous dégagez. Vous n'avez pas intérêt à refoutre les pieds ici, jamais.

Mes poils sont dressés. Ma gorge nouée. Les mains de l'homme me relâchent. Il se détourne vers les toilettes dans une allure masculine. Les poings serrés, les épaules en arrière.

Mon souffle est coupé. Il ne va pas du tout aux toilettes, mais dans la zone privée.

— Fallait que tu choisisses le patron !

Mes yeux sont toujours posés sur la porte.

— Le... le patron ? bafouillé-je.

C'est donc lui, celui qui aurait pu m'embaucher.

— Oh non, sifflé-je. Je viens de... Putain !

Je m'emporte. Cette soirée aura été une vraie catastrophe du début à la fin.

— J'irai lui parler, assure Nicolas. Je dois bosser.

— OK, dit Cassandre. Merci, bonne soirée.

Toujours dans mes pensées, je n'entends plus rien. À vrai dire, je suis partagée. Je viens de tout foutre en l'air. J'aimerais m'excuser en personne, mais aussi m'enfuir à tout jamais. J'ai honte. Ça m'aura au moins servi de leçon !

— Il est dans la première pièce à droite, m'indique Nicolas en se détournant. Il aboie plus qu'il ne mord...

Il regagne sa place derrière le comptoir.

J'ai le feu vert pour m'excuser !

Mon courage pris à deux mains, je m'élance. La douce musique s'efface lentement jusqu'à disparaître, quand je passe la porte privée. Un long couloir se présente. Il y a une porte en face qui doit mener à la sortie.

— Allez, il faut manger.

La voix de l'inconnu me parvient. Je la suis. La première porte à ma droite est entrouverte.

Est-ce que je compte vraiment faire ça ? Oui, obligée. Je me sens mal vis-à-vis de cet homme. La culpabilité me ronge. Le pauvre homme a perdu sa femme et une inconnue l'embrasse !

J'observe un peu la scène. Le patron du bar est assis sur une chaise et tient un bébé dans ses bras. Je comprends d'où vient la tache sur son vêtement. Il n'arrive pas à nourrir son enfant. Un grognement fait vibrer mon cœur.

Énervé, l'homme place le biberon sur le bureau et pose son enfant dans une poussette.

Son visage se tourne. Nos regards se croisent. Sa colère est palpable.

Le patron parcourt la distance entre nous en un claquement de doigts. Sa main agrippe avec force mon bras et m'oblige à reculer. Tout mon corps vibre à ce nouveau contact. J'en reste quelque peu décontenancée. Jamais je n'avais senti ça. Mes cuisses se serrent, sa main me réchauffe. Cet homme est-il vraiment en train de me faire perdre mes moyens ?

— Sortez d'ici !

— Je... suis venue m'excuser, bafouillé-je stupidement.

Il faut que je me reprenne. Le brasier au creux de mon ventre me ravage. Je n'aime pas du tout ce que je ressens. Serait-ce du désir ? Il faut croire que oui. Si je compare ça à ce que j'ai lu dans des romans.

Car oui, je n'ai jamais rien ressenti d'aussi puissant pour un homme. Ni pour une femme, d'ailleurs.

— Dégagez !

Son enfant pleure. Il tressaille puis tourne la tête derrière lui. Sans m'écouter, il me pousse vers la sortie.

— Ne remettez plus jamais vos sales pattes ici !

Je comprends très bien qu'il m'en veuille. C'est même compréhensible. Mais il pourrait au moins m'écouter.

— Pardonnez-moi, je n'aurais pas dû.

— Ça, c'est sûr ! s'exclame-t-il en me libérant. Vous vous imaginez ce que vous avez fait ?

— Oui ! Et je m'en veux.

— Bien, je n'irai pas porter plainte. Au revoir.

Quoi ? Il allait porter plainte contre moi ? Je suis idiote ! Le lieu est sûrement filmé par des caméras de surveillance. Mais dans quoi me suis-je fourrée ? C'est bien la dernière fois que je fais un jeu à la con !

Sans attendre, il retourne dans la salle privée. Ses mots sont plus doux et prononcés pour sa fille. Il essaie de l'apaiser, de lui dire de se nourrir.

Mes bras se balancent dans le vide. Écouter ça touche mon petit cœur. Il y a peu, il était très énervé. Désormais, c'est le contraire.

— Oh bordel, maugrée-t-il. Mais comment fait-il pour la nourrir ?

N'étant pas certaine qu'il ait vraiment accepté mes excuses, je m'avance de nouveau. Prendre des risques, c'est tout à fait mon style. Il risque d'appeler le vigile pour me virer et me blacklister. Tant pis. Je n'ai pas écouté ma mère pendant des heures sur les enfants pour rien !

— Vous avez pris la température du lait ? Vous la mettez dans une bonne position ? Elle boit vos sentiments, vous savez...

Les yeux de l'homme roulent.

— Vous avez des enfants peut-être ? m'interroge-t-il sèchement.

— Non, mais ma m...

— Alors, mêlez-vous de vos affaires et quittez cet endroit. Je ne le répéterai pas.

Son timbre de voix est dénué de sentiment. Il est impartial.

Je me risque un pas dans la pièce. Qu'on me donne la médaille de la folie et de la pitié. Parce que c'est ce sentiment que je ressens en le voyant galérer avec son enfant.

Le bébé dans son bras gauche, il tente à nouveau de nourrir sa petite. Et de nouveau, elle ne boit pas. C'est quand même fou, elle devrait manger. Peut-être y a-t-il un truc plus grave ?

— Elle a combien de jours ?

— En quoi ça vous regarde, bon sang ?

— Si vous gueulez comme ça, elle va vachement manger ! À nouveau, je sais que je ne devrais pas être là. Et je m'excuse pour ce que j'ai fait...

— Bien, merci. Au revoir.

Ce qu'il m'agace !

Je tourne les talons, révoltée. Il vaut mieux que je n'en rajoute pas une couche. J'ai déjà assez fait de dégâts pour aujourd'hui.

— Une semaine et demie.

À deux pas de la porte, je me stoppe. Mes lèvres s'étirent en un fin sourire. Il m'a répondu.

— Elle s'appelle comment ? le questionné-je en me retournant.

Il contemple sa fille, le biberon en l'air. Des secondes passent, avant qu'il ne daigne me répondre.

— Michelle.

Quel drôle de prénom pour une enfant! Il doit y avoir une signification, si mon intuition est bonne. Un rapport avec la mère décédée.

— C'est mignon. Quand a-t-elle mangé pour la dernière fois?

— Il y a une heure.

Un rire inattendu m'échappe. Le patron me regarde de travers. Est-ce de ma faute s'il ne sait pas quand nourrir un bébé?

— Je pense qu'elle n'a pas faim. Nourrissez-la environ toutes les deux heures trente, si je ne me trompe pas. Oh et si je peux me permettre, allez sur Google, il y a pas mal d'informations.

L'homme chauve grimace. Il renvoie une image de lui perdue. Ce qu'il doit être, vu ce que Nicolas, son employé, a dit.

— Merci. Je vais en prendre note...

Ouf, sa voix s'est radoucie. Elle sonne terriblement sexy!

Oh, fuir. Si je commence à avoir des pensées de ce genre, je suis perdue.

« Tu vas voir, ton cœur palpitera et ta culotte sera trempée », m'a dit Cassandre, au moins une centaine de fois. « Quand ça t'arrivera, tu seras éprise, ma petite ».

Je chasse ces maudites pensées de mon esprit.

— De rien, bonne soirée, conclus-je.

L'homme ne répond pas, concentré à reposer sa petite.

Pour un patron, il est bien différent de tous ceux que j'ai rencontrés. Sa tenue vestimentaire est sobre, même tachée et il s'en moque. Je dois même reconnaître que j'avais des préjugés sur les chauves. Bon, ils venaient des films avec des acteurs chauves... Grand, musclé, dragueur... Et un tantinet fan de vitesse et de flingues. C'est inéluctable, je dois arrêter les films d'action !

— Vous vous appelez ?

Il semblerait que la conversation ne soit pas finie.

— Hélène et vous ?

Instinctivement, son visage à la mâchoire carrée se tourne dans ma direction. J'aborde un air intrigué. Sa réaction est étrange.

— Ah vous êtes la femme qui cherche un poste... Je m'appelle Jessie.

Le barman lui a parlé de moi ! Mon cœur fait un bond dans ma poitrine. Aurais-je une maigre chance ?

— Je n'embauche personne, mais je laisserai votre CV à un collègue. Son bar n'est pas loin.

Eh bah non. J'en étais certaine. Comment aurait-il pu dire oui ?

Je le remercie, même si je suis très déçue. Au passage, j'en profite pour lui dire ce que je pense du bar. Il me remercie platement en replongeant son nez sur sa fille. Soit il s'en contrefout, soit ça le touche. Peut-être est-ce sa défunte femme qui a fait la décoration ?

Quoi qu'il en soit, il est l'heure pour moi de partir. Je me suis assez attardée ici et me suis créé des problèmes. Nous nous saluons et je regagne la salle principale. Mon amie est accoudée au bar, discutant avec Nicolas.

— Alors ? me demande Cassandre, en souriant. Il t'a bannie du bar ? Ce serait idiot...

— À vrai dire, je ne sais pas. Je me suis excusée et lui ai donné un conseil pour sa fille. Rien de plus.

Ses yeux d'aigle me passent en revue. Un sourcil haussé, elle croise les bras en collant son dos au comptoir.

— J'espère que je me trompe, siffle-t-elle, amusée.

Elle a vu quelque chose de différent. Je ne sais plus où me mettre. Je crains que son cerveau lui donne une mauvaise interprétation.

— Il y a des chances, on y va ?

Je n'attends pas la réponse et me dirige vers la porte d'entrée. La foule de clients ralentit mes pas. À croire qu'on avance dans du sable mouvant. La porte est enfin dans ma ligne de mire et je la passe, les jambes flageolantes. L'air me fouette d'un coup. Je prends une profonde inspiration. Mes narines sont chatouillées par différentes odeurs. Le café, l'alcool et la cigarette.

— Où vas-tu comme ça ? me retient Cassandre par le bras. Il s'est passé quoi avec Jessie ?

— Mais rien, je t'assure !

Une moue modifie son visage.

— OK, mais quoi qu'il se passe... sache que tu ne dois pas te faire d'idées...

Ça, je le sais bien. Si elle pense que je m'imagine n'importe quoi, elle a tort. J'ai la tête bien sur les épaules. Un homme veuf et père ne m'intéresse pas. Même un homme tout court. Je suis très bien seule.

Chapitre 5
Jessie

Sorti du notaire, je tire une gueule monumentale. Mes muscles sont contractés, mes dents serrées. Arthur avait raison, il va y avoir une longue procédure pour l'héritage. Concernant mon argent, la banque ne m'a pas fait de cadeau. Je n'ai plus accès à mon compte. Dire que j'ai des milliers d'euros et que je ne peux pas les dépenser ! Le pire dans tout ça, est que j'ai besoin d'argent, non pas pour moi, mais pour Michelle. Comment vais-je lui acheter ce dont elle a besoin ?

Tout ça me met dans une colère folle. J'ai un bébé et on ne m'aide pas. Moi qui suis millionnaire ! Si j'avais su, je n'aurais pas mis l'argent dans cette maudite banque. L'argent liquide que j'ai ne tiendra pas longtemps. D'ici le mois prochain, je serai à sec. En plus, le bar ne tourne plus trop. Bien que nous ayons pas mal de clients, nous ne vendons pas assez. Les ventes sont clairement en baisse.

Je longe la grande rue. Le soleil réchauffe ma peau. Prendre la voiture n'était pas envisageable. Je ne pourrais pas payer l'essence et préfère dépenser ce qu'il reste à bon escient.

Mon téléphone vibre. Je le sors de ma poche et lis la notification. Le message vient de la serveuse, Jennifer. Elle m'apprend que Nicolas est à l'hôpital. Suite à un accident au bar, il a très mal à l'épaule.

Jessie : *Merci, j'y file.*

Jennifer : *Sa femme voudrait y aller en premier...*

Jessie : *D'accord, je rentre. Merci.*

Mes pas vont plus vite. Je suis obligé d'accélérer la cadence. Un quart d'heure après la discussion, j'entre chez moi. Michelle est avec la femme d'Arthur.

— Je ne te remercierai jamais assez de t'occuper d'elle !

Noémie balaie ma phrase d'un geste de la main. Ses mains me tendent ma fille, endormie dans ses bras. À cette vision, mon cœur se serre. Voilà ce qu'il manque. La mère de ma fille.

— Normal. Faut que je file, Arthur m'a préparé une surprise pour ce soir.

Elle termine sa phrase d'un clin d'œil. Je récupère ma fille et la laisse partir. Pour la première fois depuis l'accouchement, je me retrouve seul. Personne pour m'aider ou me soutenir. Je suis confiant, je devrai bien un jour m'en sortir seul !

Depuis l'incident au bar, je vais sur le net. Dessus, on peut trouver tout et n'importe quoi ! Grâce à ça, j'ai appris des bases que je n'avais pas en tant que père. Ça me fait mal de l'admettre, mais c'est en partie grâce à la jeune femme ; Hélène. Celle qui a osé pénétrer mon espace pour gagner un stupide jeu. Celle au regard de braise.

Ce soir-là, la colère ne faisait plus qu'une avec moi. J'ai lutté de toutes mes forces pour ne pas la gifler. Elle a eu de la chance d'être une femme. Je ne suis pas ce genre d'homme violent. Seulement, ce n'était pas correct pour Charlotte. La désagréable sensation d'avoir sali sa mémoire ne quitte plus mon esprit.

La fin de la journée se déroule avec lenteur. L'attente de nouvelles de mon ami m'a angoissé. Comme je n'ai toujours pas de nouvelle, j'annonce que le bar ne sera pas ouvert ce soir.

Pour la première fois, Nicolas me fait faux bond. Il s'est fracturé le bras. Lors de la bagarre, un client mécontent lui a lancé un tabouret en bois. J'imagine qu'il a dû répliquer et la conversation s'est envenimée.

L'inquiétude me ronge. Autant pour mon employé que pour mon bar. Ne plus avoir de barman, même pendant plusieurs mois, est dramatique. « Aucune vente » veut dire aucun argent et donc, la fermeture assurée de l'établissement. Ça foutra Nicolas et Jennifer au chômage.

Ma tête glisse entre mes paumes. Ma tentative de refouler un sanglot échoue. Je fonds en larme comme une guimauve – guimauve à bout de force – et me laisse aller. Tenter de jouer au fort, alors que je ne le suis pas, est épuisant. Je ne suis pas résistant, mais démoli.

Ma douleur est profonde. Des spasmes parcourent mon corps. La tristesse a pris le pas sur tout.

Un nouveau SMS me sort de mes émotions. Il provient de mon employée. Elle me propose de lancer sur-le-champ une annonce pour un nouveau barman. Je ris jaune. Si je n'ai pas le choix quant à cette embauche, autant qu'elle serve à quelqu'un. Ça me pince le cœur, mais je ne me vois pas faire autrement. Cette jeune femme, Hélène, recherche un poste et ça avait l'air urgent. Comme me l'a expliqué Nicolas, elle n'aura bientôt plus de ressources. Un peu le même problème que moi ! Je lui tends la main, et en retour elle m'aidera.

Ça ne me fait pas du tout plaisir d'offrir à cette femme une chance. Son comportement à mon bar m'a écœuré. Se jeter sur le premier homme venu ! Moi ! Quelle idiote.

J'annonce à Jennifer, avec regret, qui je désire comme barmaid. Une certaine Hélène qui a déposé son CV il y a peu. Pour être certain de ne pas employer n'importe qui, il est important qu'elle fasse un essai d'une soirée. Suite à cela, je trancherai.

Étant patron, je me charge de la contacter. Si elle a déjà été embauchée, il ne me restera plus qu'à lancer une annonce.

Son CV dans ma main, je retranscris son e-mail sur ma fenêtre de nouveau mail.

LeJessotteBar@gmail.com

Bonjour Madame Garnier,

Je me présente, Jessie Saurel. Patron du bar Le Jessotte Bar. Vous avez déposé votre CV au vu d'un poste. Je vous annonce que nous cherchons un barman/une barmaid.

Si vous êtes toujours intéressée, nous fixerons deux dates pour un entretien et un essai.

Sachez que c'est urgent.

Cordialement,

PS : Veuillez garder vos distances si vous acceptez une rencontre. Je ne serai pas aussi clément.

J.S – Patron du Le Jessotte Bar.

Le mail envoyé, je prie pour qu'elle réponde au plus vite. Si elle pouvait faire l'essai au mieux demain, une épine s'enlèverait de mon pied.

En attendant, je retourne vaquer à mes occupations ; m'occuper de ma fille. Elle pleure. Je suis vite dépassé par les événements. Elle refuse de boire son biberon. Le lait est pourtant à bonne température. Je l'ai changée et elle a dormi.

Mon souffle est court. J'angoisse face à ce petit être qui bouge et pleure dans mes bras. Bizarrement, je ne me suis pas encore fait à l'idée d'être père. Moi, père de ce petit bout.

Ses pupilles sont humides. Ses joues rosées. Face à elle, je suis démuni. Lorsque je m'assieds dans le canapé, bébé et biberon dans les bras, je soupire. Que puis-je faire de plus ? Est-elle malade ? Est-ce qu'elle pourrait tomber malade aussi vite ?

Mes bras la bercent. Elle pleure toujours. Ses cris me déchirent le cœur. Je n'aime pas ce son. Non pas parce qu'il agresse mes oreilles, mais parce que je ressens de la douleur.

— Si ta maman était là, elle saurait quoi faire...

Je lâche le biberon sur la table basse. Ma main, chaude, passe sur le visage de mon enfant. Ses yeux se ferment. Ses cris diminuent. Je continue de la bercer, serrant son petit corps qui gigote contre mon torse. Les minutes défilent. Michelle se calme et moi aussi.

Ce moment est plaisant. Je me sens en connexion avec Michelle. Notre lien se renforce. Je commence à prendre mon rôle au sérieux.

Midi arrive et je la nourris. Je n'ai pas grand appétit. Je peux très bien zapper un repas, ce n'est pas ça qui me fera rejoindre Charlotte.

Une fois Michelle couchée, je retourne sur mon ordinateur. La quitter fut difficile. S'abîmer dans sa contemplation est devenue ma passion première. Elle est belle.

Une notification m'indique la réponse de la dénommée Hélène.

HélèneGarnier@gmail.com
Bonjour Monsieur Saurel !

Je suis ravie que vous me donniez une chance ! Je suis libre sur-le-champ.

PS : Encore totalement désolée. Je garderai mes distances. Cinquante mètres vous conviendraient-ils ?

Hélène Garnier.

C'est fou qu'elle arrive, en plein milieu d'une guerre sentimentale, à me faire rire.

LeJessotteBar@gmail.com

Disons en fin d'après-midi pour l'entretien. Et si vous êtes d'accord, l'essai pourra être effectué ce soir même.

PS : Pourquoi pas d'une pièce ? Pour vous faire passer l'entretien, je crierai mes questions et vous, vos réponses. Mais je ne suis pas certain que tout sera compréhensible avec les murs épais...

J.S – Patron du Le Jessotte Bar.

Hé. Je suis vraiment en train de faire de l'humour ! Je n'ai pas pu m'empêcher. C'était si tentant de répliquer à ces absurdités.

La réponse tarde un peu. J'ai eu le temps de répondre à dix mails.

HélèneGarnier@gmail.com

Cela me convient.

À tout à l'heure.

PS : Non effectivement, ce serait compliqué. Restons alors sur un rayon d'un mètre.

Hélène Garnier.

Je lui réponds que tout est ok. Sauf que ça ne l'est pas. Qui va garder Michelle ? Noémie ne le pourra pas ! Arthur m'a dit qu'elle travaillait et prendre une baby-sitter est trop tard. De plus, cela n'était pas compris dans mon budget.

Eh merde ! Je vais devoir faire comme la dernière fois et emmener ma fille à mon travail. Cette idée ne m'enchante pas du tout. Je ne peux pas être avec elle et à mon poste. Il n'est pas question que je la trimbale au beau milieu des clients ! Si quelque chose devait lui arriver, je ne m'en remettrais définitivement pas.

Si mes parents n'habitaient pas à l'autre bout de la France, je leur demanderais de l'aide. Oh. Je crois bien les avoir oubliés ! J'étais tellement plongé dans mes problèmes ces dernières semaines, que je ne leur ai rien dit. Il me semble avoir reçu leur message pour la naissance de ma fille. Je n'ai pas répondu. Ils doivent s'inquiéter !

Je me jette sur le combiné et compose leur numéro. Au bout de deux sonneries, ma mère répond. Je n'ai pas le temps d'en placer une ; je me fais engueuler comme un gamin.

Quel genre d'enfant peut ne pas donner de nouvelles ?

— Maman... écoute-moi.

Ma mère, Laura Saurel, se tait. Pour me donner du courage, j'inspire à plusieurs reprises. Les mots jaillissent et mes sentiments s'en mêlent. Il ne faut pas longtemps avant que je fonde en larme. Ma mère tente de me réconforter. Elle insiste sur le fait que je ne suis pas seul et qu'elle me rendra visite.

Mon père n'étant pas à côté, elle lui transmettra tout. L'appel téléphonique est terminé. Bouleversé, je me prépare pour le travail. J'habille aussi Michelle. Elle se laisse faire, sans bouger ou pleurer.

Installée dans la poussette, je prépare ses affaires. Couches, biberons, serviettes... merde, il doit manquer un truc ! Récapitulons. J'ai aussi une bavette, de quoi la moucher si son nez coule, un sac poubelle... Non je ne vois pas ce que j'aurais oublié.

Bien que tout soit prêt, j'arrive en retard au bar. La couche de Michelle avait besoin d'être changée.

Essoufflé et transpirant, je pénètre dans mon établissement en poussant la poussette noire. Il n'y a pas encore de client. Seuls la serveuse et mon rendez-vous sont là.

— Bonjour Mesdames, lancé-je en traversant la grande salle. Madame Garnier, suivez-moi, nous allons commencer de suite.

La femme accoudée au comptoir se redresse et hoche de la tête. Jennifer s'éloigne d'elle, la tête baissée. Si mon intuition est bonne, elles étaient en train de discuter ou me voir avec une poussette les amuse.

Suivi de la femme, je gagne l'arrière du bâtiment. Elle est obligée de m'attendre, puisque je me préoccupe tout d'abord de ma fille. Je veux qu'elle soit bien ; qu'elle n'ait ni trop chaud ni trop froid.

— Voilà, ça va aller...

Allez, c'est au tour de l'entretien. J'avais Nicolas et Jennifer depuis longtemps. Faire passer un entretien m'est compliqué. C'est Charlotte qui les passait. Je n'ai pas la moindre idée de ce qu'il faut poser comme question !

J'invite Hélène à s'asseoir en face de moi. Ses yeux vairons me scrutent avec attention. En fait, elle me dévore littéralement des yeux. Je détourne la tête mal à l'aise.

— Heu... vous avez combien d'années d'expérience ?

— Vous n'avez pas lu mon CV ?

Sa répartie m'agace. Je ne peux pas penser à tout.

— Nicolas, si. Je n'ai fait que zieuter en vitesse.

Nos pupilles s'interceptent. Elle me décroche un fin sourire.

— D'accord. J'ai commencé tout de suite après l'obtention de mon bac à mes dix-huit ans. J'ai jonglé dans plusieurs bars de ma ville, avant de venir ici à Paris.

Sa réponse m'impressionne. Nicolas a raison. Elle a une allure de poupée. Les joues rondes qui donnent envie de les pincer ou les écraser. De grands yeux de biche vairons, l'œil droit vert et l'œil gauche marron. Elle se connaît bien. Son chemisier violet et son pantalon noir mettent son corps et ses formes en valeur. Ce qui lui doit l'attention de pas mal d'hommes. Même la mienne.

Oh, quel crétin !

Je mords avec force ma langue et m'insulte plusieurs fois. Que dirait Charlotte si elle me voyait ?

— Qu'aimez-vous dans ce métier ?

Je ne savais pas quoi demander. La question la surprend et la fait sourire.

— Le contact des clients... Je ne sais pas c'est comme ça.

— D'accord. Est-ce que vous voulez faire l'essai tout à l'heure ?

Hélène arque un sourcil en penchant légèrement la tête sur le côté.

— Oui, sinon je ne me serais pas déplacée pour rien.

Mais bien sûr, suis-je con ? Elle aurait refusé par mail, si ce n'était pas le cas.

Je me lève maladroitement, les mains moites. J'ai chaud. Ma chemise me colle à la peau. Comme si mon stress m'avait fait transpirer. Dire que la soirée ne fait que commencer !

— Je vais chercher les contrats... Vous...

Sa tête se hausse de haut en bas, comprenant ce que je veux dire.

— Je surveille votre fille, compris.

Compris. Ne lui ai-je pas dit qu'elle ne refoutrait plus jamais les pieds ici ? Si. Au moindre problème, je fais appel à elle. Elle doit rire intérieurement.

Je passe la porte en soupirant. Quelques instants filent, je n'entends rien. Jusqu'à ce que sa voix me tire de mes pensées.

— Oh... tu es mignonne toi.

J'espère qu'elle ne s'est pas approchée d'elle. Ni même qu'elle l'a touchée. Je n'aimerais pas qu'elle foute ses microbes sur ma fille.

L'envie de pencher ma tête pour voir ce qu'il se passe me prend. Le problème est qu'Hélène pourrait m'apercevoir. Qu'elle pense que je n'ai pas confiance pourrait la blesser. Je me retiens donc et vais chercher au plus vite les contrats. À mon retour, sa voix est douce. Elle parle toujours à mon enfant.

La porte passée, je découvre la femme debout, à plusieurs centimètres de Michelle. Ses mains sont sur ses hanches, le buste penché en avant. Cette vision retrousse ma lèvre supérieure. Elle est beaucoup trop proche.

Chapitre 6
Hélène

— Mmh... que diriez-vous de vous écarter de ma fille ? Ce n'est pas vous qui allez payer le médecin.

Le timbre sec de sa voix me fait sursauter. Je m'écarte d'un bond, le cœur battant à tout rompre.

— Vous m'avez fait peur, grogné-je entre mes dents.

La main sur la poitrine, je glisse mes yeux sur le patron. Il n'a pas l'air de plaisanter. Qu'il se détende ! Je ne vais pas kidnapper son enfant, loin de là. Comme je l'ai toujours dit, les enfants et moi, ça fait deux cents.

— Je suis faussement désolé, dit-il, un sourire au coin des lèvres.

— Faussement..., répété-je en roulant des yeux.

Je ne sais pas à quoi il joue, mais s'il tente de me faire perdre la tête... il va réussir !

Depuis mon arrivée dans son bar, il y a moins d'une heure, je ne me sens pas à ma place. Il m'est arrivé à plusieurs reprises de regretter mon accord. J'aurais dû refuser. Le malaise de l'avoir embrassé est toujours présent.

Il tient dans sa main droite des feuilles. Son autre main passe sur son crâne lisse. Je baisse les yeux en m'écartant de plus belle.

Cassandre et moi avons parlé ces derniers jours. Elle m'en a dit un peu plus sur le bar ; donc, sur les employés et le patron.

Nicolas Bonnefoie, le barman, est droit dans ses bottes, mais aime chercher les gens. Toujours prêt à faire des paris les plus stupides. Il est en couple, avec une femme dont j'ai oublié le prénom et aimerait devenir père.

Jennifer, la serveuse, a un sacré franc-parler. Elle aime les ragots et tout diriger. Elle est célibataire et cherche l'amour avec un grand A. Son anniversaire est dans deux semaines, elle aura vingt-sept ans.

Jessie Saurel est le patron du bar. Il l'a ouvert avec sa défunte femme, grâce au loto. Ils ont joué et – exactement ce qui ne m'arrivera jamais – ont gagné. C'est elle qui s'est occupé de tout. La décoration et l'embauche des employés. Jessie se contentait du reste. Qui est déjà beaucoup à mes yeux. Réussir à tenir un bar, c'est un exploit.

Quant à lui, il serait très attentionné, bienveillant – beaucoup même, j'ai pu le constater avec sa fille – sincère et franc. Enfin, Cassandre m'a fait une longue liste de ses qualités. Les quelques défauts qu'il aurait sont tout à fait normaux.

J'ai l'impression d'être même pire !

Pessimiste, impulsive, déterminée, maladroite, grande gueule... J'ai beau essayer de me contrôler, ma nature revient toujours au galop. Même si j'ai de bonnes raisons d'agir ainsi, au fond, j'aimerais changer. Tout est une histoire de protection. Si je m'éprends d'un homme, mes barrières voleront en éclats. Or, ce n'est pas ce que je désire. Je devrais parler de ma cicatrice à ma joue et je n'en suis pas prête.

De retour à ma place, je signe les contrats après les avoir lus. Rien ne cloche et j'ai le droit de revenir dessus. C'est fou d'avoir cette chance-là. Encore ce matin, je ne l'aurais pas parié.

Je commence le service dans une heure et quart. Ça me laisse largement le temps de me préparer. Et de flipper.

La tension remonte dans tout mon corps. J'ai une énorme opportunité, je ne dois pas la foirer. Bien qu'il me propose un contrat pour remplacer Nicolas, je ne vais pas faire la fine bouche. C'est déjà ça de pris.

J'envoie un message à Cassandre, pour lui dire l'heure à laquelle je finirai. Elle me ramènera chez moi.

Quand je serai payée, j'aurai intérêt de lui faire un sacré cadeau. Elle le mérite. Après tout ce qu'elle a fait pour moi, je serais ingrate de ne pas la remercier comme il se doit !

— Je vais être honnête, il n'y a pas beaucoup de clients, m'avoue Jessie, alors que je me lève. C'est pour ça que je ne souhaite pas embaucher un deuxième employé. Déjà, car je n'ai pas encore accès à mon argent et que ce serait une perte au vu du nombre de ventes qu'on fait actuellement.

Je reste perplexe. Comment un bar aussi charmant ne marche-t-il pas ? La dernière fois, il y avait un monde fou. Les prix ne sont pas onéreux et l'ambiance est bonne. Peut-être une mauvaise et fausse réputation ? Ça peut détruire pas mal de personnes, même quand c'est faux.

— Oui, je comprends. Depuis combien de temps le bar ne fait plus autant de vente ?

Jessie baisse les yeux en direction de sa fille. Quelques instants silencieux, il pousse un soupir à fendre l'âme.

— Ça a commencé il y a quelques mois et depuis la naissance de Michelle... c'est une vraie catastrophe. À cette allure, le bar va fermer dans les prochaines semaines.

Le téléphone dans la poche, je le sors pour aller sur internet. Rien de bien compliqué. Je tape le nom du bar et tombe sur des avis assez intrigants. Le patron se place à mes côtés, pour lire.

Le premier dit que le bar serait pas mal, si les trois employés hommes ne draguaient pas lourdement les clientes.

Ah. Déjà il y a un souci. Il y a juste deux employés. Un homme et une femme. Quant au patron, je doute qu'il drague n'importe qui.

Le suivant mentionne ce qui cloche, mais ce qui va. Puis, le premier mauvais commentaire est choquant. Même agressif. Il date d'il y a plusieurs semaines.

Jessie lit par-dessus mon épaule à haute voix. Son souffle est court. Ses sentiments sont audibles. Je me sens mal à l'aise. Son menton frôle mon épaule et son souffle chaud caresse ma joue.

— Le patron est ignoble, récite-t-il, la gorge serrée. Marié et bientôt père, il coince certaines clientes dans les toilettes. J'ai été obligée de faire ce qu'il voulait, sinon il aurait appelé son barman. D'ailleurs, le barman n'est pas non plus sain. Il fout de la drogue dans le verre des jeunes femmes. Je ne conseille pas ce bar. Trop risqué pour les femmes. Sans parler des insultes misogynes des habitués envers les femmes. Fuyez !

À la fin de la lecture, il lâche une insulte. Nous savons d'où vient le problème. De fausses accusations. Je doute que Jessie et Nicolas soient ainsi. Bien que je ne les connaisse pas tellement, je pense avoir un avis objectif sur eux. Vu comment Jessie m'a repoussée et a été froid, il ne ferait de mal à personne.

— Lisa ! tonne-t-il en se reculant.

Il aurait donc la coupable du message.

— Qui est-ce ? hésité-je.

— Ma belle-mère. Elle me pourrit la vie depuis toujours !

Comment une belle-mère pourrait-elle faire ça à son gendre ? Surtout que sa petite-fille est en jeu. Si son bar ferme, bien qu'il soit riche, ça l'anéantirait encore plus. Il a déjà perdu sa femme. À sa place, je serais en morceau et me rattacherais qu'à mon enfant et mon job.

— On peut demander à ce que le message soit supprimé, proposé-je. Mais si des centaines de personnes l'ont vu... il faudrait redorer la réputation du bar.

Jessie fait désormais le tour de la pièce. Les mains croisées dans le dos, son cerveau cherche une issue. Soudainement, il se tourne dans ma direction, les yeux écarquillés.

— Un coup de promo coûte cher. Je n'ai pas accès à mon argent. Hélène, vous vous y prendriez comment ?

Je ravale un sourire en entendant mon prénom. Il me demande conseil. Moi, celle qu'il ne connaît même pas. C'est idiot, mais j'ai l'impression d'être importante.

— Avec mon impulsivité, réponds-je, je m'énerverais sur les réseaux sociaux.

C'est vrai. Comment peut-il être passif ? On l'accuse de fausses choses. Son bar est en jeu, il devrait se battre.

— C'est bien idiot, commente-t-il, en roulant des yeux. Si vous n'avez rien à vous reprocher, vous n'avez pas à vous énerver. Hmm... suffirait que j'apporte la preuve qu'ils mentent...

— Exemple, pourquoi n'ont-ils pas porté plainte ? Pourquoi n'ont-ils pas apporté des preuves, photos ou vidéos à ce qu'ils avancent ? Notre génération a la chance de pouvoir apporter des preuves pour aider des enquêtes, pourquoi ces personnes n'en auraient-elles pas profité ?

Mes questions restent sans réponses. Pourtant, je vois bien que ça fait d'autant plus réfléchir l'homme qui se tient sous mes yeux. Il acquiesce de la tête.

— Ce n'est pas barmaid que vous auriez dû faire, dit-il, en se détournant vers son enfant.

J'ignore ses mots. J'ai toujours su ce que je voulais faire. Ce n'est pas maintenant, après tous mes efforts, que je vais changer de cible.

— Merci pour votre aide, conclut-il. Je vais vous conduire au vestiaire, vous pourrez vous changer.

***

La fin du service approche. Je suis consternée par les résultats. Jessie avait raison. La vente de cette soirée est ridicule. Quant au nombre de clients, ils étaient moins nombreux que la dernière fois.

Le bar nettoyé, je me dirige vers le vestiaire. La soirée s'est passée très vite. Je suis impatiente de voir les résultats. Bien que je doute que le patron me refuse.

Pour une fois, j'ai confiance en moi. Je n'ai pas fait de fausse note. J'ai même été irréprochable.

Avec Jennifer, nous passons devant la pièce où Jessie et sa fille se trouvent. Il est resté à ses côtés toute la soirée. J'ai appris qu'il n'avait pas de nounou et pas les moyens d'en prendre une.

Immédiatement, je pense à ma mère, qui garde des enfants. Avec un peu de chance, elle pourrait garder sa fille sans rien en retour. Je sens déjà les ennuis arriver ! Ses questions vont m'agacer et je vais finir par m'énerver.

Bah oui, pourquoi viendrais-je en aide à un – charmant – inconnu ?

Jennifer file au vestiaire. Quant à moi, je suis stoppée à quelques mètres de la porte. Je racle ma gorge pour attirer l'attention de l'homme. Ses yeux verts harponnent les miens. J'en reste décontenancée. Pour être honnête, je ne me comprends plus. Mon corps a décidé de me trahir et le fait à merveille.

— Je vous fais parvenir les contrats dès demain matin, m'annonce-t-il. Vous n'aurez qu'à les signer et les apporter demain après-midi... si vous voulez commencer aussi vite.

Bien sûr que je veux ! Qui serait assez fou pour refuser ? J'ai besoin de bosser.

— Oui, ça me va. Bonne soirée.

Il hoche de la tête, le visage détendu.

— Bonne soirée, répond-il.

La conversation terminée, je vais me changer. Jennifer est déjà partie. Je me retrouve seule. J'aurais voulu lui parler. Cet après-midi, notre discussion a été écourtée. Elle était intéressante. Jennifer m'a raconté son parcours et comment ça se passait au bar. S'il y avait un problème, elle m'en aurait parlé.

Ravie, je sautille jusqu'au parking. La voiture de Cassandre est reconnaissable entre mille. En cinq enjambées, je me trouve à sa hauteur. Elle déverrouille les portières et j'y pénètre. À l'intérieur, la chaleur est étonnante.

— Tu as fait un sauna ou quoi ? plaisanté-je.

Les petits yeux plissés de mon amie me scrutent. Ma bonne humeur semble suspecte.

— Ouh la, la, siffle-t-elle amusée. Toi, tu as été prise !

Je libère ma joie en tapant des pieds et des mains. Toute la tension retombe. Je suis soulagée d'avoir un travail, même, si ce n'est que temporaire.

Mon amie démarre son véhicule. Sur le trajet, je lui dis tout ce qu'il s'est passé. Même la réputation que le bar a sur internet. Ce point l'étonne. Pour elle, rien ne cloche. Elle a l'habitude du bar depuis des mois et jamais une telle chose n'est arrivée.

— Tes yeux brillent, commente Cassandre.

Je détourne la tête, le sourire aux lèvres. Comment veut-elle que je ne sois pas heureuse ? J'ai un poste dans un bar et je ne suis pas traitée comme une vulgaire merde. Mieux encore je m'entends bien avec la serveuse et le patron.

Pour le dernier, ce n'était pas gagné. Vu comment notre rencontre s'est passée, j'aurais plutôt parié être blacklistée. Je pense que Nicolas et Cassandre m'ont sauvée. Ils ont dû parler de moi.

— Ouh ou, fait-elle en passant sa main devant mon visage. Tu es dans tes rêves ou quoi ?

Mes paupières clignent plusieurs fois d'affilée. Je réalise que j'étais partie loin. Dans des pensées idiotes. Où j'avais un vrai job au bar. Moi, derrière le comptoir, aux côtés de Nicolas. Je suis quasiment certaine qu'il me ferait rire tout le temps. Puis, il est le type d'homme sur qui on peut compter. Cassandre m'a parlé de ce qu'il fait pour son patron. C'est avec des gens comme eux que j'ai envie d'être.

— Oh ! m'exclamé-je en grimaçant. Oui, je me dis que j'ai de la chance d'être prise. Si on trouve une solution pour le bar, je serais peut-être embauchée !

On peut toujours rêver.

Enfin, non. Jamais je n'aurais cru être recontactée. Il faut donc croire en soi.

— Ouais, ce n'est pas cool pour Jessie. Il a beaucoup bossé pour en arriver là. Avoir de l'argent, c'est bien, mais ça ne fait pas tout. Ceux qui font couler sa boite sont horribles. Ils méritent de pourrir en enfer !

La voix de mon amie trahit ses sentiments. Je pose ma main sur son bras pour la calmer. Le plus important est que le patron sait d'où viennent les problèmes. Il va pouvoir gérer ça comme un grand.

— Tu es très proche de lui, constaté-je.

Cassandre lève un sourcil, la tête tournée vers moi. Ses yeux bleus me scrutent avec attention.

— Ouais, il m'a aidée plusieurs fois, quand je n'étais que cliente. Crois-moi, lui et Nicolas ne laissent pas les femmes se débrouiller seules.

Ah oui, elle m'avait raconté l'histoire. Des hommes lui tournaient autour et elle les envoyait balader. L'un deux l'a très mal pris et a essayé de l'emmener avec lui. Nicolas lui est venu en aide, suivi du patron.

— Je m'en souviens.

— Bref, t'es arrivée.

Je tourne la tête sur la droite. La voiture est stoppée et nous sommes en bas de mon appartement. Je ne m'en étais même pas rendu compte.

— Merci !

Je tire la poignée et ouvre la portière. Cassandre me retient par le bras, l'air soudainement sérieux.

— Je ne veux pas être méchante, mais ne te fais pas d'idée. Jessie n'est pas prêt pour une nouvelle relation.

J'ouvre la bouche, ébahie par ses propos.

— Quoi ? Mais non, je ne me...

— C'était pareil pour Jennifer. Elle est tombée sous son charme, mais elle n'a jamais eu la moindre chance avec lui. Je ne veux pas que tu sois déçue...

Bordel, je n'aime pas qu'on s'imagine n'importe quoi. Je n'en pince pas pour Jessie Saurel. Enfin, oui, il est mignon et gentil. Mais il est père et veuf. Je ne veux pas ce genre de relation. Je ne désire même pas de relation. Mon métier est plus important que tout.

Je l'interromps d'un signe de main. Cassandre sait bien ce que je pense des relations amoureuses. Je ne suis pas prête et ne le serai peut-être jamais.

Après une courte discussion, je regagne mon appartement. Je file direct sur mon pc. Je désire vérifier à nouveau la réputation du bar. Avec étonnement, je découvre un mail du patron. Il m'a envoyé le contrat.

LeJessotteBar@gmail.com
Bonjour Hélène,
Ci-joint le CDD.
Lisez-le et s'il y a des modifications à effectuer, prévenez-moi.
Passez une bonne nuit.
Cordialement,
PS : Merci pour votre aide. Je vais chercher des idées pour mon bar.
J.S – Patron du Le Jessotte Bar.

Il y a bien une chose qu'il pourrait changer. La durée. S'il fait passer le contrat en CDI, je serais plus qu'heureuse.

Revenons sur terre. Il ne fera jamais ça et il m'a dit pourquoi.

HélèneGarnier@gmail.com

Bonsoir Jessie,

Merci pour le contrat. Je vais prendre le temps de le lire.

Merci, bonne nuit à vous aussi.

PS : Si des idées me traversent l'esprit, je vous en ferai part !

Hélène Garnier.

Chapitre 7
Jessie

Je vérifie la signature d'Hélène. Tout est bien. Elle peut commencer sur-le-champ. Cette dernière est debout, devant mon bureau, les mains croisées derrière son dos. Ses cheveux bruns, aux reflets cuivreux, sont attachés en une queue de cheval assez haute. Des mèches folles volent dans tous les sens, lui donnant l'air d'être juste réveillée.

Les yeux vairons de ma nouvelle employée se plongent dans les miennes. Mon estomac se retourne. Ma langue se retrouve prisonnière de mes dents. Je ne me sens pas bien, pas du tout même. Une sombre tension retourne mes tripes. Je n'aime pas du tout comment mon corps réagit à de simples yeux.

— Vous n'avez pas de nounou ?

Sa question me tire de mes pensées. Je secoue négativement ma tête et la tourne en direction de mon enfant. Michelle est allongée dans sa poussette, juste à mes côtés. Je n'arrive pas à croire qu'elle a eu un mois. Ça passe tellement vite !

Est-ce que Charlotte serait contente de moi ? De mes minables tentatives d'élever notre fille ?

— Non, je n'ai pas les moyens pour l'instant.

Eh oui. Toujours pas de message du notaire ou du banquier. Ils pourraient se bouger, la vie de ma fille est entre leurs mains. La mienne est moins importante. Si je ne mange pas pendant quelques jours, ce n'est pas grave.

— Ma mère est nounou. Elle pourrait vous la garder ?

— Mais bien sûr, je vais confier ma fille à n'importe qui.

Mon timbre de voix froid lui arrache une grimace. Elle m'observe, puis secoue sa tête.

— Je peux comprendre. Mais la proposition tiendra toujours.

Qu'elle est mignonne, à vouloir m'aider.

Poupée. Je ne cesse d'avoir ce mot en tête. Nicolas a trouvé la bonne description. Faudrait que je le remercie pour me l'avoir gravée dans le crâne. Difficile de trouver mieux. Ses rondes joues rosées la rendent innocente. Quant à ses iris vairons, bien qu'elles aient parfois une lueur coquine, elles lui donnent un air désorienté. Suis-je sérieusement en train de l'infantiliser ? Ce n'est pas une adolescente ni une enfant que j'ai sous les yeux. Mais une femme. Une adulte qui a autant de besoins que moi.

— Merci, c'est gentil.

Ses lèvres se pincent en même temps qu'elle secoue sa tête.

— C'est normal.

— Ouais... ce qui serait plus normal est que vous preniez place derrière le comptoir.

J'accentue la phrase d'un clin d'œil qui se veut amical.

Le bar ouvre dans quelques minutes. Elle devrait déjà être installée.

— Oh oui... j'y vais, merci.

Elle me fait un fin sourire en se reculant.

Je ne réponds pas et plonge mon attention sur mon ordinateur. J'ai reçu un mail. Le notaire. Il me donne rendez-vous dans une semaine. De là, ma situation va se débloquer. J'ai hâte !

Une fois répondu au mail, j'inspecte Michelle. Elle dort à poings fermés. J'en profite pour entrebâiller la porte de mon bureau et aller dans la salle principale. Jennifer et Hélène ont déjà commencé leur travail. Jennifer installe des clients et prend leur commande. Quant à Hélène, elle sert des boissons. Dix clients. C'est déjà bien pour une ouverture.

Je me glisse derrière le comptoir, à côté de ma nouvelle employée. Elle m'adresse un simple regard, puis se tourne vers un client habitué. Ok, je lui donne un poste et elle... reste concentrée dans son travail. Quel est le problème ? Je ne suis vraiment pas normal. Sa façon de se détourner de moi m'a étonné. Je m'attendais au moins à un sourire.

— Tout va bien ? m'intéressé-je.

— Oui, je suppose. Pourquoi ça n'irait pas ? Je connais mon travail.

C'est vrai, elle a plus d'expérience que moi dans ce domaine.

— Je... je n'en sais rien.

Ça y est, je suis gêné. Bravo.

Elle sert un mojito à un homme accoudé au comptoir. L'homme lui fait un clin d'œil. Elle ne lui répond pas et passe à un autre client à quelques mètres. Professionnelle. Elle ne se laisse pas impressionner. Bien.

— Je peux avoir un Whisky, bébé ?

Hélène ignore le surnom et sert, bien que froidement, le client. Ce dernier se penche sur le bar, comme pour lui dire une confidence. Elle ne joue pas le jeu et porte enfin son attention sur moi.

— J'ai demandé à Google de supprimer les commentaires, m'avoue-t-elle. J'attends leur réponse et s'ils refusent, j'insisterai.

Sa gentillesse me touche. Elle n'est pas obligée de faire ça pour moi. Il aurait suffi qu'elle me dise comment faire.

— Merci !

— Hé, on peut être servi ou bien ?

Nos regards se posent immédiatement sur un jeune homme à peine arrivé. Il retire sa capuche en observant la barmaid.

— Ça vient ?

Le petit impoli doit avoir dans les dix-sept ans. Il est jeune, imberbe et fin. Son allure est digne des jeunes de banlieue.

— Jeune homme, nous vous servirons lorsque vous serez poli, le reprends-je sur un ton calme. Un bonsoir et s'il vous plaît sont plus qu'acceptés, même primordiaux.

Le client roule des yeux et se détourne de moi. Je ne demande pas la lune, juste du respect.

— Bon, un gin tonic, meuf.

Meuf. Il va être viré lui, il fera moins le malin.

— Vous avez quel âge ? demandé-je en m'avançant vers lui.

Mon ventre se colle contre le bois du comptoir. Le jeune hausse les épaules nonchalamment.

— Dix-huit ans, je suis majeur et je veux être servi.

— Carte d'identité, peut-être ?

J'insiste. Mais j'ai déjà eu des mensonges. Je ne sers tout simplement pas les mineurs. Questions de morale.

Avec un profond soupir agacé, le jeune sort sa carte d'identité. Il est bien majeur.

— OK, mais si vous continuez à être impoli, je vous fais sortir de mon bar.

Hélène s'active à lui servir ce qu'il désire. Elle ne bronche pas. Je reste près d'elle dix minutes, pour être certain qu'il n'arrive rien de grave, avant de retourner dans mon bureau. Michelle dort toujours. Le calme est le bienvenu. Les heures défilent. Je nourris ma fille au biberon, lui fais faire son rot puis la recouche.

On frappe à la porte. Je relève la tête instinctivement. Jennifer me demande si elle peut entrer. J'accepte et l'invite à s'asseoir en face de moi. La jeune femme à l'allure douce plonge ses pupilles bleu-gris sur moi. Encore aujourd'hui elle porte une de ses robes romantiques aux motifs floraux. Elle a aussi bouclé ses cheveux blonds. Son allure féminine ne contraste pas avec le bar. Juste avec Nicolas, qui a un look plus rock.

— Oui ?

— Je ne veux pas être méchante hein... mais la nouvelle, tu comptes la garder après ?

Sa question m'étonne. J'esquisse un sourire. Se serait-elle fait une amie ? Désire-t-elle une présence féminine ici ? Je me doute que travailler avec Nicolas doit lui peser. Je connais mon ami, il lui arrive d'être pénible. Toujours blagueur, un tantinet chercheur ; bien qu'il soit le premier à porter secours.

— À ce jour, je ne peux pas. Mais si la situation change, peut-être.

Les traits de mon employé se modifient. Elle n'a pas l'air aussi joyeuse que je l'aurais imaginé.

— Je peux être franche ? Ce n'est pas une bonne idée.

— Ah... pourquoi ?

Jennifer prend une profonde inspiration. Sa tête se tourne légèrement pour regarder derrière. Personne, elle se penche au-dessus de mon bureau, l'air sérieux.

— Je ne remets pas ses capacités en doute, mais elle n'est pas faite pour bosser ici. Elle... va tout faire couler. Tu as bien vu avec les clients. Ils ne vont pas la respecter, car elle ne s'impose pas. On va avoir des problèmes, Jessie...

Je la stoppe d'un geste de la main. J'en ai assez entendu.

— Je ne suis pas de ton avis, Jennifer. Elle vient à peine de commencer. Si elle a su gérer dans les autres bars, elle y arrivera ici. Puis, rappelle-toi qu'elle a plus d'expérience que toi.

Jennifer lâche un rire désabusé. Elle se lève en secouant sa tête.

— Cool. Tu comptes l'embaucher en fait ? Son petit jeu a marché ?

Le premier mot qui me vient devant sa réaction est jalousie. Mais je dois me faire des idées. J'ai toujours été clair avec elle. Je ne suis intéressé par personne. Ça n'a pas changé.

— Son petit jeu ? Elle a besoin d'un travail, sinon elle ne pourra plus se payer à manger et payer son loyer. J'avais besoin d'un employé et j'ai fait appel à elle. Jennifer, je suis le patron ici. Je n'ai pas de compte à te rendre. Si tu n'es pas contente, tu peux prendre la porte.

Mon ton est tranchant. Il ne semble pas plaire à la jeune femme. Elle me toise, comme si j'étais l'un de ces connards malpolis.

— Tu fonces direct dans le piège. Qui te dit qu'elle avait vraiment besoin d'un job ? Qui te dit qu'elle ne veut juste pas passer dans ton lit et te pomper du pognon ? Moi je dis ça pour toi, Jessie. Parce que je t'aime bien. Je n'aimerais pas que tu sois le dindon de la farce.

Si elle avait raison, Nicolas ou même Cassandre me l'aurait dit. On ne joue pas sur ça. J'ai confiance en mes amis.

À mon tour, je me lève. Je contourne mon simple bureau en bois et la rejoins.

— Merci de t'inquiéter pour moi, mais je suis grand. Je n'ai pas besoin d'une grande sœur. Tu peux regagner ton poste, des clients doivent t'attendre.

Comme attendu, elle arque un sourcil. Ma réaction ne lui plaît pas, je le vois bien. Gracieusement, elle tourne les talons et s'enfuit.

Jennifer m'a plusieurs fois fait des avances. Elle m'a avoué ses sentiments. J'ai toujours été honnête. Je ne suis pas intéressé. Déjà, car sentimentalement, je ne ressens rien pour elle. Puis nous avons six ans d'écart. C'est assez à mes yeux. Pourtant, je ne suis pas certain qu'elle m'aime vraiment. Ça doit juste être un fantasme qu'ont certaines femmes avec leurs supérieurs.

Et pourquoi n'aurait-elle pas raison à propos d'Hélène ? Après tout, je ne la connais pas. Je sais que ce que mes amis m'ont dit d'elle. Ils pourraient avoir menti ou ne pas savoir ce qu'elle trafique.

Quelle femme forte ! Jennifer vient de me foutre plein de doutes. Elle sait que j'ai horreur de m'interroger sur des personnes.

Michelle dort encore, à nouveau, j'en profite pour inspecter la salle. Je passe la porte privée et entends une conversation houleuse.

— Écoutez madame, dit Hélène avec froideur. Vous ne pouvez pas passer. C'est une zone privée.

À qui peut-elle bien parler ainsi ?

Je longe le mur, passe les toilettes et me stoppe. La femme répond limite en crachant.

— Je crois que tu n'as pas compris. Ma petite-fille est là, je le sais.

Lisa. Putain, fallait qu'elle vienne me faire chier ici.

Mes doigts se crispent. Lui parler n'était pas prévu. Je comptais même ne jamais la revoir. Mon espoir était bien stupide. Elle va me faire chier pour voir Michelle. Ce qui est tout à fait normal.

De toute façon, je suis ici chez moi. Au moindre problème, je la fous dehors.

Je fais mon entrée. Hélène m'adresse un regard perdu. À sa façon de nettoyer le comptoir, déjà propre, je comprends qu'elle s'impatiente.

— Madame demande à vous voir, m'annonce-t-elle, les dents serrées.

— Non, rectifie Lisa, je veux voir ma petite Léa.

— Désolée Lisa, il n'y a pas de Léa ici.

Ma belle-mère me scrute, les bras croisés contre sa poitrine.

— Ah ouais ? Et ma petite-fille alors ?

Oh. Elle a donné un autre prénom à mon enfant ?

Une boule se forme dans ma gorge. Je serre la mâchoire pour me contenir. Je ne suis pas certain que l'insulter donne une bonne image du bar et de moi-même.

— Elle s'appelle Michelle, pas Léa.

Lisa balaie ma reprise d'un geste de la main. Ses jambes la portent jusqu'à ma hauteur. Étant plus grand qu'elle, je la regarde les yeux baissés.

— Charlotte l'aurait appelée Léa.

Je l'ignore. Charlotte n'est plus là. J'ai choisi le prénom de ma fille et j'en suis fier. Elle devrait être heureuse. C'est un hommage pour sa fille.

Ma belle-mère, ou ex je n'en sais que trop rien, désigne mon crâne lisse du menton. Un rictus étire ses lèvres rouges.

— Tu te rends compte de l'allure que tu as ? Ma petite-fille ne sera pas élevée par un sous-homme comme toi. Il ne manque plus que les tatouages et...

Elle se tait pour inspecter la salle de ses yeux foncés. Un rire s'échappe d'entre ses lèvres et son attention est reportée sur moi. Tandis que je tente de me contenir.

— Ma fille décède et tu embauches des nénettes, tu es d'un pathétique...

Jusque-là, je gardais mon calme. Maintenant, c'en est trop. Je fais ce que je peux. Elle n'est pas à ma place et n'a pas à me juger.

Je saisis son bras et la tire au beau milieu des clients. Certains nous dévisagent avec amusement. Les autres sont plongés dans des discussions. Lisa se débat tant bien que mal.

— Je veux voir ma petite-fille !

— Elle dort, réponds-je en soufflant. Tu la verras plus tard. Par exemple pour les vacances. Bonne soirée.

Un peu brutalement, je la pousse hors de mon bar. Une insulte tonne dans la rue, faisant retourner des passants.

— Je récupérerai Léa, dit-elle. Tu ne peux pas être père.

Je ferme les portes sans attendre. C'était soit ça, soit je lui volais dans les plumes. En aucun cas elle ne peut me retirer la garde de Michelle. Je ne suis pas un mauvais père. J'apprends de mes erreurs et fais de mon mieux.

— Ça va ? m'interroge Jennifer.

Je hoche juste de la tête, perdue dans mes pensées.

Mon cœur est compressé sous ma cage thoracique. Je connais Lisa. Elle va m'en faire baver.

Jennifer pose avec douceur sa main sur mon bras, pour me réconforter. Son contact me rassure. Je ne suis pas seul.

C'est important pour moi. L'impression d'être abandonné est de plus en plus constante ces derniers jours.

Un client hèle mon employée. Jennifer se retourne et dit qu'elle arrive. Après un sourire réconfortant, elle reprend son poste. Je la vois me lancer quelques coups d'œil, probablement inquiète pour moi.

J'ai peut-être été un peu trop strict avec elle, tout à l'heure. Elle ne me veut que du bien.

Je traverse la salle, la tête baissée. Des questions se bousculent dans ma tête. Ma belle-mère va-t-elle me pourrir la vie ? Comprendra-t-elle que j'aspire à bien élever mon enfant et faire tourner mon bar ?

Car je n'ai aucun autre but. Ni remariage ni adoption ou même d'animaux. Sauf si Michelle veut un poisson, un chat ou un chien. Peu importe, pour autant qu'elle soit heureuse.

Oh quand je pense à tout ce que je vais devoir lui apprendre, ça me donne le bourdon. Aller aux toilettes, manger correctement, apprendre à parler, à marcher... Être parent est très compliqué. Encore plus quand on est seul. Encore une chance que j'ai deux amis sur qui compter. Sans eux, je serais déjà perdu depuis longtemps.

— Hélène, pourriez-vous me rejoindre avant de partir ?

La concernée accepte en servant un client. J'ai constaté avec étonnement que nous avons plus de clients que les derniers jours. Cela ne veut rien dire. Je verrais bien les recettes.

La soirée se déroule mieux. Je reste dans mon bureau, à jongler entre mon ordinateur et Michelle. L'heure sur mon ordinateur m'indique qu'il est tard. Hélène n'est pas encore venue, alors que son travail est terminé depuis un quart d'heure.

Je me lève et fais un tour de la salle. Personne. Tout est bien rangé à sa place. Je retourne à l'arrière. Devant la porte des vestiaires, je toque plusieurs fois. Personne ne me répond.

Merde, j'avais besoin de lui parler. C'était important, pour moi.

J'abaisse la poignée et ouvre la porte. La lumière est allumée. Mon corps se fige, mes oreilles se tendent. Je n'entends rien. Alors j'entre. À l'intérieur se trouve un sac à dos noir à même le sol. Je m'approche, mais n'ose pas y toucher. C'est un sac féminin. Il a un porte-clé avec un cœur est attaché à la fermeture éclair.

Le grincement d'une porte me fait flipper. Je sursaute et me retourne vers les trois cabinets. L'un est ouvert sur Hélène qui étouffe un cri. Elle n'a pas de haut et le tient entre ses doigts. Sa poitrine se soulève avec lourdeur. Je détourne les yeux. Mais le rouge me monte déjà. Je ne m'attendais pas à ça. C'est extrêmement gênant.

— Je pensais que vous étiez partie. Je suis désolé.

— C'est moi... je me suis tachée... j'aurais dû vous le dire avant.

Sans aucune gêne, elle fait le chemin jusqu'aux lavabos. Elle passe son haut dessous et allume l'eau. Entre ses doigts, elle frictionne le tissu. Je me redresse et prends un air détaché. J'essaie. De là où je suis, je vois son dos cambré et son reflet dans le miroir. Mes yeux sont attirés par un tatouage à la nuque, découvert par ses cheveux attachés en un chignon fou. Une rose. C'est si féminin et intrigant venant d'elle. Jamais je n'aurais imaginé ça.

— J'ai voulu servir le dernier client, mais j'ai renversé le verre sur moi. Votre tablier a absorbé une bonne partie de la boisson, alors j'ai continué.

— Ah merde. Après ce n'est qu'un tissu...

Son visage se relève, ses prunelles me détaillent.

— Économiser pour s'acheter un vêtement qui nous fait envie depuis des années, ça ne doit pas vous arriver souvent.

Je lève les yeux au ciel. Elle ne me connaît pas du tout.

— Ce n'est pas parce que j'ai gagné au loto que je suis né dans le luxe. Je n'ai pas eu tout ce que je voulais quand j'étais petit. Mon père n'avait pas un bon boulot, mais se battait pour qu'on vive convenablement.

La jeune femme reporte son attention sur son haut. Elle marmonne des mots que je n'entends pas d'ici. Je n'ose pas avancer et croise les bras pour me donner une contenance. Ce qui me rend d'autant plus idiot.

— Cassandre vous ramène chez vous ?

Toutes les tentatives sont bonnes pour penser à autre chose que son corps. Car bien que je sois le premier à ne pas être intéressé par la gent féminine, aujourd'hui tout a changé. Je ne saurais l'expliquer. Mais mes pupilles défient ma morale. Sans arrière-pensée, mon attention se balade sur sa peau dénudée.

— Oui, elle doit m'attendre sur le parking.

Ma tête se secoue de haut en bas. Je détourne laborieusement les yeux de ses reins.

— Oh, j'aurais aimé...

Je me tais, impossible de trouver mes mots, de peur qu'elle comprenne mal.

— Me ramener ? me demande-t-elle, amusée.

J'écarquille les yeux. Un rire s'échappe malgré moi.

— Non, je voulais juste vous parler. Rien de plus.

— À propos de ?

— Vous avez pas mal d'expérience... ça peut être utile pour le bar. Voulez-vous...

De la main, elle me coupe. Ses bras déplient son t-shirt. Il est partiellement trempé. Je suppose qu'elle n'en a pas d'autres, car elle l'enfile en grimaçant. Le tissu lui colle à la peau et dévoile son soutien-gorge noir.

La nouvelle barmaid se tourne vers moi. Un air intrigué.

— Vous aider à refaire marcher votre bar ?

Je hoche positivement de la tête. La femme sous mes yeux prend le temps de réfléchir. Ses traits changent. Passant de l'inquiétude à l'amusement.

— Mais bien sûr ! s'exclame-t-elle en étirant ses lèvres. Il n'y a pas grand-chose à faire. La décoration est parfaite, l'ambiance aussi... il faut juste s'occuper de la pub sur les réseaux sociaux et si besoin prouver que des personnes ont menti.

Ça me rassure. Bien que je sois plus âgé qu'elle de quatre ans, je n'ai pas ses compétences. Il n'y a aucune honte à avouer qu'une femme est plus forte qu'un homme. Pour moi, c'est important de le reconnaître. Les femmes ont une intelligence qui m'impressionne.

Chapitre 8
Hélène

Quatre mois après

Nicolas me lance son torchon à la gueule, en s'esclaffant comme un idiot. Je lui jette un regard noir. S'il continue ainsi, je vais m'énerver. Il a une attitude d'enfant ! Bon, il me fait bien rire, je dois le reconnaître. Je préfère travailler dans ces conditions que le contraire.

— Vous vous entendez bien, à ce que je vois, commente Cassandre en riant.

Notre amie boit son sirop à la menthe. Ses prunelles passent de Nicolas à moi à plusieurs reprises.

Elle n'a pas tort. Depuis que j'ai été embauchée et que Nicolas est revenu, nous avons créé une bonne amitié. Il peut compter sur moi, comme je peux compter sur lui. J'ai eu la chance de rencontrer sa charmante femme. Ils vont très bien ensemble. Ils étaient faits pour se rencontrer.

Oui, Jessie m'a embauchée en CDI, juste après le retour de son barman. Pendant plusieurs jours nous avons plongé sur le problème de la clientèle. Tout s'est décanté quand nous avons trouvé des solutions. Jessie a créé un compte pour son bar et a prouvé que les avis étaient faux. Rien de bien compliqué. Après avoir présenté ses employés, il a prouvé qu'il y avait une femme, non pas deux hommes en plus de lui. De plus, il a ajouté que s'il y avait de vrais problèmes, on aurait porté plainte.

Il a créé une pub grâce à mes maigres connaissances en Photoshop et ça a attiré quelques personnes. La preuve, ce soir, nous avons bien le double des clients qu'il y a quelques semaines. À mes yeux, il manque toujours un truc. Le bar n'est pas assez rempli et les ventes ne me satisfont pas.

— Hé, réflexe !

La phrase de Nicolas me tire de mes pensées. Je baisse les yeux sur ce qu'il tient. Un verre.

— Oh putain, non !

Trop tard. Il me le lance, comme à son habitude pour m'embêter. Il est très fort à ce jeu. Cassandre m'avait prévenue, j'aurais dû l'écouter.

Le verre s'écrase à mes pieds, en un bruit assourdissant. Des morceaux de verres éclaboussent tout autour de moi. Je reste immobile, attendant qu'une douleur se propage, mais rien. Je ne suis pas blessée. Fort heureusement.

— Merde, désolé !

Nicolas s'approche, le regard rivé sur le sol. Des clients nous regardent. Même Cassandre est inquiète. Elle est penchée au-dessus du bar, et me demande comment je vais.

— Ça va, réponds-je, en souriant.

— C'est quoi ce bordel ? demande une voix stricte et puissante.

Oups, le patron.

Sa présence dans mon dos me déclenche un frisson. Je sens sa main se poser sur mon épaule. Mon cœur loupe un battement.

Oh non petit cœur, tout, mais pas ça ! Ne me la fais pas à l'envers maintenant.

— Je lui ai envoyé le verre et il s'est brisé, avoue Nicolas, la mine basse.

Ce qui est bien est que cet homme dit toujours la vérité. Quand il fait une connerie, il l'assume.

À mes côtés, Jessie souffle, agacé par le comportement de son ami. Il baisse la tête pour observer mes pieds. Mes chaussures m'ont couverte, mais j'ai les jambes nues. Oh. Des marques rougeâtres et un peu de sang s'écoulent le long de mes mollets.

— Mais ce n'est pas vrai ! s'écrie Jessie en me prenant par le bras. Toi, tu répares tes conneries et vous, vous me suivez.

Le ton est donné. Nous n'avons pas à répliquer. Nicolas s'active déjà à ramasser les bouts de verres, tandis que je suis mon patron. Il serre avec puissance mon bras en m'entraînant à sa suite. Nous longeons le couloir, passons devant les toilettes et allons dans le côté privé.

— Je dois avoir de quoi désinfecter vos coupures.

Je ne réponds pas. Je suis traînée comme une poupée de chiffon jusqu'à son bureau. Pour la première fois, sa fille ne l'accompagne pas. Il a accepté que ma mère la garde. La raison est simple : il a retrouvé l'usage de son compte en banque. Voilà aussi pourquoi il m'a embauchée.

Le pauvre. Il se disait sûrement qu'il aurait moins de choses à penser. Voilà que j'arrive à me blesser, sans rien faire ! Ok, c'est de la faute à mon collègue. Lui et ses blagues stupides me mettent toujours en porte à faux. Enfin, jusqu'à ce qu'il se dénonce.

— Asseyez-vous là, je reviens.

Je n'ai pas le temps d'accepter qu'il tourne déjà des talons. Je me glisse sur le bureau et lève une jambe. Ça va, ce n'est pas catastrophique. Ça guérira en deux ou trois jours.

Jessie revient avec une trousse à secours. Son visage est crispé, ses pupilles figées sur mes jambes.

— J'en ai marre de vous deux, dit-il en posant la trousse à côté de moi.

— Je sais...

— Non, vous ne savez rien. Nicolas a toujours été ainsi. Je le connais depuis pas mal de temps. Mais il n'avait personne avec qui s'amuser. Jennifer l'a toujours ignoré. Ça se passait bien, il n'y avait pas de problème.

Je suis le problème. J'ai bien compris.

Mon menton se relève pour capter son regard. Un voile de tristesse passe dans ses yeux. Le coin de ses lèvres s'arque en bas.

— Ce n'est pas ce que je voulais dire, continue-t-il. Que vous soyez amis et que vous vous amusiez ne me dérange pas. Mais... oh, j'ai l'impression d'être un patron sévère !

Il s'interrompt après avoir exprimé son ressenti. Je n'ai pas besoin d'être assistée, je sais me soigner. Je prends le désinfectant et des cotons. Jessie m'empêche de me soigner, en m'arrachant littéralement ce que je tenais.

— Vous êtes dans une entreprise, à votre travail, reprend-il d'une voix plus forte. Vous avez tout le temps pour vous amuser. Une blague par-ci, une blague par-là, ça me va. Mais voyez-vous les conséquences ? Des blessures.

— Ce n'est rien de grave, réponds-je sans lâcher des yeux ses mains s'affairer.

— Pour cette fois-ci, ce n'est rien de grave. Mais les conséquences auraient pu être pire. C'est pour vous que je dis ça. Je ne tiens pas à ce que vous soyez blessée.

Il s'accroupit pour être à la hauteur de mes jambes. Ça me gêne. Des pensées incongrues traversent mon esprit. Non, je n'ai pas le droit. Seulement, le rouge me monte aux joues. Tout autour de l'homme à mes pieds devient flou. Je ne vois plus que lui, le cœur battant la chamade.

Ça me rappelle un moment gênant dans ma vie. Quand j'étais au collège, au cours de musique. Le professeur nous faisait chanter un à un. Est venu mon tour. Je ne voyais plus que lui, assise derrière son piano marron. Les élèves et leurs chuchotements ont disparu.

Sauf que là, c'est bien différent ! Mon ventre n'était pas retourné comme il l'est maintenant.

Le patron s'applique méticuleusement. Ses doigts pressent un coton imbibé sur ma jambe. Je serre les dents. Ça pique.

— Petite nature ?

Mon sourcil s'arque. Je suis intriguée par sa stupide question.

— Moi ?

Ses lèvres se pincent et sa main se déplace jusqu'à l'arrière de mon mollet. Une coupure au tibia me fait grimacer. Elle n'est pas belle et j'ai l'impression qu'il y a un truc à l'intérieur.

— Ou alors, vous avez peur du sang...

Je lâche un soupir désabusé.

— Je suis une femme, je n'ai pas peur du sang, répliqué-je. Dites, il y a un morceau de verre là ?

Je lui montre du doigt la zone. Il suit mon index de ses brillantes prunelles.

— Oh, mince, oui. Je vais l'enlever.

Sa main gauche cherche à tâtons sur la table un objet. Il attrape une pince à épiler dans la trousse de secours. Un stupide réflexe, quand la pince touche ma coupure, m'oblige à me soutenir sur ses épaules.

— Aïe !

Mon souffle est erratique. Ma poitrine se soulève lentement. La douleur m'a surprise. Elle était plus puissante que ce que je pensais.

Je constate que ses épaules sont un peu développées. Je me surprends à le palper. Il me faut un peu de temps pour oser m'arrêter. Mes pommettes doivent être aussi rouges qu'une tomate. C'était automatique. Je n'ai pas pu me contrôler. Jessie va me prendre pour une folle à la fin.

— Vous avez raison. Vous êtes bien une femme...

Il laisse sa phrase en suspens, un sourire accroché à sa bouche.

— Je n'avais pas mal jusque-là, je vous ferais dire.

Ses épaules se haussent. Il continue de me désinfecter très lentement.

— Hé, aïe !

Je suis certaine qu'il appuie pour m'embêter. D'ailleurs, son regard illuminé et son sourire carnassier me rassurent dans mes idées. Il me cherche.

S'il n'était pas mon patron... S'il n'était pas veuf et père, je l'aurais dragué. Je suis sérieuse. En sa présence, je me sens différente. À la fois timide et affirmée. Des sentiments naissent chaque jour et m'effraient. Je ne contrôle plus rien. Ça va faire quatre mois qu'on se connaît, j'ai la sensation que c'est depuis toujours !

Oui, s'il était libre, je l'aurais chauffé. Comme dans mes fantasmes les plus enfouis. Ceux où je trouve un homme parfait et m'amuse avec. Où on se chauffe scandaleusement. J'aurais cambré mes reins et écarté un poil mes jambes. Histoire qu'il se fasse un tas d'idées, avant de se jeter sur moi.

Le cœur lourd, je lui lance un regard noir. Qui le fait éclater de rire. À cet instant, tout s'arrête en moi. Je veux en entendre plus. Son rire est doux.

— Ça ne pique pas, affirme-t-il.

— Mais bien sûr ! Vous n'êtes pas à ma place.

— Ça ne risque pas. Je ne suis pas aussi idiot pour être dans une pareille position.

— Je crois que vous oubliez que pour cette fois, je n'ai rien fait.

— Pour cette fois, répète-t-il en roulant des yeux. La prochaine fois pourrait être pire. Vous savez pourquoi vous avez remplacé Nicolas ?

Je secoue négativement la tête en tendant ma jambe gauche.

— Un client s'est énervé et lui a lancé un tabouret. Jennifer m'a dit que notre cher ami l'a embêté. Voyez où ça mène.

Oh, Nicolas ne m'a jamais dit ça. Il s'est tu quand je lui ai posé des questions.

— Ah, d'accord.

La pièce est plongée dans un silence angoissant. Je n'ai pas dû de nouveau retenir des gémissements de douleur, car il était attentionné.

Une fois cette petite pause et une nouvelle réprimande passées, je regagne la salle principale. Nicolas fait profil bas et n'ose pas me questionner. Même notre amie reste silencieuse. Ce qui est anormal. Il est certain qu'elle me ramènera chez moi avec une flopée de questions.

Le service se déroule sans problème. Vers la fin, à quinze minutes de la fermeture, Nicolas est plus papillonnant. Il blague avec des clients, accepte les défis de Cassandre et me taquine. Soit il n'a pas compris soit il n'arrive pas à être professionnel.

C'est un grand garçon. Il devrait se contrôler un peu. Dommage que je n'ose rien dire. Si c'est pour que ça se retourne contre moi, autant être muette.

Jennifer rejoint le comptoir, toute souriante. Elle balaie la salle du regard. Je fais de même. Il reste trois clients.

— Hélène, m'interpelle Nicolas, en passant son bras autour de mes épaules. Cap ou pas cap ?

— Non, la dernière fois...

— T'as embrassé le boss, je sais, me coupe-t-il hilare.

Si ça le fait rire, tant mieux pour lui. Moi j'en garde un mauvais – et bon – souvenir. À cause de ça, j'ai failli ne pas avoir ce job.

Je me décolle de lui en attrapant un chiffon propre. Le regard lourd de Cassandre me suit pendant de bonnes minutes. Nicolas fait de même. Il se tourne vers moi, les bras croisés, et m'observe. Je continue de nettoyer le comptoir taché par un client.

— Tu as l'air d'être tendue, fait remarquer Nicolas.

— Non, je suis fatiguée.

— Fallait choisir un boulot de journée.

Mes yeux se plissent. Il ne comprend pas qu'on peut avoir des hauts et des bas ?

— Ça n'a rien avoir.

— Et c'est quoi donc ? insiste-t-il.

De toute façon, je n'ai rien à perdre. Il est grand. S'il veut une réponse, il va en avoir une.

— En pleine période de pré-menstruation.

Il en a le souffle coupé, alors que Cassandre sourit.

— Période de quoi ?

Bien sûr, il n'a pas dû en entendre parler. Je plains sa femme qui n'a pas l'air très bavarde.

— Je vais avoir mes règles, soufflé-je désespérée. Et avant de les avoir, j'ai la chance d'avoir mal au dos, aux seins, au ventre, d'avoir des nausées...

— Ok, ok, j'ai compris.

Une grimace se dessine sur son visage. Ses mains gesticulent dans les airs en signe de compréhension. Il l'a voulu, qu'il ne se plaigne pas. S'il est outré pour ces mots, qu'est-ce que ce serait s'il était à ma place ?

— Hm, humm, c'est bon de se donner en spectacle ?

Hé merde. Jessie. Comme par hasard. Si ça continue, je vais avoir une crise cardiaque.

Je me détourne et tente d'afficher un air désolé. Qui ne prend évidemment pas.

— Après les bêtises, place à l'intime. Vous n'arrêterez donc jamais ? Il y a encore des clients, dans le bar. Ils ne sont pas obligés d'entendre ça. Est-ce bien compris ? La prochaine fois, je vais vraiment m'énerver.

Je n'ose pas l'ouvrir. Je n'ai rien à dire pour me sauver.

Jessie nous détaille tous les trois, s'arrêtant longuement sur moi. Il est en colère. Je peux tout à fait le comprendre. Je suis tenue de donner une bonne image du bar. Et qu'est-ce que je fais ? Je parle de règles devant des clients hommes !

Les pauvres... eux qui sont innocents et purs. Eux qui ne parlent jamais de sexe ouvertement. Ça doit les choquer, je les plains vraiment.

Soyons honnêtes. Je n'aurais jamais le courage de dire ça à mon patron. Je tiens à mon poste. En signant le contrat, je savais dans quoi je me lançais. Il est normal qu'il me reprenne quand je dépasse la ligne.

— C'est moi qui ai insisté pour savoir, avoue Nicolas.

Jessie ne réagit pas, toujours plongé dans mon regard. Je finis par détourner les yeux, ne pouvant pas supporter ses pupilles me sonder.

— Vous avez d'autres choses à nous faire part ? me demande mon patron, sur un ton bas. Le nombre de relations sexuelles que vous avez eues, peut-être ?

Je ne sais pas si le client au comptoir l'a entendu, mais ça m'agace. Il n'a pas à m'afficher ainsi. Je bous de l'intérieur. À ses yeux, on dirait que je me suis tapé tout un régiment.

— Vous n'avez pas assez de doigts pour visualiser le nombre de mes conquêtes, répliqué-je sur le même ton.

Jessie étouffe un rire. Sa tête se baisse et se secoue. Derrière moi, j'entends Nicolas pouffer.

— Je vous crois..., soupire Jessie, avant de relever son menton. Quoi qu'il en soit, il reste cinq minutes, tâchez de rester corrects jusqu'au bout. Plus de débordement sinon je vous sépare.

Sa dernière phrase a le don de me faire rire. On dirait un professeur de mathématique.

— Nous séparer ? Et comment ? En coupant le bar en deux ?

— Exactement. Un à droite et l'autre à gauche.

Je pivote vers Nicolas en souriant.

— J'aurais le plus de clients, lancé-je sur de moi.

Ce dernier n'en croit pas un mot. Il lève les yeux au ciel.

— Si. Par exemple, si je viens moins couverte... ça ferait un carton !

— C'est de la triche ça, grommelle Nicolas.

Pour réponse, je lui décroche un sourire. Jessie, à quelques mètres de moi, fait comprendre qu'il en a marre. Ses pas disparaissent très vite. Je ne sais pas quelle mouche l'a piqué aujourd'hui, mais il n'avait pas l'air dans ses bottes. Peut-être parce que sa fille n'est pas avec lui ?

— Il a des vues sur toi.

La voix de mon collègue me fait sourire. Bien qu'il ait un ton sérieux, je sais qu'il plaisante. Je jette un coup d'œil à Cassandre. Elle arrange ses cheveux roux dans son dos. Quand ses yeux bleus trouvent les miens, elle prend un air sérieux.

— Je confirme, dit-elle.

Elle se penche sur son verre et saisit la paille de ses lèvres. Je me retourne à nouveau vers Nicolas. Il est aussi sérieux.

— Quoi ? Arrêtez tous les deux.

Nicolas balance sa tête sur le côté et me regarde comme dans un dessin animé. *Ratatouille*, si mes souvenirs sont bons. Quand le cuisinier dormait et que le rat était sur sa tête.

— Ils mentent, s'incruste Jennifer. Jess préfère être seul.

Mais de quoi elle se mêle ? Lui ai-je posé la question ?

C'est stupide, mais depuis que j'ai été embauchée, Jennifer me paraît froide. Chaque fois que je fais, soi-disant, mal un truc, elle est la première à me balancer. Avant de se faire reprendre par Jessie. Pour lui, je sais ce que je fais. Il me fait confiance. Enfin, sauf quand je suis seule avec Nicolas.

Je pensais devenir amie avec Jennifer, mais le contraire s'est produit. J'ai horreur qu'elle me parle. Toujours à me rabaisser, me faire paraître pour une gamine. C'est le point noir de ce poste. Je dois la côtoyer tous les jours. Pour ce faire, je prends sur moi et l'ignore.

— Jennifer la ferme ! s'exclame Nicolas. Tu n'es pas amie avec Jessie, moi oui. Je sais comment il est.

La jeune femme semble furieuse. Elle nous lance un regard noir puis s'enfuit aux toilettes. Qu'elle aille bouder. C'est bien fait pour elle.

— Il n'arrête pas de te reprendre, continue-t-il sur un ton plus calme. C'est toi qu'il regardait pendant qu'il nous engueulait. Je t'énumère juste les faits. Mon pote est...

— Non !

Mon cri me surprend. Je fais un pas en arrière, totalement perdue. Je ne veux pas entendre ça. Je ne veux pas me faire de faux espoirs. Pas à nouveau.

Chapitre 9
Jessie

Michelle grandit vite. Elle a déjà quatre mois. Je n'y crois pas. Le temps passe à une allure folle.

Elle a grossi. Désormais elle pèse 5,6 kilos et mesure cinquante-neuf centimètres. J'ai dû lui acheter des vêtements plus grands ! Les petites chaussures roses sont craquantes. Je les lui mets à chaque sortie.

Contrairement à mes appréhensions, je prends du plaisir dans mon rôle de père. Si certains moments sont fatigants, je suis tout de même heureux. J'ai pris un rythme de vie, quelque peu soutenu, mais convenable. Par contre, il m'est impossible de la laisser pleurer plus de trois minutes. En journée comme en pleine nuit, j'accours tel un esclave. Je suis à sa merci mais j'ai de sacrées récompenses ; la voir sourire et l'entendre rire. D'ailleurs, l'habiller et l'observer dormir sont mes activités favorites.

Mais tout n'est pas rose dans ma vie. Si vivre à deux est plaisant, je n'ai pas le temps de me reposer. Entre mon travail et la menace de Lisa, je suis épuisé. Cette dernière n'est pas revenue. Par contre, elle m'a encore dans son collimateur. Je suis la personne à abattre pour qu'elle récupère sa petite-fille. Son jeu malsain est de m'ennuyer. En envoyant des messages de haine sur ses comptes, à ses amis et en avis sur mon bar. C'est généralement Nicolas ou Arthur qui me les rapportent.

Je pensais que les choses étaient réglées. Alors j'ai utilisé la manière forte. Je suis passé aux menaces, ayant assez de preuves pour l'accuser. La peur que je porte plainte contre elle l'a pour l'instant calmée. Mes amis ne me parlent plus d'elle depuis deux semaines.

Puis, il y a Hélène. Quelque chose s'est créé entre nous. Quand je lui ai annoncé que je l'embauchais pour de bon, elle m'a sauté dans les bras. Elle était heureuse et j'en étais heureux. Je fais au moins une chose de bien dans ma vie. Une chose où personne ne vient me critiquer, me reprendre sur mon choix.

Enfin si, au début Jennifer a montré son désaccord. Mais je n'ai pas cédé et l'ai remise à sa place. Depuis, tout va mieux au bar.

Un sourcil arqué, j'observe mes employés travailler. Ils sont calmes, beaucoup trop calmes. Depuis le début du service, aucun mot n'a été dit. Pas même un bonjour. Je ne parle même pas de l'attitude d'Hélène. On dirait qu'elle fait la tête. Aucun moyen de savoir ce qu'elle a. Elle ne répond pas à mes questions.

Tout se déroule bien. Les clients affluent, des rires résonnent. L'ambiance du bar est telle que Charlotte et moi le désirions. Si seulement elle était encore là ! J'espère que de là où elle est, elle est contente de moi. Parce que moi, je ne le suis pas du tout. Je suis totalement perdu.

Hier soir, Nicolas m'a contacté. J'étais à peine sorti du bar, qu'il voulait me parler d'un problème. Tout de suite, j'ai imaginé un problème avec Hélène. Hier, elle a hurlé un « non » à la fin de son service. Je n'ai pas entendu la conversation et n'ai rien demandé. Si elle désirait me parler, elle le ferait d'elle-même. Seulement, ce n'était pas à ce sujet.

Hier, sur le trajet du retour, j'ai dû affirmer à mon ami qu'il se trompait. Que je ne suis pas intéressé par Hélène. Étant très curieux, il a insisté. Après une longue heure de discussion, j'ai abandonné. Qu'il pense ce qu'il veut !

Pourtant ces questions m'ont mis un sacré doute. Puis-je vraiment m'éprendre d'une femme, alors que j'ai perdu la mienne il y a plusieurs mois ? Cela peut arriver aussi vite ? Non, ce n'est pas possible. Je ne connais presque rien d'Hélène. Je ne sais même pas si elle est en couple.

Hélène me dépasse et tourne vers les toilettes. J'en profite pour m'approcher de Nicolas, qui sert une cliente.

— Elle n'a pas l'air d'aller bien...

Nicolas place une mèche de ses cheveux derrière son oreille. Son visage pivote en direction du mien.

— Ouais, sûrement... ce pour quoi tu l'as engueulée hier.

Je plisse les paupières, comprenant ce qu'il veut dire. Ses règles.

— Je t'ai aussi engueulé, rétorqué-je en m'éloignant. Vous étiez tous les deux. Tu étais aussi fautif qu'elle. Si ce n'est pas toi qui as commencé tout ça... D'ailleurs, penses-tu pouvoir gérer seul ?

Le barman m'adresse un regard perdu. Ses pupilles sondent les miennes.

— Heu, ouais, pourquoi ?

— T'occupes.

Je me détourne pour rejoindre Hélène. Si elle a trop mal, autant qu'elle prenne sa soirée. Faire la tête à ses collègues, ça passe, mais avec les clients, non. Bien que je ne comprenne pas du tout la douleur que peuvent ressentir les femmes, je ne suis pas idiot. À leur place, je ne travaillerais pas durant ces durs jours !

— Hélène ?

J'entends un robinet s'ouvrir et de l'eau couler. Elle se lave sûrement les mains.

— Quoi ?

Oh. Sa voix est bien trop sévère à mon goût.

— Heu... Vous pouvez prendre votre soirée, si vous voulez.

— Non, ça va. Je ne suis pas en sucre, j'ai l'habitude. Merci bien.

— Comme vous voulez...

Je ne sais pas du tout quoi dire ou faire. Entrer pour lui parler ou l'attendre ? Et si elle est de nouveau en soutien-gorge ? À cette idée, je la revois, penchée sur le lavabo et peu habillée. Contrairement au jour J, mon souffle est erratique. Je porte ma main à mon crâne. Ce que je ressens ne devrait pas exister. Je perds la boule. Charlotte doit me maudire.

Comme elle ne sort pas, j'opte pour regagner mon bureau. Si elle n'a pas envie de parler, je ne peux pas la forcer. Bien que ça m'embête. Elle a toujours été souriante. Si sa bonne humeur a disparu, la cause doit être grave.

Alors que je vais pour partir, un applaudissement m'interpelle. Nicolas vient dans ma ligne de mire, tout souriant.

— Entre dans les toilettes et prends-la.

Quel crétin. S'il croit qu'on peut avoir une femme ainsi, il se trompe.

— Putain, ta gueule.

Ça m'a échappé. Et ça semble l'amuser. Il détaille la porte fermée des toilettes des dames.

— On n'est pas dans la merde..., soupire-t-il.

Je l'ignore et vais m'enfermer dans ma pièce, jusqu'à la fin du service. Comme au début de la journée, Hélène est la seule à ne pas parler. Sans un au revoir, elle passe les portes du bar. Nicolas me fout un coup d'épaule. Comme s'il tentait de me dire quelque chose.

— Elle rentre à pied. Cassandre ne pouvait pas venir. Bonne fin de nuit !

Alors comme ça, ils se sont parlé. Je devrais les surveiller d'un peu plus près. Nicolas est avec Claire, une infirmière. Ils sont en couple depuis pas mal d'années. Je le vois mal la tromper pour sa collègue.

Le barman sort à son tour, suivi par Jennifer. Cette dernière me lance un dernier regard, accentué d'un chaleureux sourire. Que j'ignore. Je suis enfin seul et m'effondre sur une chaise non rangée à sa place. La salle est à mes yeux magnifique. Il n'y a rien à modifier, mais c'est douloureux d'observer le moindre détail. Tout a été fait par Charlotte. C'est elle qui a choisi l'emplacement, la couleur, la décoration. Je n'avais pas mon mot à dire, n'étant pas créatif.

Aujourd'hui, je ne regrette pas. Si tout était à refaire, je la laisserais choisir. Elle était magnifique, se baladant en robe rouge, au beau milieu de la pièce vide. Papier en main, elle notait tout ce qu'il y avait à faire. En plus de prendre les décisions, elle m'a beaucoup aidé. Nous avons construit le bar de nos propres mains. Il n'y a pas une chose qu'elle n'a pas faite ! Charlotte était très forte. Une vraie touche à tout.

Je me souviens d'elle, installant les tables. Posant des plantes ou arrangeant les rideaux aux fenêtres. Toujours dans une tenue florale. Elle adorait bosser en écoutant de la musique et en chantant à tue-tête. Ses cheveux marron volaient dans les airs, pendant qu'elle tournoyait sur elle-même. Charlotte était toujours joyeuse. Même lors de nos nombreuses déceptions.

Elle désirait avoir un enfant et moi aussi. Nous avons mis beaucoup de mois pour qu'elle tombe enceinte. Les médecins disaient qu'il n'y avait aucun problème, qu'il fallait juste du temps. Mais la première insémination n'a pas marché. Nous avions abandonné, jusqu'à ce que Michelle pointe le bout de son nez.

Peut-être aurions dû ne pas essayer une dernière fois ? Elle serait toujours à mes côtés.

En me posant des questions idiotes, je contourne le bâtiment. Au loin, Hélène marche d'un pas décidé à travers la rue sombre. Cette vision est effrayante.

— Hélène !

Me voilà courant dans sa direction. La jeune femme pivote pour plonger ses yeux sur moi. Elle les roule d'ailleurs d'agacement, avant de tourner des talons.

— Lâchez-moi !

— Venez, je vous ramène. Il est tard, pas question que vous marchiez pendant une heure.

J'arrive à sa hauteur. Elle entreprend de marcher plus vite, pour me semer. Instinctivement, ma main saisit son avant-bras, la forçant de s'arrêter. Un long soupir s'échappe d'entre ses lèvres. Il semblerait que je l'énerve.

— C'est Nicolas, c'est ça ?

Je hoche de la tête.

Un courant d'air hérisse mes poils. La température est en train de descendre.

De force, j'attire Hélène. Bien qu'elle grogne, elle ne tente rien pour se libérer. Au bout de quelques pas, je ne la tire plus. Elle marche à ma hauteur, son poignet toujours entre mes doigts.

Ma voiture est en pleine ligne de mire. Une simple Ford, des plus banales, mais spacieuse. À l'arrière est installé le siège-auto vide. En posant Hélène chez elle, je fais une pierre deux coups. Ses parents sont sur le chemin, je pourrais donc récupérer ma fille.

— Vous n'avez pas de voiture ?

En s'installant dans le véhicule, Hélène ignore ma question. Elle se tient droite comme un I sur le siège, les yeux tournés vers l'extérieur.

Je ne sais pas à quoi elle joue, mais ça va me gonfler.

— Si vous ne répondez pas, je ne démarre pas.

Ma menace n'est pas prise au sérieux. Les mains sur ses cuisses, elle continue son petit jeu malsain. À croire qu'elle veut me torturer.

« Prends-la ». Ai-je le droit de dire que je déteste Nicolas ? À cause de lui, sa phrase bourdonne dans ma cervelle. De quoi dois-je avoir l'air ? Moi, veuf et père célibataire ! Je n'ai pas le droit de désirer coucher avec une femme. Ce n'est même pas question d'être trop tôt. Je me sentirais mal de faire l'amour à une autre. Car dans faire l'amour, il y a amour. Et j'aimerai toujours Charlotte, quoiqu'il arrive. Je ne suis donc pas apte à en vouloir une autre.

Rester seul ne me fait pas peur. C'est le prix à payer pour avoir désiré un enfant.

— Non, j'en ai plus. Je l'ai vendue pour payer mon loyer. Et ce n'est pas plus mal, car j'ai failli buter Cassandre lors de notre rencontre. Content ?

Quelle étonnante nouvelle.

— Oh, d'accord. C'est donc financier. Je suppose que sous peu, vous en rachèterez une.

— Mouais... Mais j'ai peur de commettre un accident. Ce n'est pas une priorité. Mon logement et la nourriture, eux, le sont.

— La peur nous bloque, commenté-je. Avoir la force de la dépasser est une prouesse très rare. Il faut y aller petit à petit.

— Oui, c'est vrai. On peut y aller ?

Nous prenons la route. Je conduis prudemment, bien que mes yeux se posent parfois sur elle. Comparé aux autres jours, le chemin me paraît court. Je n'ai pas le temps de commencer une longue discussion. Nous sommes devant chez ses parents. Hélène sort du véhicule, l'air étonnamment serein. Elle sautille même jusqu'à la porte. Ses parents nous accueillent avec joie. Sa mère, Bénédicte, nous propose un café, que je refuse poliment. Quant à Hélène, elle accepte. Je patiente donc qu'elle le termine, pour la raccompagner.

Son père, Étienne, est imposant. Son comportement est brut. Je me sens toujours mal face à ses yeux verts. Un peu comme si je commettais des erreurs.

Tandis que les femmes sont en train de boire, assises autour de la table, je berce Michelle. Bien sûr, sous le regard d'Étienne. Il me donne l'impression d'un père qui inspecte le petit-ami de sa fille. Or, ce n'est pas le cas.

Mes yeux observent la pendule accrochée au mur peint en marron clair. Il est très tard. Je me lève lentement en raclant ma gorge. Je ne veux pas être impoli, mais nous devons partir.

— Hélène, l'appelé-je. Il...

— Oui, oui. Je bois la dernière gorgée et on file.

Ça me rassure. Je pensais qu'elle me trouverait culotté.

Les deux femmes jacassent pendant qu'elles débarrassent la table. Quand elles reviennent, je surprends le clin d'œil de Bénédicte. Hélène répond en levant les yeux au ciel.

Le temps m'a l'air long. Pourtant, nous sommes ici que depuis quinze minutes. C'est la fatigue. La journée a été longue, j'ai besoin de me reposer.

Trois minutes après les au revoir, ma fille est dans son siège-auto. Hélène est assise côté passager et ne me lâche pas des yeux. J'enfonce les clés et démarre. La route m'est un peu plus inconnue. Je ne sais pas du tout où aller. Ce sera bien la première fois que j'accompagne une femme depuis des années.

Je suis attentivement les instructions d'Hélène.

— Tournez à droite.

J'obtempère sans un mot.

— Garez-vous ici, ça ira.

Son ton est de nouveau froid. Je ne m'y attarde pas et me gare. Hélène me remercie d'un mouvement de la main. La portière claque derrière elle. Le froid m'envahit, ainsi qu'un sentiment indescriptible.

J'abaisse la vitre, me penchant pour être vu. Mon bras se cale contre mon siège, pour rester dans ma position. Quant à mes mains, l'une est posée sur le siège d'à côté, l'autre sur le tableau de bord.

— Hélène ! l'appelé-je, sur un timbre de voix aiguë.

La jeune femme se stoppe, à quelques mètres du bâtiment. Ses talons pivotent, ses prunelles se plongent dans les miennes. Une nouvelle sensation me fait frissonner. Je me sens même inconfortable. Comment peut-elle me regarder avec autant d'intensité et me parler sèchement ?

— Quoi ?

Je ne m'en remettrai pas. Elle a intérêt à changer de ton très vite. Ma patience a des limites.

— Vous avez oublié votre sac.

Elle observe directement ses mains. Rien. Son visage affiche une moue agacée. À croire que refaire le chemin l'emmerde.

Est-ce moi, ou c'est bien moi le problème ? Je pensais que ce serait juste une mauvaise période. Mais après l'avoir vue avec ses parents toute souriante, il y a un souci. Le job ne lui conviendrait-il pas ? Ma façon de reprendre ses bêtises – avec Nicolas – lui taperait-elle sur les nerfs ?

— Merde !

Je m'attendais plus à un merci. Tant pis, je m'y accoutumerai.

Hélène ne perd pas de temps à ouvrir la portière. Elle passe sa main par la vitre baissée, me forçant à me reculer. Elle tente d'attraper son sac, qui est au sol, où ses pieds étaient. Je l'observe, sans l'aider. Elle est grande et sait se débrouiller.

— Vous pouvez me le passer ?

Dans sa voix, il n'y a aucune amabilité. On pourrait croire qu'elle parle à un chien. J'arque un sourcil, amusé par son stupide comportement.

— Ça vous écorcherait d'être polie avec moi ?

Elle s'écarte et ouvre brutalement la portière. Sa colère est palpable.

— Ouais, ouais, merci de m'avoir ramenée. Salut.

Sa façon d'agir est digne d'une adolescente rebelle. Je prie au plus profond de mon être que Michelle ne soit pas ainsi à l'adolescence. Ce qui risque d'être le cas. Sans mère, elle n'aurait pas de repères. Peut-être même sera-t-elle distante avec moi sur des sujets épineux ?

— J'allais proposer de vous chercher demain, mais oubliez ça. Vous ne le méritez pas.

— Je me débrouillerai très bien seule.

— Bien, bonne soirée.

Mon doigt se pose sur le bouton de la fenêtre. Je commence à la remonter. Hélène se tient debout, à côté de la portière ouverte. Son sac à dos sur l'épaule, elle ne bouge pas.

— La portière, vous serez aimable.

Si elle veut jouer, elle va perdre. Moi aussi je peux être agressif.

— Je suis contente que vous n'ayez pas suivi le conseil de Nicolas.

Je relève la tête dans sa direction, interpellé. De quoi parle-t-elle ?

— À propos ?

— De me prendre dans les toilettes.

Ma mâchoire se décroche. Une chaleur accablante envahit la moindre parcelle de mon corps. Elle nous a entendus. C'est très humiliant. Je n'arrive pas à avoir de pensée cohérente. Je deviens aphone. Elle m'a pris de court et s'en réjouit. Le coin de ses lèvres est relevé. Je dois bien avoir pâli, face à son air carnassier.

En face de moi, je n'ai plus la jeune femme timide. Mais une vraie femme, qui abat ses cartes. Un jeu entre nous s'est installé. Lequel craquera ?

— Je... je n'aurais jamais fait ça, arrivé-je à prononcer.

— Je sais bien.

Elle ne bouge pas, m'observe de longues secondes. Mes pupilles glissent dans le rétroviseur. Michelle ne semble pas bouger. Elle doit toujours dormir.

Quand je reporte mon attention sur Hélène, cette dernière aborde un air différent. Ses joues sont rougies et elle mordille sa lèvre inférieure. Est-ce moi, ou elle me mate sans même faire attention ?

— Puis-je vous dire quelque chose de complètement fou ?

J'aimerais ne pas savoir ce qu'elle pense. Vu ses prunelles vairons qui brillent, je doute que ce soit à propos du bar.

— Oui ?

Si je pouvais me boucher les oreilles ou partir, je le ferais. Elle ne sait pas que ce qu'elle risque de dire pourrait me faire dévier ? La conversation avec Nicolas me revient. Pourrais-je vraiment m'éprendre d'elle ? Comment pourrais-je être aussi con et oublier Charlotte ?

— Vous ressemblez à un acteur...

Soit elle va sortir un acteur au physique ingrat, soit un acteur charmant. Dans tous les cas, je vais mal le prendre.

— Et à qui ?

Le suspense perdure. Elle faufile ses iris vairons sur mon corps, s'arrêtant sur mes mains crispées sur le volant.

— Vous allez me prendre pour une folle.

— Peut-être est-ce déjà le cas ?

Elle me fusille du regard. Je lui souris de plus belle, rien que pour l'énerver.

— Vous ressemblez à un acteur de film X, balance-t-elle.

J'éclate de rire. Son audace me scie en deux. Je ne m'y attendais pas du tout.

— Ah bon ? Aussi bien, c'est moi, cet acteur de film X...

Je laisse ma phrase en suspens, attendant sa réaction. Ma voix se veut séductrice. Mais autant être sérieux, elle n'y ressemble pas. J'ai perdu l'habitude de draguer.

Hélène prend une profonde inspiration en se penchant dans la voiture. Son visage s'approche du mien. Je me fais violence pour ne pas avancer et saisir ses si belles lèvres. Bordel, mais qu'est-ce que je dis, moi ? Il faut que je redescende sur terre et vite.

Charlotte. Elle seule peut m'aider à passer outre mon corps qui se ligue contre moi.

Même penser à elle n'a pas grand effet. Hélène s'approche encore, frôlant mon oreille de sa bouche.

— Premièrement, me souffle-t-elle, bien que ses initiales soient les mêmes que les vôtres, je confirme qu'il y a une sacrée marge. Lui est bien monté et n'a pas peur de prendre une femme. Et deuxièmement, ce serait hyper malsain que je regarde mon patron sauter des femmes... et les faire crier à tue-tête.

À la fin de sa phrase, Hélène s'éloigne. Je retrouve la froideur de l'habitacle, qui s'entrechoque avec ma soudaine chaleur.

Ce petit bout de femme vient de briser une maigre barrière. Et en plus de cela, elle m'a étonné. Elle vient de m'avouer regarder du porno. Ce n'est pas le genre de chose qu'on dit à son supérieur.

— Ça vous apprendra à me mater !

Je fronce mes paupières. De quoi parle-t-elle encore ?

— Je n'ai pas...

— Ne faites pas l'innocent, Nicolas me l'a dit et j'en ai eu la preuve. Gardez vos yeux pour vous à partir de maintenant. Bonne nuit.

La portière claque. Cette fois-ci, je file à vive allure. Une mauvaise idée germait dans ma tête. Je ne suis pas certain que prouver à cette jeune femme que, moi aussi, je suis bien monté soit une bonne idée.

Merde. Mais dans quoi suis-je enlisé ? Je n'arrive même pas à comprendre ce qu'il vient de se passer. Hélène vient vraiment de me chercher ? De me chauffer ? Cela a-t-il vraiment marché ?

Chapitre 10
Hélène

Je me sens démunie. Plus maîtresse de moi-même. Mes mots ont dépassé mes pensées. Jessie doit me prendre pour une folle. Ce que je commence même à me demander. Quelle femme serait assez idiote pour franchir ses propres limites ? Oser le défier relève de la pure imbécillité. Je m'en mords encore les doigts.

Mon appartement me sauve. Ses murs sont mentalement ma prison. Faire demi-tour pour rattraper Jessie me mettrait dans la case d'attardée mentale.

Tout au fond du couloir, je fixe la porte des toilettes. Un peu comme si j'espérais trouver une idée. Le temps passe et je m'impatiente. Rien n'arrivera.

À quoi m'attendais-je de toute façon ? À ce qu'il monte jusqu'à mon étage et toque à la porte pour me sauter ? Il doit me manquer une case. Je fuis Jessie, mais m'imagine des tas de scénarios des plus loufoques. Pourquoi est-ce que je complique tout ? Je ne veux pas d'homme. Même pas pour une nuit !

J'accours à la salle de bain. L'heure est venue de retirer mon masque. Quand bien même je n'ai pas envie de l'affronter une fois de plus.

Mes pupilles n'osent pas me détailler. J'ai peur de mon reflet. Peur de ne plus me trouver et voir juste une victime.

Un coton démaquillant en main, je le fais glisser le long de ma joue. Ma laide cicatrice me saute aux yeux. Exactement ce dont j'avais besoin.

Le moyen que j'ai trouvé pour m'éloigner des hommes est de l'observer jusqu'à regretter. Jusqu'à pleurer de peine. Elle est celle qui a fait de moi une fuyarde. Celle qui a peur de tomber sur un menteur au point de bannir les hommes.

Sous mes yeux, ces scènes cauchemardesques refont surface. J'étais heureuse et avais enfin un homme qui m'aimait. Nous filions le parfait amour. Moi qui avais toujours dit ne jamais vouloir être avec un garçon, j'avais prouvé à ma mère que je pouvais tomber amoureuse.

Il s'appelait Ethan et avait dix-neuf ans. Moi dix-sept ans. Nous nous étions rencontrés au lycée. Il avait redoublé une classe. Notre relation a été un peu longue à démarrer. Et j'y étais pour beaucoup. J'avais le même discours « Je ne veux pas être en couple ». Discours qui s'est révélé une phrase bateau pour éloigner les enquiquineurs. Nous sommes restés ensemble un an. C'était déjà trop.

Il m'a trompée. Pardon. Il trompait sa copine avec moi, nuance.

Oui, Monsieur était déjà en couple et ne m'avait rien dit. Quand sa petite-amie, jalouse comme une tigresse, l'a appris, j'ai fait les frais du mensonge. Elle a voulu m'étriper de rage, me faire regretter d'avoir séduit son homme.

La bagarre a éclaté au lycée, sur le parking. Elle m'y attendait à la fin des cours.

Quand elle s'est présentée et m'a dit qui elle était, je suis tombée des nues. La vérité s'est éclairée. Ethan ne m'aimait pas. J'étais utilisée pour assouvir ses désirs. Ses belles paroles étaient fausses. Ses silences radio et sorties chez sa famille étaient des mensonges. Il rejoignait sa vraie petite-amie. Celle avec qui il était depuis ses quinze ans.

Cette folle furieuse m'a accusée de tous les maux. Pour elle, j'étais la seule fautive. Son copain ne l'aurait jamais trompée si je ne l'avais pas dragué. J'ai bien tenté de lui expliquer la situation, que je n'étais pas au courant. Elle n'a rien voulu savoir et s'est jetée sur moi.

L'agression m'a portée à l'hôpital. J'y suis restée deux semaines. Plus de peur que de mal. Mon œil n'a pas été touché par son couteau. Elle m'a loupé de trois centimètres. Même si aujourd'hui je vais physiquement bien, psychologiquement ce n'est pas le cas. J'ai encore peur de tomber sur un connard qui sortirait avec une psychopathe. Je me protège donc comme je peux des hommes. Peut-être un peu trop.

Ce souvenir rouvre une profonde plaie. Mes yeux se détournent de mon reflet. Une douleur naît à ma poitrine et me compresse. Je jette le coton et entreprends de retirer ma tenue. Les vêtements glissent le long de mon corps, pour tomber sur le sol carrelé. Mes pieds, dont les ongles sont vernis en rouge, me portent jusqu'à la cabine de douche. Je m'installe sous le pommeau. L'eau coule. Mon corps frissonne au contact de l'eau chaude.

La douche me fait un bien fou. Elle est réparatrice après la journée que j'ai passée. La nuit dernière a été abominable. Les phrases de Nicolas m'ont perturbée. Je n'ai pas pu dormir.

D'après mon collègue, notre supérieur aurait des vues sur moi. Même Cassandre a confirmé ses dires. Si c'est la vérité, la suite de mon travail va être plus compliquée. Déjà qu'hier, être froide avec lui a été stressant. J'ai failli craquer à plusieurs reprises.

Cet homme me rend toute chose. Ça m'effraie plus que tout.

La fleur de douche caresse ma peau d'une infime douceur. Elle glisse au creux de mon cou, descend le long de ma poitrine et arrête sa course à mon bas-ventre. Mon dos se cambre, ma main se faufile jusqu'à mes cuisses. Je me savonne désormais avec empressement. La fatigue pointe le bout de son nez.

Je ne prends pas le temps de dîner. Mes paupières sont lourdes et un bâillement m'échappe. Enroulée dans une serviette de douche, je parcours la distance de la salle de bain à ma chambre. Flemme de m'habiller, je m'allonge sur le lit. La pièce est éclairée de ma lampe de chevet.

Il ne me faut pas longtemps pour que mes pensées dévient sur mon patron. Ses pupilles vertes apparaissent devant moi. Ses lèvres dessinées d'un sourire charmeur, sa mâchoire serrée dont des veines ressortent.

Oh non. Je me force à imaginer autre chose. Une robe noire au col en v échancré. Je l'ai vue en solde. J'espère qu'il y en aura encore quand je serai payée.

***

Nicolas m'ouvre la porte avec galanterie. Il tente par tous les moyens de me faire rire, mais je n'ai pas la tête à ça. Mon estomac est brouillé depuis le réveil. Mes règles sont douloureuses. Je n'ai qu'une envie ; finir mon service. Je me vois déjà roulée en boule dans mon lit, coincée entre deux couvertures.

Mon collègue s'active à installer la salle. Jennifer n'est pas encore arrivée et tant mieux ! Cette idiote me prend pour une conne depuis que j'ai été embauchée. J'ai l'impression d'être son souffre-douleur.

C'est malgré une douleur lancinante que j'aide Nicolas. Toutes les tables sont posées au sol et préparées. Nous avançons dans le boulot de la serveuse, dans une fausse joie. Du moins, pour ma part.

— M'aide pas, lance Nicolas en roulant des yeux. Je peux me débrouiller seul. Je suis un homme, je te rappelle.

Il me lance un clin d'œil et me fait signe d'aller me changer. J'obtempère sans me poser plus de questions. Je n'ai pas la force de soulever plus de chaises. Surtout pas pour Jennifer. Elle, elle n'oserait jamais avancer mon travail. De plus, je ne suis pas en forme ce soir.

À peine la porte privée passée, mon ventre se fait entendre. Il grogne sa souffrance. J'ai faim et je n'ai pas mangé avant. Plus qu'à attendre la pause pour dévorer mon en-cas.

J'enfile ma tenue sans me presser. J'aurais peut-être dû demander une journée de congé. Jessie l'aurait acceptée. Mais je n'aime pas passer pour une faible. Alors je prends sur moi et souffre en silence.

Mon tablier enfilé, j'entreprends de quitter les vestiaires. La porte s'ouvre avant que je n'en aie le temps. Nicolas apparaît à l'encadrement. Ses yeux rieurs me contemplent dans un silence religieux.

— Il m'a parlé.

Je hausse les épaules. Bien que je sache de qui il parle, je n'ai rien envie de savoir. Nicolas me prend de court. Il s'avance de quelques pas dans ma direction et croise les bras contre son torse.

— Tu caches bien ton petit jeu, souffle-t-il.

Oh putain, Jessie lui a parlé de l'acteur de film X.

Interdite, ma mâchoire se décroche. Mon collègue avance de nouveau pour se positionner très proche de moi. Si bien que je sens la chaleur de son corps.

Comme je ne réponds rien, il fait la moue. Ses lèvres pincées lui donnent un air intrigué. Car c'est bien ce qu'il est. Il me tient cette conversation parce que j'ai osé parler de sexe. Oh là là. Une femme qui regarde du porno et se masturbe doit lui être étranger. Sinon, il n'oserait pas me soutirer plus d'informations.

— Donc tu compares notre patron à un acteur porno ?

En me posant sa question, il sait déjà ce qu'il va entendre. Il veut juste me l'entendre dire à haute voix.

— J'ai juste dit qu'il lui ressemblait un peu, osé-je en m'écartant.

Nicolas ne lâche rien. Il me fixe. Ses yeux tentent de savoir la réponse, de lire mon âme. Ce n'est pas de la faiblesse, mais je baisse les yeux. Il est marié et avoir une telle conversation avec lui me rend mal à l'aise.

— Ah bon... Tu sais, il s'est retenu... de te prouver qu'il était aussi bien monté.

Mes joues ont viré au cramoisi. Une douce chaleur émane de mon bas-ventre. Mes incorrigibles pensées saugrenues laissent apparaître Jessie à la place de l'acteur. Je cache comme je peux ma gêne.

— Oh..., murmuré-je comme pour moi-même.

— Oui. Mais il s'est dit que la petite prude que tu es serait très gênée.

Prude ? Moi ? Avec ce que je lui ai dit, ça me semble bizarre. S'il pense vraiment ça de moi, tant pis. Je n'ai rien à prouver.

— Ouais. Nico, tu es gentil, mais je ne rentrerai pas dans ton jeu. Pensez ce que vous voulez de moi. Quoi que je dise, vous douterez toujours.

Je sors de la salle sans lui laisser le temps de répondre. Pour cette fois-ci, je m'en suis bien sortie. La prochaine fois, je doute qu'il me laisse tranquille.

J'en veux à Jessie d'avoir parlé de ça. Je suis loin d'être prude ou coincée. Mais nos conversations ne regardent que nous. Pour ma part, je n'ai rien dit à Cassandre. J'estime que ce que l'on se dit en privé reste en privé. Je n'irais jamais balancer ce qu'il me dit sur sa défunte femme ou sur sa sexualité.

Avant de prendre place, je gagne le bureau de mon patron. Ce dernier me laisse entrer après m'être annoncée. Il est debout, au-dessus de l'écritoire en bois. Ses deux paumes de mains sont posées à plat sur le meuble et ses yeux rivés sur un dossier. Son visage est fermé. Il donne l'impression d'être en colère.

À sa vue, tout s'embrouille. Mes sens sont exacerbés. Je retiens tant bien que mal un soupir d'aisance. Sa beauté me coupe le souffle. J'ai l'agréable sensation d'avoir pris un mur de pleine face. L'effet qu'il me fait est indéniable. Je désire sa peau contre la mienne.

Jessie plonge ses iris dans les miennes. Ses traits sont toujours crispés. Pour la première fois, j'ose soutenir son regard. Je me perds dans cette couleur verte à la lueur inquiète. Je ne sais pas ce qu'il me prend, mais j'avance sans son accord. Je me fige à quelques pas de lui, les joues bouillantes. Il s'est joué de peu que je brave un obstacle ; m'approcher de lui et le tirer par le col de sa chemise.

Je repousse ces pensées incongrues et baisse la tête. J'ai déjà commis une fois cette erreur, je ne veux pas recommencer.

— Oui ?

Sa voix me tire définitivement de mes fantasmes. Pour me donner une contenance, je croise mes bras contre ma poitrine. Il arque un sourcil, subitement intrigué par mon comportement.

— Pourquoi ? le questionné-je sur un ton sec.

Je veux des explications et j'en aurai.

— Pourquoi quoi ?

— Vous l'avez dit à Nicolas. Pourquoi ?

Ses yeux se rapetissent d'effroi. Il ouvre la bouche et aucun son ne sort. Je ne sourcille pas. Je dois avoir des réponses.

— Alors ? insisté-je.

Jessie souffle puis baisse la tête, prouvant sa culpabilité.

— Il m'a posé des questions. J'y ai répondu.

Ce n'est pas ce que je voulais savoir. Je m'en contrefous que son employé lui ait posé des questions.

— Et ça donne le droit de m'afficher ?

Un gloussement s'échappe malgré lui. Son menton se relève et ses pupilles me happent avec force. J'en reste estomaquée.

Jessie est le type d'homme à rendre folles les femmes. Moi, par exemple. Je ne peux pas me mentir. Sa chemise ne lui va pas. Il serait mieux sans.

Maudites hormones !

— Vous afficher ? Vous l'avez fait seule. Vous n'avez pas besoin de moi pour ça.

Il n'a pas totalement tort.

J'affiche un air agacé. Sur ce coup, il m'a bien eue.

— Oui, mais vous avez tout répété.

— Ne me dites pas que vous ne dites rien à Cassandre ?

Son air taquin me secoue. Je mords ma lèvre, reculant d'un pas. Comme si je tentais de me mettre en sécurité.

— Non, pas tout. Je garde mon jardin secret, comme tout le monde.

Un sourire étire ses belles lèvres.

— Je vois ça.

Il me cherche et me prend pour une idiote. Son sous-entendu est plus que compréhensible.

— Ne me dites pas que ça vous étonne, lancé-je. Nous sommes au vingt-et-unième siècle. Si les hommes en regardent, les femmes aussi. Il n'y a pas de honte.

Ce que je dis le fait cogiter. Sa main gratte son crâne chauve.

— Donc, quel est le problème ? Je ne me suis jamais moqué de vous. Je n'ai jamais dit que c'était la honte pour une femme de regarder ça. Oui, je l'admets, j'étais étonné. Mais je n'ai pas de jugement à avoir.

Ces mots m'apaisent. Il est beaucoup plus intelligent que je le croyais. Je hausse les épaules, un peu abasourdie.

Jessie contourne son bureau, sans me lâcher de ses iris pétillantes de malice. Mon souffle se coupe. Je l'imagine déjà se jeter sur mes lèvres et les dévorer. Le bas de mon ventre s'enflamme. Mon désir s'intensifie. Qu'il me prenne sur son bureau et vite !

Cet homme a un don. Il me pousse dans mes retranchements. Moi aussi, je vais lui rendre la pareille ! Pas question que je me laisse faire sans rien dire. S'il s'amuse, je vais faire de même. Parce qu'à son petit sourire, je sais qu'il se joue de la situation. J'ai filé tout droit dans la gueule du loup.

Je ne réponds pas à sa question et fais la moue. Jessie est maintenant à deux mètres de moi. C'est déjà trop loin. Mon petit cœur tambourine comme un malade. Mes mains sont moites. Je me force à ne pas me jeter sur lui.

— Nicolas m'a dit des petites choses, le nargué-je. Comme quoi vous vous seriez retenu... de me prouver que vous êtes...

Je laisse ma phrase en suspens. Jessie déglutit sous mes yeux. Il ne fait plus le fier. Mon cœur gonfle de joie. Je vais l'avoir !

Putain, mais qu'est-ce que je fais ? Suis-je devenue folle ?

— Bien monté, terminé-je.

Scotché, Jessie me dévisage. Il ne s'attendait sûrement pas à ça. Je ne le laisse pas répondre et continue sur ma lancée, trop fière de moi.

— D'ailleurs, je ne suis pas prude, conclus-je.

Je vais pour partir, Jessie me retient par le bras. Ce contact me réchauffe dans tout le corps. Il m'attire à lui, le visage exprimant de la souffrance. On dirait bien qu'il n'aime pas que je sois proche de lui. Comme si je le dégoutais. Je pense savoir pourquoi. Sa femme doit être gravée dans sa mémoire. Il doit s'interdire de vivre pour elle.

À sa place, je pense que ce serait pareil. Folle amoureuse, si je devais perdre mon homme, je ne m'en remettrais pas. Autant, je ne m'attache pas avec facilité. Mais une fois cette barrière tombée, je deviens la pire des collantes. Toujours à chercher, à toucher, à embrasser. L'homme serait comme une bouteille d'oxygène. J'en ai bien conscience. Si je dois me mettre en couple, je serais dépendante.

Il faut à tout prix que je me protège de ça.

— Je viens de le remarquer, constate-t-il en un murmure.

D'un mouvement brusque, je me libère de son emprise. Être aussi proche de lui me trouble totalement. Pourtant, à la première seconde loin de lui, j'ai envie de me rapprocher. De fondre dans ses bras.

Oui, j'étais en train de lui faire la gueule. Je dois continuer sur ma lancée. Je crains de me perdre si j'enlève ma carapace.

— Ouais, ouais. Je voulais vous demander... pourquoi ne faisons-nous pas des glaces ? Ce serait bien pour attirer plus de clients.

Voilà, tout redescend. Je dois fuir et prendre ma place derrière le comptoir. Changer de sujet était le plus judicieux.

Jessie tique. Son expression est tracassée. Il glisse ses yeux sur moi, de haut en bas. Rien n'est oublié et son regard me fait fondre. Je m'embrase sur place. Fait chier cet homme ! Le contrôle qu'il a sur mon corps est indécent. Je veux retrouver des sentiments sans vrais goûts.

— Des glaces ? Non, jamais.

Son timbre de voix ne permet pas la discussion. Je lui accorde une moue boudeuse. Je pense qu'agrandir son terrain serait bénéfique.

— Ce serait bien, insisté-je en croisant mes bras. Et...

— Non.

Ok. Impossible de le faire changer d'avis. Tant pis, ce n'est pas mon bar, après tout.

— Faites ce que vous voulez. Vous savez toujours tout mieux que les autres... la preuve avec votre bar.

Ma pique le rend agressif. Ses muscles sont contractés, sa mâchoire serrée. Il me lance de puissants éclairs avec ses prunelles.

— J'ai suivi vos conseils et vous ai par la suite embauchée, réplique-t-il. Je n'ai pas à accepter toutes vos propositions.

— Je sais bien. Mais tout ce que je souhaite est de vous aider.

— C'est très gentil. Vous pouvez y aller.

Je rêve ou il me congédie ? Ah bah d'accord !

Vivement, je me détourne, lui envoyant mes cheveux au visage. J'entends un grognement derrière moi. La main sur la poignée, je l'ouvre. Le couloir est vide. C'est mieux, personne pour faire des ragots.

***

Le service terminé, ma colère n'est pas passée. Même Nicolas affiche une grimace. Nous regardons tous les deux Jessie, qui se tient avec difficulté au comptoir.

Son comportement est incompréhensible. Boire comme il l'a fait durant la soirée est immonde. Comment a-t-il pu faire ça ? Ça rime à quoi ? Se bourrer la gueule comme il l'a fait, à la vue des clients, va nous retomber dessus.

Contrairement à ce que j'imaginais, Nicolas part. Il râle un peu sur son ami pour la forme, mais ne désire pas l'aider. Ou alors, il a un rendez-nous.

Quoi qu'il en soit, Jessie a besoin d'aide. Même s'il ne veut pas en parler, son comportement en dit long. Sa femme ; elle est son unique problème.

Par pitié, je m'avance jusqu'à lui. Mes poings sont serrés, mes lèvres scellées. Son allure déplorable compresse ma poitrine. En titubant, il parvient à la porte menant à son bureau. Je le suis, prête à courir s'il tombe pour le rattraper.

Quand il pénètre dans sa pièce, je fais de même. Je ne le lâche pas des yeux. Il cale contre le bois de son bureau, les paupières fermées. Il ne va pas bien du tout. Sa main se porte à son front. Son alliance étincelle devant mes yeux. Il ne l'a toujours pas retirée.

— Jessie ?

Aucune réponse. J'avance de plus belle. À moins d'un mètre, je tends mon bras et pose ma main sur son épaule. Il sursaute à ce contact et me fixe de ses iris vertes. Le blanc de ses yeux est rougi.

— Laissez-moi.

Il me repousse brutalement de la main. Mon estomac se retourne. La peur envahit mes membres et je me rattrape à sa chemise de justesse. Sa tentative de me repousser a eu l'effet inverse. Nos jambes sont collées, nos bas-ventres se frôlent. Je n'arrive pas à desserrer mes mains. Son tissu est prisonnier. Je fixe, le cœur battant, l'anneau argenté à son doigt.

Cette bague m'intrigue et me contrarie bizarrement. Il l'a toujours. Cela prouve qu'il n'est pas passé à autre chose. Que donc ce qu'il y a entre nous est juste dans ma tête.

Ah non, c'est vrai, Nicolas m'a dit qu'il aurait des vues sur moi. Je soupire. Avoir des vues sur une personne ne veut pas dire qu'on en tombe amoureux. Mes allusions sont allées très loin, cette fois-ci !

Penser à ça me peine malgré moi. Je suis partagée entre ma peur et mon désir. Mais j'ai déjà fait des erreurs et je ne tiens pas à les refaire.

— Pardon.

Je lève le menton, plongeant dans ses yeux. Il est sincère.

— Qu'est-ce qu'il y a ? tenté-je.

Ses épaules se lèvent, ses lèvres se pincent.

— C'est son anniversaire.

Mon cœur se compresse. Il parle de sa femme.

Petit à petit, je le lâche.

C'est avec gêne que je m'éloigne de lui. La stupide voix dans ma tête répétait en boucle de l'embrasser. Impossible de céder à cet incandescent désir. Il pense à sa femme. Quant à moi, mon passé m'empêche d'avancer. Ce qui est idiot, je le conçois. Mais il est plus facile de parler. Oublier un éventement tragique est une épreuve compliquée. Qui peut s'avérer insurmontable. Actuellement, c'est mon cas. Être bernée par un homme ; plus jamais.

— Oh, soupiré-je. Mais ce n'est pas une raison pour se rendre minable. Je...

— M'en fous. Vous ne pouvez pas comprendre.

— Si vous le dites. Vous voulez que je vous ramène ? Vous n'êtes pas en état de conduire.

Avec ce qu'il a bu, il aura à coup sûr un accident. Je n'ai pas envie d'avoir ça sur la conscience.

Je lui attrape sa manche et le tire à ma suite. Il se laisse faire. Nous arrivons aux vestiaires. Je ne me suis pas encore changée, mais tant pis. J'attrape mes affaires en vitesse.

Nous quittons la pièce. Jessie titube en grognant. Il pue l'alcool. Cette odeur pique mes narines. Je passe outre et continue d'avancer. Nous entrons dans la salle principale, vide et propre. La lumière est encore allumée, mais elle est dénuée de présence.

— Merde, j'ai mal à la tête.

Tu m'étonnes ! Encore une chance qu'il ne dégueule pas de partout.

Jessie s'arrête au beau milieu de la pièce. Je suis forcée de faire de même. Sa main m'échappe, mais se faufile le long de mon dos. Elle arrive dans mes cheveux et je me fige. Sa caresse m'étonne. Une vague de chaleur parcourt mes reins et remonte jusqu'à mon cuir chevelu.

— Hélène... je voudrais qu'on passe du temps ensemble.

Je fais deux pas en avant, pour échapper à son emprise. Malheureusement, il me retient par les bras. Ses mains brûlantes sur ma peau nue me déclenchent un nouveau frisson. Je serre mon sac et garde les yeux rivés sur les portes. Je me répète mentalement de ne pas faiblir.

— Vous êtes saoul, vous ne savez pas ce que vous dites.

— C'est vrai. J'ai envie de vomir.

C'est la dernière fois que j'ai pitié de lui ! La prochaine fois, Nicolas lui viendra en aide.

Un bruit dégueulasse parvient à mes oreilles. Une odeur suit de peu. Je me retourne en sursautant. Jessie vient de vomir et se tient penché en avant. Super ! C'est à moi de nettoyer.

Chapitre 11
Jessie

Je fais un véritable effort pour tenir ses mes jambes. Mes yeux sont noyés par mes larmes. La douleur irradie dans mon cœur. Cette journée fut un cauchemar. M'occuper de ma fille sans penser à sa mère fut impossible.

Charlotte aurait eu trente-et-un ans.

Je n'ai pas organisé d'anniversaire surprise. Mes yeux n'ont pas lu de l'amour dans les siens. Mes lèvres n'ont pas reçu de baisers passionnés. Et ma peau n'a pas savouré ses caresses.

Loin de moi l'envie de rentrer à la maison. J'en suis même incapable, assis à même le sol de mon bar. Mon attitude est pathétique, la situation grotesque. Hélène nettoie mes bêtises avec une mine dégoutée. La pauvre. Je lui en fais baver par pur égoïsme.

— D... désolé, bafouillé-je, la tête prise comme dans un étau.

Elle m'ignore en se redressant. Ses longues jambes s'étirent. Je baisse la tête sur mes doigts entrecroisés. On dirait qu'elle m'a grondé comme une mère avec son fils.

— On peut y aller, déclare-t-elle d'une voix froide. Passez-moi tes clés, je conduis.

J'affiche une moue, peu convaincu.

— Vous voulez conduire ?

— Oui. Vous n'êtes pas en état. Les clés.

Elle n'a pas tort. Je m'exécute et les lui tends. Son ton imposant ne permet pas la discussion. À vrai dire, je suis plus préoccupé par la fin de cette soirée. Comment va-t-elle rentrer chez elle ? J'habite bien plus loin. De plus, je dois chercher Michelle chez ses parents.

Sans me laisser le temps de poser mes questions, Hélène m'aide à me mettre sur pieds. Ses épaules soutiennent mon poids. Tout s'enchaîne bien trop vite pour moi. Mes paupières se ferment de temps à autre. Je perds contact avec la réalité.

Lorsque mes paupières s'ouvrent à nouveau, je suis dans ma voiture, côté passager et seul. La voiture est à l'arrêt. J'inspecte l'extérieur. Nous sommes garés devant la maison de ses parents.

Oh, ma fille ! Je l'ai complètement oubliée. Putain ! Quel père minable je fais ! Lisa a raison, à la fin.

Mais vivrais-je mieux sans Michelle ? Serait-elle heureuse chez ses grands-parents ? J'en doute. J'ai appris à vivre à ses côtés. J'ai mis entre parenthèses l'homme pour être père. Même si aujourd'hui j'ai merdé, je me rachèterai.

La voiture émet une sonnerie tandis que les phares clignotent. Dans la seconde qui suit, la portière gauche s'ouvre. Hélène porte Michelle. J'ancre mes yeux à cette scène inédite et perturbante. Elle touche ma fille. Elle s'en occupe avec attention. Un drôle de sentiment naît au fin fond de mon cœur. Il a un nom, mais je l'ignore du mieux que je peux.

La petite est mise dans le siège-auto. Elle ne pleure pas et observe mon employée de ses yeux marron grands ouverts. L'attention qu'elle porte à cette inconnue est mignonne. Comme si Hélène l'envoûtait. J'esquisse un sourire, rassuré par cette vision.

Mon employée se glisse derrière le volant, une fois Michelle attachée. Je l'observe de mes yeux humides en reniflant. L'alcool fait encore effet. Mon crâne emprisonne tous les sons et les amplifie.

— Merci.

— Votre adresse ?

Je la lui donne tandis qu'elle l'inscrit dans le GPS. Elle démarre sans m'accorder le moindre regard. Je dois dire que sa conduite m'échappe. Tout comme ce qu'il se passe. Je sombre encore, incapable de résister à l'appel du sommeil.

— Jessie ? J'ai besoin d'aide, je ne peux pas vous porter.

Mes paupières s'écarquillent avec lenteur. L'obscurité donne une ambiance lourde, intime. Lorsque je plonge mes iris dans celles d'Hélène, je suis surpris par son air. Dur. Elle tire la gueule.

En même temps, je la comprends. Elle s'occupe de son patron au lieu de passer une fin de soirée paisible.

— Je vais prendre Michelle, déclaré-je en décrochant ma ceinture.

— Pardon ? Hors de question. Je la prends. Vous tenez à peine debout. Manquerait plus que vous la lâchiez.

Sa réplique ne m'enchante pas. Bien qu'elle dise vrai, je préférais porter ma fille plutôt que la lui laisser.

Hélène sort du véhicule. Ses pas la mènent jusqu'à la portière arrière. Je la suis. L'air frais de la nuit rafraîchit mes poumons. Je prends une profonde inspiration, puis marche jusqu'à la jeune femme. Elle tient Michelle dans ses bras qui dort. Puisqu'elle a les mains prises, je récupère mes clés. J'en profite pour fermer le véhicule et nous ouvrir la porte d'entrée.

Le trajet jusqu'à mon appartement est silencieux. Mon cerveau, lui, m'assiège de questions. Est-ce qu'elle va rentrer chez elle ? Si oui comment ? En prenant mon véhicule ou un taxi ? Et si elle restait ?

J'en ai bien vite la réponse. Pendant que je suis affalé sur le canapé, ma tête entre mes mains, elle a la gentillesse de s'occuper de Michelle. Mes oreilles sont tendues. J'écoute le moindre bruit, à l'affût d'un problème.

— Oh, non, non, non. Rendors-toi.

Sa voix suppliante me touche. Je vais la rejoindre. Mes pas me portent avec difficulté à la chambre de Michelle. Je me retiens à l'encadrement en bois et observe la scène. Michelle ne dort pas encore, bien qu'il soit tard. Hélène la tient dans ses bras, la mine crispée et la berce.

— Je viens de me rappeler pourquoi les enfants et moi ça fait deux, lance-t-elle entre ses dents.

J'esquisse un fin sourire. Elle s'y prend très bien. Michelle ne pleure plus et se contente de l'observer.

— Vous pouvez la coucher. Elle finira par s'endormir.

Suivant mon conseil, elle dépose ma fille dans son berceau.

Faire le choix de ne pas installer Michelle dans ma chambre était réfléchi. Après des heures de recherche, j'ai lu qu'une fois le cycle de sommeil correct, l'enfant pouvait dormir dans sa propre chambre.

J'avoue qu'au début, je l'ai mise directement dans sa chambre. J'avais besoin de silence, de ne pas voir la fille de Charlotte. C'était bien trop à vif. Je venais de perdre l'amour de ma vie. Alors voir ce bébé était douloureux. Ce n'est qu'à ses trois semaines de vie, que j'ai installé son berceau dans ma chambre. J'avais peur. Constamment. Peur qu'il lui arrive misère et que je ne puisse pas la sauver.

J'avais besoin de sa présence. De la voir dormir, sourire ou de l'entendre pleurer. Michelle est devenue indispensable.

Cependant, le lien entre Michelle est moi n'est pas encore fort. Du moins, il ne dépasse pas celui entre sa mère et moi.

Ce matin, j'ai cru que la journée serait facile avec ma fille. Je n'avais qu'à m'occuper d'elle, la déposer chez les parents d'Hélène et aller bosser. Comme tous les autres jours. Sauf qu'aujourd'hui, l'anniversaire de ma femme m'a retourné la tête.

Hélène s'approche de moi. Sa main se tend vers mon front et sa peau entre en contact avec la mienne. Sa chair est tiède. Son parfum fin et floral.

— Vous devriez vous coucher.

Son bras retombe le long de son corps. Est-ce normal que son toucher me manque déjà ?

— Et tu... enfin vous allez..., bafouillé-je avec idiotie.

— Dormir sur le canapé, si ça ne pose pas de problème.

Hélène compte dormir chez moi ! En même temps, il se fait tard.

— Non, mais je... je préfère dormir dans mon salon. Vous pouvez prendre ma chambre. Il n'y a pas de souci.

Mon élocution est compliquée. Je bute sur plusieurs mots.

Non sans un débat, nous gagnons ma chambre. Il n'est pas question qu'elle dorme sur le divan.

Puisqu'elle n'a pas de tenue de nuit, je lui en prête, le cœur serré. Je n'ai après tout pas le choix. Sa présence dans mon appartement est de ma faute. J'ai merdé et elle me ramasse à la cuillère, comme une fidèle amie. J'ai de la chance de l'avoir.

Un t-shirt gris et un pull marron devraient suffire. Charlotte était plus grande. Les deux vêtements sont donc assez longs pour l'employée. Ils lui arrivent à mi-cuisses. Au cas où, je lui propose un pantalon de pyjama. Elle retient un sourire en voyant mon côté de la commode. Mes pyjamas sont pliés à la perfection. Ce qui reflète mon trait perfectionniste.

— Un pyjama nounours, c'est tellement viril.

Sa moquerie est apaisante. Elle faisait la tête depuis des heures ! Qu'elle se foute de ma gueule autant qu'elle le désire. Je n'ai pas supporté cette journée avec sa mine fermée.

Par pure intelligence, Hélène me laisse me doucher en premier. À vrai dire, je tiens à peine et vomis à nouveau. Même si je vais mieux que tout à l'heure, mes yeux brûlent et ma gorge est sèche. Je sens un poids dans mon estomac. Une chose est sûre ; l'alcool, c'est terminé !

Je libère la salle de bain, laisse Hélène se doucher et me couche sur mon divan. Au loin, j'entends l'eau couler. Mes pensées incongrues me déclenchent un petit rire. Hélène m'a montré une nouvelle facette d'elle. Je suis content. Content qu'elle soit présente pour moi. J'ai l'impression que notre relation se renforce jour en jour.

À tel point que j'en oublie pour la première fois de la journée Charlotte. J'ai honte. Comme le moment dans les toilettes du bar. Mais je ne contrôle pas mon imagination. Une femme est dans ma douche, nue. Elle m'a aidé. A pris en charge la situation alors que je foutais le bordel.

Je réalise que l'eau ne coule plus. Depuis combien de temps ? Beaucoup, puisque j'entends les pas d'Hélène s'approcher. Mes paupières se ferment. Je vois quand même la lumière du salon s'éclairer à travers ma fine chair.

Hélène soupire lourdement. Sa main vérifie à nouveau mon front. La couverture bleu nuit remonte sur moi.

Elle me borde ! Moi, un vulgaire idiot qui a bu pour oublier sa peine.

Peu après, elle s'éloigne et éteint la lumière. Je n'ai ouvert les yeux pour constater sa tenue. La voir porter les vêtements de Charlotte me dérange. Si je les lui ai passés facilement, je n'en reste pas moins mal à l'aise.

***

Le lendemain, Hélène n'a prononcé aucun mot. Ni sur le chemin du retour ni au travail. Elle est restée concentrée sur son job, s'appliquant à la perfection. Trop, d'ailleurs.

Le jour suivant, elle avait le même comportement. Et ce pendant bien une semaine. Jusqu'à aujourd'hui.

J'ai décidé qu'une discussion était importante.

En ce milieu d'après-midi, Nicolas arrive le premier. Il se met très vite au boulot. J'ose le déranger. Après tout, il bosse des jours entiers aux côtés d'Hélène. Ils ont dû parler. Il pourra même me dire pourquoi elle a hurlé un non, la dernière fois.

— Nico, l'interpellé-je en passant derrière le comptoir.

Il relève son visage, scrutant mon visage de ses pupilles grises.

— Ouais ? Un problème ?

— Oui, Hélène. Elle a un comportement étrange depuis plus d'une semaine. Tu sais ce qu'il en est ?

Il hausse des épaules. Il affiche une moue en détournant les yeux. Il va mentir. Je le sais ; il fuit mon regard.

— Nan, je lui demanderai si tu veux.

Ma mâchoire se serre. J'accepte d'un mouvement de tête. Peut-être se livrera-t-elle avec facilité à son collègue ? Serait-ce un souci de travail ? De paie ?

Jennifer nous gratifie de sa présence. Comme à son habitude, elle porte une robe élégante et violette. Ses cheveux blonds bouclés tombent en cascade sur ses épaules dénudées. Elle nous salue en souriant et file se changer.

Hélène est donc la dernière à pousser les portes du bar. Ses pupilles s'attardent sur le barman et moi-même. Quand elle plonge dans mon regard, un frisson parcourt ma colonne vertébrale. Mélangé à un désir interdit, je ressens aussi de la peur. Hélène ne sourit pas. Elle ne tire pas la tête, mais à son visage, je sais qu'il y a un souci. Reste à définir lequel.

Après des salutations froides, nous commençons le travail. Je m'installe sur un tabouret, prêt à déguster un nouveau cocktail de Nicolas. Il adore en créer. Si à côté Hélène s'active, mon ami, lui, prend tout son temps. Il façonne son mélange avec passion. Quand il a terminé, il me tend le verre que je porte à mes lèvres. Le mélange est frais et doux. La menthe reste en bouche. Je suis agréablement surpris.

— Hélène, vous voulez donner votre avis ?

La femme, qui servait le premier client, se tourne vers nous. Elle avise le verre avant de prendre une paille. Son soupir ne m'a pas échappé. Si je l'emmerde, qu'elle le dise !

— C'est bon, annonce-t-elle en écartant ses lèvres de la paille. Manque une touche de sucre, mais ça pourrait se vendre.

Elle se détourne vers le client et termine la boisson. L'ambiance devient plus froide. Même Nicolas pince ses lèvres.

— Heu... bah, bafouillé-je. Ajoute du sucre et on le mettra sur la carte.

Nicolas me décoche un sourire. Il est heureux que sa boisson soit acceptée.

— Cool ! Merci. Ma femme l'aime trop en plus. Elle sera contente. Je peux lui donner le nom de ma femme ? Au fait, on fait la gestion des stocks après le boulot ?

Lui et sa femme, une vraie histoire d'amour. Ils sont si mignons ensemble !

— Oui, Claire sera ravie. Eh oui, pour que je commande au plus tôt.

— Ok, ça roule, ma poule.

Je lève les yeux au ciel. Le voir aussi rayonnant contraste avec le comportement distant d'Hélène.

Je ne m'attarde pas et file dans mon bureau. Je passe plusieurs heures sur des sites de décoration. Il faut des luminaires plus clairs et des plantes de préférence en plastique. Pas besoin de les gaver et de gaspiller de l'eau. Une fois les décorations choisies, je m'attelle à la gestion des réseaux sociaux. Un célèbre logiciel de retouche photo est mon ami depuis des semaines.

C'est grâce à Hélène. Elle m'a donné des conseils pour la promo du bar. Et Nicolas m'aide sur les photos de promotions. Tous les trois, nous formons un sacré groupe. Si Hélène a plus de connaissance, nous prenons tous les avis en compte. C'est comme ça que la bannière des comptes a été créée, de même pour le slogan.

Ce soir, je dois créer une photo promotionnelle pour la semaine prochaine. Je vais inclure le cocktail de Nicolas. Il sera ravi !

Je m'amuse bien deux heures sur le logiciel. Entre chercher des images, les polices, tester différentes mises en page, le temps passe vite. À la fin, je suis satisfait du visuel. Clair et précis. Les couleurs sont douces, l'image utilisée aussi. Je donne les informations importantes, l'adresse e-mail, le téléphone et l'adresse du bar.

Mes employés viennent à ma demande. Ils jugent tous les trois l'image. Nicolas est bien sûr le plus touché. Il zieute avec attention l'écran d'ordinateur.

— C'est vraiment super ! s'exclame-t-il la gorge serrée.

Je suis ravi. Il n'y a aucun souci. Je pourrai donc publier l'image lundi après-midi.

Comme prévu, après le service, nous vérifions les stocks. J'inscris sur ma feuille les produits qu'il nous manque et si nos appareils fonctionnent. Jennifer est la première à partir. Elle a un rencard avec un homme rencontré sur une application. Au vu de son enthousiasme, je pense qu'elle n'est pas aussi contente que ça.

— On a fait le tour, déclare Nicolas. Je peux y aller après ?

J'acquiesce d'un hochement du menton. À vrai dire, je suis concentré sur Hélène. La jeune femme est dans les vestiaires. Elle va partir. D'un coup, je prends mon courage à deux mains. Je fonce, espérant qu'elle ne soit pas à moitié dénudée. Manquerait plus qu'elle joue avec mes dernières barrières !

— Hélène ?

— Non. Mon travail est terminé.

Ma bouche s'entrouvre. Son ton est strict. La porte des toilettes s'ouvre sur la jeune femme totalement fermée.

— Bonne soirée, patron.

Sans un mot, elle me contourne et disparaît. Je ne fais rien pour l'en empêcher.

Mon téléphone vibre au moment où un rire tinte dans mes oreilles. Un rire féminin qui déclenche des sentiments contradictoires. De la joie et de la tristesse. Celui d'Hélène. Ce n'est pas un faux. Elle rigole vraiment. Pour la première fois depuis des jours.

En sortant mon téléphone, je me dirige vers la salle principale. Ce n'est pas le message et le screen d'Arthur qui m'étonnent. Mais bien Hélène qui rit avec mon ami.

— Je lui dirai. Merci, Nico. Bonne nuit.

La bonne humeur qui l'habite la quitte lorsqu'elle m'aperçoit. Ses lèvres se pincent. Même Nicolas est mal à l'aise face à l'ambiance pesante soudainement créée. Hélène n'ajoute rien et quitte le bar sans un regard en arrière.

— T'inquiète, mec, ça lui passera.

— J'ai vu ça. Avec toi, elle est...

Les prunelles claires de mon ami s'illuminent. Il roule des yeux en contournant le bar.

— T'es jaloux. Mais ne le sois pas. Il ne se passe rien entre nous.

Je sais qu'il a raison. Sa femme, Claire, est tout pour lui. Il ne la tromperait jamais. Cependant, mon cœur me joue des tours. Il n'écoute pas la raison et se serre de jalousie. C'est idiot, mais je n'aime pas qu'elle s'entende mieux avec lui qu'avec moi. Comme si tout au fond, je désirais une relation privilégiée. Mais c'est impensable. Quelle genre de relation pourrais-je avoir avec cette femme, sans trahir mon amour pour Charlotte ?

Une boule se forme dans ma gorge. Je détourne mon attention sur mon téléphone. J'ai reçu de la part de mon ami un screen d'un message posté sur un célèbre réseau social. Il vient de Lisa et parle de moi. Comme quoi je l'empêcherais de voir sa petite-fille. Ce qui n'est, en soi, pas faux. Sa dernière visite remonte à des mois. J'avais effectivement refusé qu'elle voie Michelle.

Les commentaires sous le post de ma belle-mère l'invitent à insister. Je reconnais même un de ses amis, un grand et redoutable avocat. Mitch Mancini, Merde.

Chapitre 12
Hélène

Les semaines passent. C'est extrêmement dur de lutter. Mais je ne veux pas céder. Ouvrir mon cœur à cet homme serait une grave – bien que tentante – erreur.

Pourtant, aujourd'hui je suis en colère. Ou plutôt jalouse. Cette idiote de Jennifer tourne autour de Jessie. Si lui ne voit pas son petit jeu, je ne suis pas aveugle. Elle le réconforte, l'enlace et dépose ses mains sur ses bras en – faux – signe de soutien.

Après des heures de travail, je prends une pause bien méritée dehors, devant le bar. L'air frais me revigore. J'en oublie quelque peu Jennifer et ses larges sourires. Derrière moi, la cloche de la porte tinte. Nicolas me rejoint, son téléphone entre ses doigts.

— Ton comportement éloigné le blesse.

Je hausse nonchalamment mes épaules. Mon regard est fixé sur la route où des voitures passent.

— Je ne m'en fais pas. Jennifer a l'air de beaucoup l'aider.

Nicolas pousse un long soupir. Je vois en biais qu'il m'observe.

— T'es jalouse, suppose-t-il en me donnant un coup sur l'épaule.

— Non. Je m'en contrefous.

Est-ce que je mens effrontément ? Oui. Et Nico n'est pas dupe.

— Il est aussi jaloux que tu t'entendes bien avec moi.

Ah. Un point partout. Cette nouvelle m'angoisse autant qu'elle me rassure.

— Si t'étais célibataire, je t'aurais embrassé devant lui pour vérifier tes dires, balancé-je en souriant.

Sa réaction ne se fait pas attendre. Il plisse ses paupières. Ses cheveux longs et noirs tombent sur ses épaules. Je l'ignore en retenant un soupir.

Je vais passer pour une folle furieuse ! Bravo ! La prochaine fois je tournerai sept fois la langue dans ma bouche.

— T'es gonflée quand même. C'est toi qui l'évites. T'as qu'à passer dessus tes craintes et accepter qu'il y ait un truc entre vous.

Non. Plutôt crever. Je n'ai pas envie de croire à une relation qui me détruira comme la première. Cassandre et ma mère m'ont déjà ramassée à la petite cuillère. Pas question d'ouvrir mon cœur juste parce que le type me fait un effet de fou. Puis, Jessie n'est pas n'importe qui. C'est mon patron. L'homme qui me donne un salaire à la fin du mois. Cela ne serait pas acceptable que je sorte avec lui. Ou même que je couche juste avec. Pour qui passerais-je ?

Eh. Depuis quand je me préoccupe de l'avis des autres ? Je vis pour moi. Pas pour de parfaits inconnus.

— Je ne peux pas.

— Jessie est autant perdu que toi. Il ne te fera jamais de mal, sache-le.

J'ai envie de le croire. Ils ne sont pas amis pour rien.

J'ouvre la bouche pour répondre. La cloche sonne à nouveau et m'en empêche. Je scelle mes lèvres. Jessie nous observe tour à tour.

— Au travail, les feignants. Votre pause est terminée.

Sa voix est plus sèche que d'habitude. Il ne s'attarde pas et rentre dans son bar.

— Je te l'avais dit, commente Nicolas en souriant. Il est jaloux. C'est vraiment dommage. Tu ne sais pas ce que tu rates, ma poule. Il est autant un homme de parole que d'action.

Quel idiot. Tenter de m'avoir avec le sexe ne fonctionne pas. Du moins, pas là.

Parce qu'en plus du reste, j'ai un sacré problème. Jessie remplace l'acteur de films X à chaque fois. C'est plus fort que moi. Quand l'excitation prend possession de mon corps et que je lance une vidéo de l'homme, mes fantasmes s'en mêlent. Ils remplacent l'homme inconnu par mon maudit patron ; et je m'imagine coucher avec lui.

Je suis faible.

Je me remets à la tâche. Les clients affluent. Le cocktail de Nicolas mis en vente depuis trois semaines fait fureur. Sa femme, Claire, une infirmière de trente-quatre ans, a fait beaucoup de pub. Entre ses patients et l'annonce de Jessie sur les réseaux sociaux, le bar n'a jamais été aussi populaire. Le bouche-à-oreille apporte de nouveaux clients chaque semaine.

Travailler dans ce bar est agréable. Si je mets de côté mon comportement pour le moins déplorable envers mon supérieur. Mais est-ce vraiment de ma faute ? On ne peut pas me blâmer de me protéger. Après ce que j'ai vécu, il est normal que je me méfie des hommes.

Quoi qu'en disent ma mère et Cassandre, je sais ce que je fais. Et si jamais je fais erreur, je m'en rendrai compte. Mais en attendant, je n'ai pas totalement confiance. Enfin si, mais j'ai peur. Peur que Jessie ne cherche qu'à se réconforter de la mort de sa femme. Qu'il s'amuse avec moi et que mes désirs ne soient pas exécutés.

Pire : qu'ils grandissent et se transforment en amour.

J'ai bel et bien peur d'aimer. Et d'être aimée. Véritablement.

✳✳✳

Les plus gros chiffres d'affaires sont faits en weekend. Le nombre de clients double et nous sommes vite surmenés. Même si je ne porte pas Jennifer dans mon cœur, je reconnais qu'elle a du courage. À elle toute seule, elle s'occupe de la salle entière. Entre accueillir et servir les clients et nettoyer, elle est vite débordée.

Ce soir, je me décide à lui porter secours. Un groupe de cinq clients viennent d'entrer et elle s'occupe déjà d'un couple. Si ce n'est pas ma zone de prédilection, je fais de mon mieux. Mon sourire détend le groupe d'hommes. Je leur demande ce qu'ils désirent en notant sur un bout de papier. Puis je retourne derrière le comptoir.

Pour nous détendre, Nicolas lance des blagues. Des clients aux comptoirs en rigolent. Cette ambiance est plaisante. J'esquisse plusieurs sourires. Je vais faire une erreur s'il continue !

J'ajoute le rhum et mélange le tout.

— Tu te fous de ma gueule ?

La voix criarde de Jennifer résonne et attire des clients. Je me tourne vers la jeune femme dont les bras sont croisés. Elle me lance un regard noir.

— Oui ?

— T'as pris mes clients, putain !

Je serre les dents face à son ton rageur. Elle vient quand même me prendre la tête pour rien !

— Tu étais occupée. Je voulais juste t'aider.

Sa mâchoire se crispe. Elle secoue la tête en soufflant bruyamment. Dommage pour elle, je n'ai rien à me reprocher. Si elle n'est pas contente qu'elle aille se plaindre au patron.

— Occupée ? La blague. Occupe-toi de ton foutu bar et n'empiète pas sur mon terrain, ok ?

Qu'elle me dise encore ce que je dois faire et elle sera contente du voyage. Ce n'est pas mon amie. Elle n'a pas à me conseiller et encore moins à me menacer.

— Et tu vas faire quoi si je veux t'aider, génie ? Tu vas pleurer ? Te coller dans les bras du patron ? Au lieu de me menacer, bosse plus vite.

Le ton de la conversation est élevé. Nicolas s'approche de moi et dépose sa main sur mon épaule pour me calmer. Je suis maîtresse de moi-même. Qu'il se rassure. Mais plus pour longtemps si cette idiote me fait une scène stupide.

Jennifer se penche par-dessus le comptoir en bois. Elle me pointe de son long doigt, affichant un rictus sur ses lèvres colorées.

— J'étais là avant toi. Si t'es pas contente, va te faire foutre, connasse.

Je vais la défigurer !

Je bondis sur le côté et avance jusqu'à elle. Derrière, Nicolas nous demande de nous calmer. Nous l'ignorons toutes les deux. Je la fixe d'un regard mauvais. Si mon physique n'est pas imposant, je n'en reste pas moins effrayante. S'il faut frapper pour se faire respecter, je le ferais ! Là, les conséquences me sont infimes.

— Les nanas, arrêtez, implore Nicolas en me suivant. Il y a des clients. Vous allez nous foutre dans la merde.

Je pointe à mon tour la serveuse de mon doigt. Nico dit vrai. Mais je ne laisserai pas passer ça. Le comportement enfantin de Jennifer me tape sur le système.

— T'es complètement tarée, pétasse, lancé-je. Tu vois des problèmes là où il n'y en a pas.

Jennifer arque un sourcil. Son visage, jusqu'alors empli de peur, montre de l'amusement.

C'est idiot. Mais l'insulter me fait un bien fou.

— Je suis bien plus lucide. Le problème ici, c'est toi. T'es peut-être barmaid, mais on n'avait pas besoin de ta présence.

— Ce n'est pas ce que Jessie semblait dire, quand il m'a embauchée. Selon lui, j'ai sauvé son bar d'une fermeture partielle.

J'affiche mon plus beau sourire. Jennifer se décompose et je jubile. Elle sait que j'ai raison. C'est en partie grâce à moi qu'elle a encore son poste.

La présence de Nicolas dans mon dos me rassure. Il s'approche un peu et glisse sa main sur mon bras. Je me détends. Mon collègue a une bonne aura. Elle est apaisante et douce. Tout ce que j'attends d'un homme. Rectification ; que je pourrais attendre d'un homme si j'étais prête à me mettre en couple.

— Voilà, tente-t-il de conclure. C'est bon, un point partout. Balle au centre. Maintenant on bosse.

Jennifer et moi savons le véritable motif de notre dispute. Ça n'a rien avoir avec le bar. Mais sur le gérant. Jessie. Je sais qu'elle est jalouse. Et je le suis aussi. Nicolas a raison, nous sommes ex aequo.

— Mais qu'est-ce qu'il se passe, bon sang ?

Mon sang se glace. Je n'ose pas me retourner et dévisage la serveuse. Nicolas retire sa main et se contracte. Quant à Jennifer, elle prend un air triste. Ses lèvres se mouvent comme si elle retenait un sanglot.

Quelle garce !

Je me retiens de lui en coller une. Elle pleurera au moins pour quelque chose.

— Jessie !

Sa voix est tremblante. Je lance un bref regard au barman. Lui aussi est dérouté. Il passe la main dans ses cheveux noirs en roulant des yeux. Autour de nous, les clients nous observent. Nous sommes le centre de toute l'attention. Mince. Nicolas avait raison. Nous donnons une mauvaise image du bar.

— Hélène m'a insultée.

Ah bah bien sûr. Je pousse un long soupir pour me calmer. Mon sang bouillonne dans mes veines. Je ne tiens pas sur place. Même mes mains me démangent.

— Pourquoi t'aurait-elle insultée ?

Je note l'emploi de « aurait-elle » et pas « a-t-elle ». Un bon point.

Je croise mes bras en signe d'attente. Toujours de dos à Jessie, je dévisage la serveuse se raidir. Elle bafouille plusieurs mots sous les yeux de tous. Elle ne peut pas mentir. Nicolas dira la vérité.

— Je l'ai juste aidée à prendre la commande de cinq clients, car elle prenait celle d'un couple. J'ai voulu aider. Je n'avais plus de clients et elle m'a embrouillée.

— Et vous l'avez insultée ?

Quoi ? Se fout-il de ma gueule ?

— Oui, avoué-je sans lâcher des yeux Jennifer. J'ai répondu à son insulte par une insulte.

Aucune réponse. Le corps de Jessie frôle le mien pour se placer entre nous deux. Je détourne immédiatement les yeux sur Nicolas. Ma lèvre est emprisonnée par mes dents. Je maudis cette fichue émotion de traverser mon corps au mauvais moment. Comment un aussi simple contact peut-il enflammer mon corps et brûler mes joues ?

— Qui a commencé ?

— Elle, dis-je en même temps que Jennifer.

Du coin de l'œil, je vois Jessie désigner du menton son ami. Il l'interroge.

— Jennifer est venue agresser Hélène, avoue Nicolas. Désolé, Jennifer, mais elle n'a rien fait de mal. Elle t'a juste aidée.

La serveuse râle et s'enfuit dans la zone réservée aux employées. Là, c'est le pompon. Elle nous plante en plein service !

— Je vais lui parler. Reprenez le travail.

En signe de réconfort, Jessie glisse ses doigts sur mon avant-bras. Cela déclenche des frissons qu'il remarque. Je suis gênée. Pourquoi se rapproche-t-il encore ? N'a-t-il pas compris que je l'évite ? Pourquoi comprend-il tout de travers ?

Nous ne perdons pas de temps. La récréation a assez duré. Mais je n'ai pas dit mon dernier mot. Cette connasse comprendra une bonne fois pour toutes qu'elle doit me lâcher. Je ne lui ai rien fait.

Je continue les cocktails sous l'œil moqueur de Nicolas. Il se fout de moi et de ma jalousie.

— Bon, qu'est-ce qu'elle fout ?! Elle ne voit pas qu'on a besoin d'elle ?

Je maugrée sans gêne. De nouveaux clients ont fait surface et attendent la serveuse. Si je m'en mêle, elle va me taper une nouvelle crise. D'un autre côté, les critiques vont très vite. Manquerait plus que l'accident de ce soir se répercute sur la réputation du bar !

— Je reviens, je vais pisser, déclaré-je en quittant mon poste.

Non seulement c'est vrai, mais je vais en profiter pour parler à Jennifer. Peut-être que seules, elle m'écoutera. Je n'ai qu'à être franche. Si elle me comprend, elle cessera d'être sur la défensive.

J'avance dans le couloir menant aux pièces fermées au public. Un sanglot résonne et me serre le cœur. Merde. Elle pleure. D'un côté, je suis agacée et de l'autre peinée.

Si elle n'a pas hésité à transformer la vérité, elle a l'air véritablement touchée par notre dispute. Il faut que je lui parle. Si elle me balance la moindre méchanceté, j'aurais au moins essayé. En plus de le faire pour nous deux, je le fais pour Jessie. Avoir des conflits au sien de son équipe n'est pas sain.

Mon corps se fige. La voix du patron coule dans mes oreilles.

Il est encore avec elle. Je pensais que quinze minutes suffiraient pour la calmer.

— Calme-toi, Jennifer.

— Oui. Merci de me soutenir, Jessie. Je ne sais pas ce que je ferais sans toi.

Déjà, elle ne prendrait pas la tête de ses collègues... mais je me garde bien d'ouvrir ma bouche.

Alors oui, j'écoute aux portes. Ni gênée ou honteuse, j'espère même que Jessie lui réponde sur son comportement déplacé. Voire qu'il prenne ma défense. Mais il faut croire que je suis arrivée en retard. La conversation entre eux semble terminée.

J'entreprends un mouvement de recul, lorsque j'entends Jessie répondre.

— C'est normal. Tu es aussi là pour moi. Allez, sèche tes larmes. Tu prendras ta journée demain, si tu veux.

Est-ce que j'ai bien entendu. Elle pleure alors qu'elle a commencé !

Je suis outrée par cette situation. Un peu plus et je passais pour la méchante. Ça m'apprendra à l'aider, tiens !

La porte s'ouvre sur Jessie. Étonné de me voir ici, il me contemple d'un œil aguicheur. Il sait que j'ai entendu les derniers mots et je ne m'en cache pas. Je ne bouge pas, tandis qu'il referme la porte derrière lui.

Mes prunelles le matent. Et les siennes font de même. Nous nous dévisageons en silence. Avec pour fond sonore, Nicolas qui parle aux clients, des rires et quelques bribes de conversations. La distance entre nos deux corps est faible. Un mètre seulement nous sépare. C'est à la fois énorme et peu. Je suis décontenancée, chamboulée. Ce type me rend folle. Le désirer à ce point est insensé. Je suis si faible qu'il pourrait me plaquer contre cette porte, que je l'implorerais de continuer.

Voilà. C'est pour cette raison que je lutte contre lui. Contre moi. Pour ne pas tomber dans la folie et devenir dépendante de cet homme. Je me connais. Suffirait d'un mot et mon corps serait sien. Mes nuits siennes.

Je déglutis et romps le contact de ses pupilles vertes.

— Jennifer est dans une mauvaise période, chuchote-t-il. Excusez-la pour son comportement. Elle manque de confiance en elle. Mais c'est gentil de l'avoir aidée.

Pourquoi sa voix est-elle aussi rauque ? Pourquoi déclenche-t-elle des maudits frissons sur tout mon corps ?

Et pourquoi j'aimerais entendre ses gémissements au creux de mon oreille ?

Putain ! Je dois me calmer sur-le-champ. Sinon je vais faire une connerie.

Qu'est-ce qu'il a dit déjà ? Ah ouais, que l'autre n'aurait pas confiance en elle. C'est peut-être vrai. Après tout, je ne suis pas dans sa vie. Et même si c'était le cas, on ne sait jamais ce que ressentent vraiment les autres.

Les yeux de Jessie sont rivés sur ma bouche. Tout naturellement, il passe la langue sur sa lèvre supérieure. Cette action me sidère. Il se joue de moi, tente de briser les murs que j'ai érigés contre lui.

Ce type me fait perdre les pédales. C'en est affligeant. Quatre maudits mois que je lutte. Seize semaines que je m'écarte, serre les dents et le fuis. Tout ça pour quoi ? Céder à un regard ? Un sourire ? Me jeter dans ses bras et lui livrer ma petite culotte quand son corps s'approche trop du mien ?

Non, je dis non. Je refuse. Et puis, même si ma lutte ne mène nulle part et que je suis déchirée de l'intérieur, je sais que c'est pour mon bien.

Mon ex était pareil que Jessie, au début. Attentionné, doux. Toujours présent pour moi. En réalité, il n'était qu'un sale menteur et un profiteur.

— D'ailleurs, ai-je commis... un impair ? J'ai la sensation que je me suis mal comporté. Ou...

— Je dois reprendre mon service, le coupé-je en tournant les talons.

Jessie m'empêche de partir. Ses doigts s'enroulent autour de mon avant-bras, me retenant de force. Mon ventre vibre. Mes pensées s'emmêlent et une boule se forme dans ma gorge. J'ai à la fois envie de courir et me réfugier dans ses bras. Mes sentiments contradictoires commencent à me taper sur le haricot.

— Hélène, parlez-moi. Vous n'êtes pas bien ici ? Le poste ne vous convient pas ?

Je garde résolument mon visage tourné vers la porte menant à la salle. Il ne me reste plus qu'à fuir son regard.

— J'aime mon poste. Je... je suis dans une période difficile. Rien de plus. Ça passera.

Ouais, bien sûr ! À coup de lavage de cerveau, peut-être. Voilà ! L'oublier est la solution. Mais comment ? Jessie Saurel est mon patron. Je le croise tous les jours. Sa fille Michelle est gardée par ma mère. Cet homme a déjà une grande présence dans ma vie en n'étant que mon supérieur.

— Alors c'est moi ? Je suis le problème ?

Je reste muette. Mes lèvres sont comme scellées.

— Hélène... je...

— Nicolas est seul en salle. Le pauvre va me détester.

Sur mes mots, je fuis dans les toilettes, à une porte de celle des vestiaires. Jessie m'interpelle à nouveau, et une fois de plus je fuis. Le pauvre. Il va regretter de m'avoir embauchée. Mais je crois que je n'ai pas le choix. Je le fais pour moi.

Une fois ma vessie vidée, je passe dans les vestiaires. Le patron n'est plus là et seule Jennifer est assise à même le sol. Sa tête est dans ses mains, ses cheveux blonds bouclés tombent et cachent son visage. La voir ainsi serre mon cœur. La pauvre. Elle a l'air vraiment mal. Je ne sais plus quoi penser d'elle. J'aimerais me radoucir, repartir sur de bonnes bases, mais au vu de son comportement, j'hésite. Pourrait-elle me la foutre à l'envers ?

— Nico va prendre ta place, mais je ne suis pas certaine de ses talents de serveur. Faudrait que tu reviennes avant qu'il se blesse.

L'humour ne marche pas. Jennifer reste recroquevillée sur elle en reniflant. Elle me fait de la peine.

— Tu le connais, il serait c...

— Putain, mais laisse-moi tranquille. Je ne suis pas ta pote.

Sa voix sévère me prend au dépourvu. Debout, les bras ballants, je me renfrogne. Elle a raison, je ne suis pas sa pote.

— C'est vrai. Alors je vais te le dire rien qu'une fois. Tu retentes de foutre la merde dans mon job, juste parce que je te viens en aide, crois-moi que tu le regretteras. J'exploserai tes rotules avec ton plateau. Si t'as un problème, c'est le tien, pas le mien. Moi je suis là pour bosser et toucher mon argent.

Jennifer soupire en se redressant. Ses joues sont sèches, ses yeux à peine rougis. Je suis quelque peu étonnée. Elle se relève et défroisse sa longue robe rose. Ses prunelles bleu-gris plongent dans les miennes.

— Tu ne feras rien. Tu tiens à ton travail et Jessie te virera si tu me frappes. Je suis son amie, je te rappelle.

Malheureusement, elle a tort. Je suis capable de me défendre. De cogner une femme qui me persécute pour rien.

— Écoute-moi attentivement, Jennifer. Je veux juste travailler. Je ne désire aucun problème, alors lâche-moi la grappe. Fais ce que tu veux, du moment que tu ne ruines pas ma vie.

Le menton de la serveuse se hoche en signe de compréhension.

— Je n'ai rien fait avant ça. Mais ta jalousie est perceptible. Tu me mens, Jessie...

— Non, je suis là pour travailler, la coupé-je en roulant des yeux. Rien de plus.

Sa bouche affiche un rictus. Dubitative, Jennifer émet un petit rire.

— Je verrais bien si tu te mets en travers de notre relation.

De leur relation ? Est-elle en train de rêver ou se passe-t-il un truc entre eux ? Je parierai plus sur l'option une. Nicolas serait au courant.

En tout cas, non, je ne me mêlerai pas de leur vie. Même si je dois le regretter.

Chapitre 13
Jessie

Deux mois après

Aujourd'hui, c'est l'anniversaire de ma fille. Je vais le célébrer comme il se doit. Avec regret. Cet anniversaire marque la mort de ma femme. Un an qu'elle est partie. J'ai l'impression que c'est hier. Hier que j'ai rencontré Hélène, que je l'ai embauchée et que... j'en suis devenu fou.

Contrairement à ma vie privée, ma belle-mère m'a pourri tous les mois. Elle a même contacté un avocat pour monter un dossier contre moi. Tout ce qui l'importe est la garde de Michelle. Chose qu'elle n'aura jamais. Elle ferait mieux de m'écraser avec une voiture.

Tout est parti en vrille. Je ne me comprends plus et me déteste. Ce que je fais à Charlotte est horrible. Ça fait un an qu'elle est partie et je pense à une autre. Quand je conduis, quand je cuisine, quand je me lave ou me couche. Cette situation est effrayante. Hélène a germé dans mon esprit et a grandi au fil du temps.

C'est bien pire depuis huit mois. Jour où Hélène s'est blessée, à cause de Nicolas. Le lendemain, elle était différente. Plus de sourire, de blague. Comme si elle s'était éteinte. Nous en avons parlé avec Nico et Arthur. Ce dernier ne la connaît pas et Nico n'a pas répondu à mes interrogations. Jamais.

Peut-être que la reprendre a été de trop ? Elle connaît bien son métier. Me voilà, homme plus âgé, qui l'engueule au moindre problème. D'autant plus qu'elle m'a beaucoup aidé. Mon bar marche bien grâce à elle. Je lui dois amplement la nouvelle notoriété du Le Jessotte Bar. Je comprends donc qu'elle m'en veuille. Il faudrait que je lui parle, mais je n'arrive pas à trouver le bon moment. Et les fois où j'ai essayé, elle a fui. La seule réponse que j'ai obtenue fut qu'elle aimait son job. C'est déjà un bon point, mais ça signifie que je suis le responsable de notre relation chaotique.

Arthur, Léon et Nicolas sont les premiers arrivés. Ils m'aident à décorer mon salon. Léon gonfle les ballons, Nicolas m'aide à pousser des meubles et Arthur emballe mes cadeaux. À l'aube de mes trente-quatre ans, je ne sais toujours pas bien faire de papier cadeau. Ça finit toujours arraché, ou même très mal fait. Aujourd'hui, je veux que tout soit parfait.

— Tu vas enfin lui parler à ta Hélène ?

Mes paupières papillonnent. J'accuse le coup. Je n'avais pas prévu ça.

— Quoi ?

Nicolas m'adresse un fin sourire, content de lui.

— Sinon tu ne l'aurais pas invitée... Moi, je pense qu'elle va rester après notre départ...

Il va me rend fou. Je ne lui ai rien demandé. Ces commentaires, il peut les garder.

— Tu te trompes. Tu sais qu'elle m'ignore depuis des mois.

Arthur soupire, suivi de Nicolas et Léon. Ça y est, je sens les critiques arriver.

— Cette meuf, Hélène, elle t'intéresse ? m'interroge Léon.

Léon connaît l'existence de mon employée. Arthur et Nicolas lui ont parlé de tout. Même du baiser volé.

Nicolas répond à Léon, disant que je serais dingue d'elle, mais incapable de porter mes couilles. Il n'a pas totalement tort. Mais je ne veux pas faire de peine à Charlotte en la remplaçant. Encore moins à notre fille.

Pendant qu'ils parlent, je m'active à pousser un dernier meuble. Tout est sécurisé. Aucun accident ne devrait arriver. Les hommes discutent encore de mon cas. Leurs stupides idées me font grincer des dents.

Léon est pharmacien. Il a trente-sept ans et est en couple. Nous sommes devenus amis assez vite. Charlotte aimait sa pharmacie. Les mois sont passés et nous avons sympathisé.

Petit à petit, la matinée se termine enfin. Après un repas copieux, nous préparons un gâteau au chocolat. N'ayant aucun talent en cuisine, l'aide de mes trois amis m'est importante. Je ne voulais pas l'acheter. C'est son premier gâteau et j'aimerais qu'elle sache à quel point je l'aime.

Mes parents sont les premiers à nous rejoindre. Je suis content qu'ils soient venus. Ils n'ont pas beaucoup vu Michelle depuis sa naissance. Trois fois, si je ne me trompe pas.

Ma mère est blonde aux yeux verts. Sa petite tête est ronde, les joues creusées et sa peau ridées. Son nez est retroussé, ses lèvres pincées. Elle bien plus petite que papa et moi. Elle m'arrive au torse. Aujourd'hui, elle porte une robe rose à volant. Ses cheveux sont tressés, ses yeux maquillés d'un fard rose. Ce n'est pas à son habitude. En temps normal, elle préfère les pantalons larges et les hauts amples. Peut-être voulait-elle marquer le coup ?

Papa, lui, est plus sobre. Une chemise noire et un jean bleu foncé. Il est brun aux yeux bleus. Son visage est en ovale, les cheveux coupés courts et bien coiffés. Son nez est proéminent, ses pommettes saillantes. On ne se ressemble pas tellement. Je tiens plus de ma mère.

Nous les saluons dans un calme fou. Qui ne tient pas longtemps. Les femmes de mes amis nous rejoignent. Les gars sont tout à coup plus extravertis. Ils se vantent de ce qu'ils ont fait. Quant à leurs femmes, elles sont amusées. À mes yeux, elles sont toutes fades. Elles sont gentilles, pas superficielles, mais pas à mon goût.

Noémie, la femme d'Arthur, recoiffe ses cheveux rouges et longs. Son côté rasé a repoussé durant les derniers mois. Elle est collée aux bras de son mari, qui dépose des baisers sur sa joue. Leur complicité est à la fois touchante et écœurante.

Nicolas montre la vue à sa compagne, Claire. Elle est infirmière à l'hôpital de la ville. Âgée de trente-quatre ans, elle adore s'habiller court. Assez court même. Je n'y vois aucun problème, mais ça embête Nicolas. Claire porte souvent des jupes. Son compagnon ne cesse de lui faire part de ses appréhensions. Il a peur qu'elle se fasse agresser quand elle n'est pas avec lui.

Je suis tiré de mes pensées par une sonnerie. Elle annonce la venue d'un nouvel invité. J'ouvre la porte et tombe sur Jennifer. Elle tient dans ses mains un cadeau emballé d'un papier rose bonbon. Mal à l'aise, je la laisse entrer. Je ne sais pas ce qui m'a pris de l'inviter. Je regrette un peu.

Jennifer me tape la bise, avant de saluer ceux déjà présents. Elle porte une robe bleu pastel. Ses cheveux sont coiffés en un parfait chignon. Elle a pris le temps de se maquiller sobrement.

Les dernières invitées arrivent. Hélène et sa mère, Bénédicte. Elles se ressemblent. Les mêmes joues rondes. La même taille. Mais pas la même façon d'agir. Hélène est renfermée sur elle-même. Elle ne répond pas aux blagues et sourit à peine quand j'amène Michelle.

Ça me désole de voir ça. Je me sens coupable. Comme personne ne semble avoir de réponse, je compte bien parler à la concernée. Avec un peu de chance, elle me dira ce qu'il y a.

L'après-midi me fait du bien. Je ris. Que ce soit aux bêtises de mes amis ou au mot que ma fille dit. Maman. La première fois qu'elle l'a dit, j'ai été profondément atteint. J'ai dû le dire deux ou trois fois devant elle, mais jamais je n'aurais imaginé qu'elle le répéterait. Par contre, pour lui faire dire papa, c'est la croix et la bannière.

Âgée d'un an, Michelle sait un peu marcher. Elle n'est capable de faire que des petits pas debout. Je fais voir ces exploits aux invités qui semblent presque tous conquis. Sauf Hélène, qui fait la moue. Assise sur une chaise, les bras croisés, elle m'observe tenir Michelle. La petite s'agite entre mes mains. Jennifer se met devant elle à genoux, les traits illuminés et lui dit de venir à elle. Je ne sais pas où elle se croit, mais son comportement m'énerve. Elle n'a pas à toucher ma fille.

Je m'avance pour lui dire le fond de ma pensée, seulement je suis interrompu. Hélène se lève en s'excusant pour aller aux toilettes. Son visage est toujours fermé. Même Nicolas me fait signe d'aller lui parler. Il insiste, accompagné d'Arthur. Mes parents et même la mère d'Hélène s'en rendent compte. La situation est embarrassante. Un long débat commence, mélangeant regards noirs et phrases assassines. Puisque je suis son supérieur, c'est à moi d'aller lui parler. Même sa propre mère me demande de lui parler.

— Bouge-toi ! ordonne Nicolas, en élevant la voix. Sinon je t'y traîne par la peau du cul.

Ma mère s'esclaffe devant le sérieux de mon ami. Quant à mon père, il ne dit rien, les yeux vagabondent sur sa petite-fille. Super la solidarité.

Bon, après tout, je voulais lui parler.

Je me lève, Michelle dans les bras et la tends à ma mère. Jennifer grogne de mécontentement. Pensait-elle vraiment que j'allais lui confier ma fille ?

Quoi qu'il en soit, je laisse mes invités dans le salon. Une conversation démarre, lancée par Arthur. Je me concentre sur mon employée. Je suis quasiment certain qu'elle ne répondra pas. Comme ma première tentative. Elle m'avait ignoré.

Derrière la porte de la salle de bain, je toque. Aucune réponse. J'insiste en dévoilant mon identité. La porte s'ouvre, laissant apparaître Hélène. Elle fuit mon regard, les yeux posés sur ses chaussures. Il faut que je me lance, qu'elle sache qu'elle peut avoir confiance en moi.

— Vous... tu vas bien ?

Le tutoiement l'attriste de plus belle. Elle recule d'un pas, la main sur la poignée, prête à fermer la porte.

— Oui, ça va, ment-elle, sèchement.

— Ouais, et si je ne te crois pas ?

— Dis-toi que je vais bien.

Son timbre de voix me fait tiquer. Il est sec. Tranchant et hérisse mes poils. Je n'aime pas sa façon de me parler.

Bien qu'ici je ne sois pas son patron, elle pourrait être plus aimable.

Je note qu'elle m'a tutoyé. Une barrière en moins entre nous.

— Avec tout ce que tu as fait pour moi, je ne comprends pas ta réaction.

Son corps est droit comme un i, sa mâchoire serrée. Elle hausse les épaules nonchalamment. Bordel, je veux qu'elle me parle !

— C'est comme ça.

Bien sûr. Elle me prend pour un idiot.

— Je préfère l'ancienne Hélène. Celle qui faisait des bêtises.

Le clin d'œil en fin de phrase n'a pas l'effet escompté. Elle reste de marbre. Ok, je vais perdre patience. Je souffle en passant ma main sur mon crâne. Je continue à me raser. Je m'apprécie ainsi. Peu importe le regard des autres. Cette non-coupe de cheveux me rend différent. Comme si j'avais commencé une nouvelle vie.

— Ça n'a rien avoir avec les bêtises, annonce-t-elle.

— Oh... est-ce parce que je t'ai engueulée ?

— Non.

Déjà, ça me rassure. Mais si ce n'est pas ça, pourquoi est-elle si distante avec moi ? Je n'ai rien fait de mal. Je ne l'ai pas insultée ni blessée.

— Alors qu'est-ce qui a changé ? Pourquoi m'ignores-tu ?

Ses lèvres s'entrouvrent. Mais aucun son n'en sort. Je reste suspendu à sa bouche, la gorge sèche. Hélène joue avec moi. Elle me fait patienter, me torturant de la pire des façons.

— On va dire que... on m'a fait comprendre certaines choses et...

— Quoi comme chose ? Sur moi ?

Elle me stresse. Elle fait exprès de prendre son temps. Je suis curieux de savoir qui lui a dit quoi !

— Je ne sais pas si elles sont vraies, mais... je préfère qu'on prenne nos distances. Ça va peut-être te sonner bizarrement, mais...

Elle se tait à nouveau, pour scruter ma réaction. Je dois paraître hors de moi. Ses mots résonnent comme si je me faisais larguer. Or, je suis veuf et ce n'est même pas une véritable amie. Voilà ce que je ne désirais pas ; m'éprendre d'une autre femme. Merde. Je devrais prendre du recul. M'attacher à Hélène aussi vite n'est pas bien.

— Jessie !

Mon bras est tiré sur la gauche. Jennifer m'implore de l'écouter. Bordel, nous n'avions pas fini notre conversation. Hélène en profite pour s'enfuir, me laissant seul avec la jeune femme. Je serre les poings, me retenant de la suivre. Je veux en savoir plus !

— Qu'est-ce qu'il y a ? sifflé-je, froidement.

Elle commence à m'énerver. Toujours à vouloir accaparer mon attention. Si ce n'est pas un comportement de femme amoureuse, alors je suis idiot.

Jennifer agrippe de plus belle mon bras. Elle me tire à l'intérieur de ma salle de bain. Je m'empêche de repartir sur-le-champ. Elle doit avoir une bonne raison.

— Il faut qu'on parle !

Oui, je me doute. Sinon elle n'aurait pas eu le culot de m'interrompre en plein interrogatoire.

— Bordel, qu'est-ce que tu me veux ?

Je suis méchant avec elle, j'en ai conscience. Mais c'est plus fort que moi. Un sentiment d'énervement monte dans tout mon corps.

— C'est assez... dur à dire... mais je n'en peux plus. En te voyant avec ta fille... mon cœur a fondu de plus belle. Jessie, je ressens vraiment quelque chose pour toi. Ce n'est pas de passage. Notre différence d'âge n'est pas importante...

Ma réaction n'est pas exagérée. J'éclate de rire, sous ses airs pincés. Mon avant-bras passe sur mes yeux pour essuyer des larmes qui roulent.

— Je suis sérieuse !

Ça a le don de me faire redescendre sur terre. Je lui lance un air incompréhensible. Pourquoi venir m'embêter avec ça ?

— Oh, Jennifer, j'ai été honnête avec toi. Je ne suis pas intéressé.

— Attends... même si on ne sort pas ensemble on pourrait juste baiser.

Je glousse d'amusement. Baiser. Comme si c'était primordial pour moi.

— Je me satisfais très bien tout seul, merci pour ta proposition indécente. Maintenant, je te demande de ne plus jamais me reparler de ça. Je resterai toujours campé sur ma...

Ma voix se stoppe. Sous mes yeux, Jennifer pète un câble. Ses doigts s'enroulent à ma chemise et me forcent à me pencher sur elle. Je résiste légèrement, sentant mon tissu craquer. Elle essaie de m'embrasser. Les femmes ont un sacré problème.

Je ne veux pas lui faire mal, mais elle doit comprendre le message. Mes mains emprisonnent ses épaules et je la repousse. Nos lèvres étaient à quelques centimètres. Un peu plus et la catastrophe allait arriver.

— Putain, râlé-je en me retournant.

C'en est trop. Je ne la supporte plus. Si elle ne part pas, je vais être très méchant.

— Désolée, fait-elle. Je pensais que c'était le bon moment...

Je me retourne, prêt à partir. La conversation est pour moi finie. Ses fausses excuses ne marchent pas.

Avec étonnement, je découvre Hélène à la porte. Ses iris vairons nous détaillent attentivement. Ses sourcils sont froncés, comme si elle était énervée.

— J'avais oublié mon téléphone, déclare-t-elle en nous dépassant.

La barmaid récupère son cellulaire posé à côté du lavabo. Sans rien ajouter, elle disparaît comme elle est arrivée.

Debout, dos à Jennifer, je serre mes poings. Cette petite blonde commence à m'apporter des ennuis. Nous en avons parlé à plusieurs reprises. Le fait qu'elle insiste ne me plaît pas. Je vais devoir être clair, même agressif. Je ne vois pas d'autre façon de faire.

— Merci, tu viens littéralement de m'agresser. Et puisque je suis un mec, je dois fermer ma gueule.

Sur ces mots, je quitte ma salle de bain. Jennifer a beau essayer de s'excuser à nouveau, ça ne marche pas.

C'est énervé que je retourne dans le salon. Mes invités m'y attendent. Il en manque. Une. Hélène. Immédiatement, je lance un regard à mes amis. Nicolas fait un pas dans ma direction, la main dans celle de sa femme.

— Hélène est..., commence-t-il, avant que je l'interrompe.

— Partie ?

Il m'indique de la tête de me tourner. Je m'exécute. Hélène est penchée sur son sac à l'entrée de l'appartement.

Elle s'en saisit. Je remarque qu'elle a mis son gilet. Elle va partir.

— Hé, l'interpellé-je en allant jusqu'à elle. Reste.

La jeune femme ne répond pas. Elle tourne les clés sur la porte et l'ouvre. Personne ne bronche, observant la scène. Mais pourquoi part-elle maintenant ? Nous n'avons pas encore mangé le gâteau !

Je m'élance à sa suite et la rattrape au beau milieu du palier. Hélène se libère de mon emprise en grognant. Ici, nous sommes seuls. Elle peut me parler, me faire confiance.

J'en suis arrivé à un point minable. Que suis-je devenu ? Un pauvre homme qui ne sait plus où donner de la tête. Qui a peur de prendre une mauvaise décision. Celle du cœur ou celle de l'esprit. Charlotte ou Hélène. Une femme morte ou une femme vivante.

Chapitre 14
Hélène

Pourquoi ai-je accepté de venir ? C'était la plus mauvaise idée de ma vie. J'aurais mieux fait de décliner et rester assise dans mon canapé.

Cassandre n'a pas pu venir, suite à un problème qu'elle ne m'a pas raconté. Avec elle, je me serais sentie mieux. On aurait pu critiquer Jennifer et ses tentatives d'impressionner Jessie.

Je l'ai compris rapidement. Ma jalousie est incontrôlable. Quelle cuisante humiliation de voir Jennifer presque collée à Jessie dans la salle de bain. Oui, humiliation ! Dire que j'ai failli tout lui balancer. J'aurais été bien stupide. Il est proche d'elle, ils se connaissent depuis longtemps. Il est normal qu'il soit intéressé par elle. Elle m'en a fait part il y a deux mois, j'aurais dû la croire. Il y a bel et bien quelque chose entre Jennifer et Jessie. Et ça me blesse.

En même temps, je suis la seule responsable. Si j'avais écouté mon cœur et non ma raison, je n'aurais pas envie d'étrangler Jennifer.

Mais qu'est-ce que je dis, moi ! Pourquoi la jalousie monte en moi, au fur et à mesure que je l'imagine avec elle ? Que je les vois ensemble ? Putain, je hais ressentir ça. C'est si soudain et fou. Exactement tout ce que je ne voulais pas. J'ai déjà eu un problème auparavant avec un homme, ça aurait dû me servir de leçon. Les hommes qui ont déjà une femme dans leur cœur ne sont pas pour moi.

J'aurais dû suivre ce que je disais depuis le collège. Ne pas sortir avec un homme. Or, j'en ai fait l'erreur et je paie les frais. La cicatrice sur ma joue est là pour me le rappeler.

Sur le palier, j'affronte le regard perdu de Jessie. Je le plains. Il ne doit pas savoir pourquoi j'agis comme ça. Peut-être même me prend-il pour une conne !

Son contact fait vibrer mon corps de la tête aux pieds. Je maudis intérieurement ma stupide volonté. Me voilà prise au piège entre cœur et raison.

Un rire nous parvient et nous fait sursauter. Un rire d'homme que je reconnais. Nicolas. Je pivote ma tête vers la porte. Il se tient debout, le visage détendu comme jamais. Je ne sais pas pourquoi, mais il va faire une connerie. Ça se sent à cent mètres à la ronde. Tout mon être tremble.

— Bon on va la faire simple, lâche-t-il en s'avançant jusqu'à nous. Vous me faites chier depuis des mois. Maintenant vous vous faites la gueule. J'ai l'impression que sans moi, vous n'avancerez pas... Alors je le dis...

— La ferme ! le coupé-je.

J'avais raison. Il va dire ce dont nous avons parlé à maintes reprises.

J'ai eu plusieurs conversations avec lui. Il m'encourageait à parler de ce qu'il m'est arrivé, de lui avouer mes craintes. Qu'est-ce que j'ai fait ? Le contraire. Je ne veux pas que Jessie le prenne mal. Il pourrait penser que je ne veux pas de lui à cause de son enfant ou parce qu'il était en couple. Ce qui, soyons honnêtes, fait partie de mes raisons de le repousser.

— Hélène craque pour toi, dit notre ami, avant de se tourner vers moi.

Il tressaille face à mon visage. Je lui en veux. Il n'avait pas le droit de balancer ça. Pas ainsi. Je n'ai jamais vraiment dit craquer pour notre employeur.

— Et Jessie craque pour toi, termine-t-il.

— Connard ! l'insulte Jessie, hors de lui.

Je suis sous le choc. Il ne nie pas. Quand je tourne mon attention vers lui, il a les pupilles baissées sur ses pieds. Il me fuit. Je ne comprends pas. Il n'y a pas quelques minutes, il était aux côtés de Jennifer, sur le point de l'embrasser. Si ce n'était pas déjà fait !

— Donc vous vous embrassez et on passe à autre chose, ajoute Nicolas en nous faisant un clin d'œil.

Les pas du barman m'indiquent qu'il nous quitte. Il claque la porte derrière lui, laissant un silence assez gênant. Je me retrouve face à mon supérieur, qui gratte son crâne chauve. Nous sommes tous les deux autant embarrassés l'un que l'autre.

— C'est vrai ? hésité-je.

— Et toi ?

Ignorer ma question pour me la poser. Très fin.

— Je... je ne veux pas sortir avec toi, avoué-je sincèrement.

Ça ne devrait pas, mais c'est le cas. M'entendre dire ça me fout un coup à l'estomac. Je ne m'imaginais pas forcément sortir avec lui auparavant. Mais le dire est un peu brutal. Comme si je coupais la moindre chance à la racine.

— Tu... tu es veuf et père, continué-je, tandis que Jessie secoue sa tête, déboussolé. Ta femme compte toujours et... je ne veux pas me lancer dans une relation foireuse.

On dirait qu'un mur lui est tombé dessus. Ses épaules sont affaissées, son regard perdu.

— C'est pour ça que tu m'ignores ces derniers mois ?

Sa question est remplie de douleur. J'en prends encore plus conscience quand nos iris s'interceptent.

— Oui, soufflé-je.

J'esquisse un sourire, malgré tout. Savoir qu'il ressent quelque chose m'émeut. Je ne suis pas folle, il y avait un petit truc entre nous.

— Tu as raison. Je n'abandonnerai rien pour une femme. Tu veux arrêter de bosser pour moi ?

Mes yeux deviennent ronds. Je le dévisage, prise au dépourvu. Non seulement il pense que je ne peux pas rester pro, mais en plus il ne prendra jamais de risque pour une femme. Je peux le comprendre, mais je ne m'attendais pas à ça de sa part. Je le pensais plus combatif pour ce qu'il désire. Comme il l'a fait pour sa fille et son bar. Mais à ce que je comprends, il n'y a que ça d'important. J'espère que la future femme qu'il aimera aura le courage de se battre contre tout ça.

— Non ! m'écrie-je. J'aime mon job et j'en ai besoin.

Son doux visage se déride. Il fait quelques pas en arrière, vers son appartement.

— Donc... on fait comme si de rien était ?

Comme réponse, je hoche de la tête. C'est ce que je faisais jusqu'à présent. Même si c'est très compliqué, je peux continuer ainsi.

— Alors, reviens pour manger le gâteau.

J'esquisse un fin sourire. Après tout, je suis là. Partir le ventre vide n'est pas mon genre.

— Mmh... Une toute petite part !

Le visage de Jessie s'éclaire. Il rigole en me faisant signe de le suivre.

Un court instant, je reste figée sur le palier. À l'intérieur, ils doivent tous être en train de jacasser sur nous. Dire que ma mère est présente ! Elle qui ne cesse de m'inciter à me trouver un mec. Quand elle va apprendre ça, elle me prendra pour une folle.

***

La fête touche à sa fin. Certains invités sont partis plus tôt, parce qu'ils travaillent. Il ne reste plus que moi, Jennifer, Léon et sa femme. Je regrette que Nicolas soit parti. J'avais très envie de me venger. Tant pis, ça attendra demain. Il ne paye rien pour attendre.

Ma mère a dû rentrer pour rejoindre mon père. Demain, elle doit garder des enfants toute la journée et a besoin d'être en pleine forme. Chose que je comprends. Il faut avoir du courage pour tenir face à des petits monstres en couches-culottes.

Jessie est en train de coucher sa fille. Nous sommes donc tous silencieux, nous observant avec embarras. Les iris de Léon sont rivés sur sa femme. Elle est magnifique, je dois bien le reconnaître. Immense et pulpeuse, Sandy me fait pâlir de jalousie. Ses yeux de biche lui donnent un air femme fatale. Avec les traits de liner noirs, son regard doit faire tomber à genoux tous les hommes.

Le teint de la femme est hâlé, ses lèvres rouges. Je la contemple longuement, un peu trop d'ailleurs. Elle tourne son attention sur moi, suivi de Léon, en souriant.

— Qu'est-ce que peut penser une barmaid en m'observant ainsi ?

Mes épaules se haussent. Je n'avais rien dans la tête. Enfin si, mais ce n'était pas sur elle.

— Rien...

— Han, chuchote-t-elle en se penchant vers moi. C'est à propos de Jessie ? Alors, vous vous êtes embrassés ?

Ses questions me coupent le sifflet. Tout le monde est donc au courant. Il me faut un grand contrôle pour afficher un air impassible. J'inspire et expire, sous les six prunelles des invités. Même Jennifer a son regard rivé sur moi. Une première sans me fusiller du regard !

Bien que je l'aie vue très proche de Jessie, je me pose des questions. Pourquoi avoir dit « Je pensais que c'était le bon moment... » ? Jouer la fouineuse n'est pas mon genre, mais j'aurais aimé connaître le contexte. Et si je m'étais tout à fait trompée ? Je ne suis pas du tout certaine de ce que j'ai vu. À part qu'ils se dégageaient l'un de l'autre.

J'adore ma maudite jalousie.

— Non, rien de tout ça n'est arrivé.

— Oh, donc il va nous faire encore chier, dit Léon en roulant des yeux.

Sa déclaration pique ma curiosité. Je pince mes lèvres en me redressant.

— Pourquoi vous ferait-il chier ?

Je n'hésite pas une seconde. J'aimerais en apprendre plus.

Merde.

Même si c'était le cas, ça ne m'apportera rien de bon. Il vaut mieux oublier ça.

— Hélène a fait ça... elle était comme ça... oh, elle ne m'a pas adressé la parole..., imite Léon en grimaçant. J'ai pensé à elle toute la soirée. C'était la Saint-Valentin et je ne lui ai pas donné la carte par honte... Oh sans oublier tous les compliments que j'ai dû entendre de force.

Léon se coupe, plongeant son regard acajou dans le mien. Sa main se lève, son index me désigne.

— J'espère que ça va changer, reprend-il sérieusement. Sinon je vous enferme dans la même pièce jusqu'à ce que ça s'arrange !

— Tu ne peux forcer personne à être ensemble. Nous sommes grands.

— C'est vrai. Mais je sais ce qu'il en est. Es-tu certaine de vouloir passer ta vie seule ? De ne pas affronter une bonne fois pour toutes ta peur ? D'accepter un bonheur qui frappe à ta porte ?

Je m'apprête à répondre, la bouche entrouverte, mais Léon continue sa tirade sur un ton doux. Sa femme le contemple avec admiration, tandis que, du coin de l'œil, je vois Jennifer grimacer.

— Réfléchis, Hélène, pour de vrai. Tu as ton destin et celui de mon pote entre tes mains. Comme dirait Nico : Si t'as pas les couilles d'être heureuse, ne rends pas malheureux les autres. En gros, casse-toi si tu n'attends rien de lui. Ne joue pas à des jeux pour le blesser, d'acc' ? C'est tout ce que je demande.

Ses mots sont pertinents. J'opine du chef, répétant en boucle ses phrases. Un voile vient de se lever et j'en ai peur. Oui, j'ai envie d'être heureuse et de rendre les autres heureux. Mais qui me dit que je ne fonce pas à l'aveugle dans un piège ?

— Et si..., commencé-je.

Les doigts de sa main s'étirent. Il me fait signe de me stopper, les yeux rivés derrière moi. Je comprends que Jessie est revenu. Ce dernier ne pipe pas un mot. Il s'installe devant nous, debout, alors que nous étions tous assis. Son air est grave, ses traits tirés. On dirait qu'il est exténué.

— Je suis désolé d'être aussi brutal, mais je vais devoir vous mettre à la porte. La journée a été un peu longue pour moi.

Les premiers à se lever sont Léon et Sandy. L'homme d'une trentaine d'années serre la main de son ami.

— T'as raison. Toi, tu dois t'occuper de ta fille, nous, nous devons en faire une ! Bonne nuit.

Sandy écarquille les paupières, amusée que son mari balance leur planning de la soirée. Elle lui tape sur l'épaule et il s'écarte un peu en gémissant de douleur. Il insiste lourdement, prétextant qu'elle lui a cassé un truc. Le couple file assez vite. Me laissant avec Jessie et Jennifer.

Je me lève, prête à déguerpir.

— Attends, Hélène. Je dois te montrer des avis sur le bar.

À son ton chaleureux, je comprends qu'ils doivent être positifs. Ça a dû être si dur pour lui, d'en avoir des méchants.

— Mais Jennifer, je ne te retiens pas, lance-t-il un peu plus sèchement.

La jeune femme me jette un regard en biais. Comme si c'était de ma faute s'il ne voulait pas de sa présence ! Avec une sacrée lenteur, elle se met sur ses pieds. Sa robe arrangée, cachant le bas de ses cuisses laiteuses.

Durant la fin d'après-midi, elle n'a pas arrêté avec sa robe. Un coup elle croisait ses jambes, un coup elle remontait sa robe... tout ça sans lâcher des yeux Jessie.

Le fait qu'il lui demande de partir étreint mon cœur. Je vais me retrouver seule avec lui – et chez lui – pour le début de la soirée. Notre conversation me revient affreusement en tête. Les mots de Nicolas aussi. Jessie craquerait pour moi. Alors, pourquoi n'être pas venu me le dire ? Moi, j'ai des raisons. Quant à lui, je ne suis pas certaine qu'il en ait. À moins qu'il ait aussi peur que moi.

Jennifer claque ses talons sur le parquet laqué sans gêne. Elle montre sans honte son énervement. Jessie et moi la regardons partir, lui souhaitant une bonne route.

Quand nous nous trouvons seuls, le soleil à travers la vitre est en train de se coucher. Les derniers rayons chauds disparaissent peu à peu. Pour me donner une constance, je laisse courir mes yeux sur les bâtiments plus bas. La vue est jolie. On voit d'ici son bar et quelques boutiques. Un peu plus loin, un parc s'efface avec la lumière. Je note son emplacement, je pourrais y faire un tour un de ces quatre.

Sous mes yeux, la terrasse s'obscurcit. La table en verre, entourée de chaises d'extérieur est décorée par une petite plante. Les feuilles gigotent sous un vent doux. Il doit faire bon. J'aimerais profiter de l'extérieur, avant d'affronter mon supérieur. Oui, fuir est tout ce dont j'ai en tête.

Une main chaude se pose sur la chute de mes reins. Ce contact me crispe. Non, il éveille mes sentiments. Un doux brasier crépite au creux de mon ventre. Je suis à la fois en attente d'une soudaine caresse et d'un retrait précipité. Mais aucun des deux ne se passe. Sa main appuie même un peu plus fort, comme pour m'inciter à avancer.

Mes pieds sont collés au sol. Mon estomac continue de danser la salsa et son odeur me fait tourner la tête. Une odeur masculine, puissante, qui prend aux tripes. Un peu comme un bol de guacamole.

Son épaule gauche se colle contre la mienne. La proximité entre nous est presque maximale. Je sens même son flanc frôler le mien avec une certaine insistance. Je ne suis pas à l'aise, mais suis incapable de m'éloigner.

Les minutes passent avec lenteur. Silencieux, nous sommes rivés sur le paysage devenu noir. Le soleil s'est couché et seuls des lampadaires éclairent des rues au loin.

Tout cela est bizarre. Je ne comprends pas ce que nous faisons ainsi. Comme s'il lisait dans mes pensées, Jessie glisse sa main à ma taille, brisant pour de bon le peu de centimètres entre nous. Je me sens mieux, étrangement. Comme si être dans ses bras m'apaisait.

Je réalise tout d'un coup quel jour nous sommes vraiment. En plus de la naissance de sa fille, c'est la mort de sa femme. Il y a un an, jour pour jour, il devenait veuf et père célibataire. Est-ce pour cela qu'il me tient maintenant avec force ? Que je le sens trembler contre moi ? Serais-je un genre de bouche-trou ? Celle qui ne sert que quand Monsieur va mal ?

— Et si on revenait sur nos dires ? me demande-t-il.

Dans sa voix, je n'y décèle pas le moindre sarcasme. C'est tout à fait ce que je ne voulais pas. Qu'on repense à ça ! Quand, demain, je croiserai Nicolas, je jure de le harceler sans répits. Il va payer pour avoir dévoilé nos sentiments.

— Mauvaise idée.

— Pourquoi ?

Ça y est, son corps contre le mien me gêne. Je m'écarte vivement et oblige mes yeux à regarder l'extérieur.

— Je vais peut-être passer pour une folle, mais... je ne comprends rien. Quand je suis entrée dans les toilettes, toi et Jennifer...

— Elle a essayé de m'embrasser et je l'ai repoussée.

Oh. Je n'étais pas loin.

J'entends deux pas distincts vers moi. À nouveau, la présence du corps de Jessie me provoque des frissons. Des picotements à la nuque se propagent. Je mordille ma lèvre.

— Ok.

Je ne sais pas quoi répondre. Mais à ce que je comprends, il n'a aucun avis à me montrer. C'était une astuce pour me parler d'un potentiel nous.

Mon courage pris à deux mains, je m'avance dans le salon. Il est temps pour moi de partir. En plus, je commence à avoir faim.

— Tu vas où ?

Je longe la pièce en contournant son grand canapé. Jessie pose à nouveau sa question. Dans le couloir, je saisis ma veste et l'enfile.

— Je dois rentrer.

— Oh déjà ? Tu ne veux pas manger ici ? Je n'ai pas très envie de me sentir seul...

Voilà, je suis son bouche-trou.

— Je comprends bien, mais non.

Il ne répond pas et j'en profite pour prendre mon petit sac à dos noir.

— C'est trop dur. Tu es beaucoup trop forte pour moi. Je ne supporte plus ta façon d'agir. Je sais désormais que c'est pour te protéger de tes sentiments, mais...

— De toi, le coupé-je en pivotant. Je me protège de toi, Jessie. J'ai déjà souffert.

J'ai dû mal à maîtriser ma voix. Jessie le constate et s'approche pour me soutenir. Je recule. Jusqu'à être coincée par cette maudite porte. Jessie s'écrase contre moi. Il ne joue plus. Mais il n'y a rien de sexuel entre nous, du moins à ce moment. Ses traits sont tirés vers le bas. Il est inquiet.

— Il y a un énorme truc, c'est ça ? Je peux tout entendre.

— Je n'ai pas envie d'en parler. Maintenant, écarte-toi, j'aimerais partir.

Il n'obtempère pas. Ses iris verts sont plongés sur mes lèvres. Il humidifie les siennes, comme s'il avait envie de les goûter avec appétit.

Je me remémore leurs goûts. Salées. Mon bas-ventre s'enflamme de plus belle. Je veux y goûter à nouveau ! Au diable mes craintes. Personne de fou ne viendra m'agresser sauvagement. Enfin, je l'espère !

Les mains de Jessie se posent à ma taille. Mon corps fond. Mon cœur se liquéfie à sa chaleur. Tout est si contradictoire à notre soi-disant marché. Il n'aura pas fait long feu.

— Puisque tu m'as volé un baiser, murmure-t-il. Puis-je ?

Oh que oui ! Qu'il le fasse au plus vite. Je n'en peux plus d'attendre. La folie a pris part de moi. Le rationnel n'existe plus. Ses lèvres doivent être sur les miennes.

— Ce serait la moindre des choses, je suppose.

Ses lèvres s'étirent en un sourire. Il prend le temps de me contempler, tout doucement. Trop doucement. Je n'y tiens plus. J'ai pensé à ces lèvres tant de fois, me maudissant encore plus. Désormais, je vais satisfaire cette envie interdite.

Même si ma peur subsiste, je veux l'affronter. Le goût du risque brûle en moi.

Mais, rien ne se passe. Les secondes défilent et Jessie me contemple.

— Hé ?

Sa main se lève vers moi. Je ne la lâche pas des yeux. Il me montre sa bague scintillante sous la lumière du lustre.

— Retire-la-moi.

Est-ce que je rêve ou il me demande de retirer son alliance ?

Je ne sais pas quoi répondre et garde la bouche ouverte.

Il agite sa main sous mes yeux. S'il veut passer à autre chose, c'est à lui de le faire, pas moi. Je vais pour lui expliquer, mais il m'en empêche.

— J'ai peur, m'avoue-t-il, les yeux dans les yeux.

— De quoi ?

Mon cœur résonne dans ma poitrine. J'attends avec impatience sa réponse.

— De l'oublier, de me tromper.

Avec moi.

Il a peur d'être déçu et c'est la même chose pour moi.

— Tu n'oublieras jamais ta femme, affirmé-je. C'est impossible, tu as eu une fille avec elle.

Il fait la moue, peu convaincu. Son autre main lâche, malheureusement, ma taille. Son index et son pouce attrapent la bague et la tirent. Elle glisse le long de son annulaire. L'action est symbolique. À mes yeux, elle est magnifique. Il me prouve qu'il laisse en arrière Charlotte.

— Tu as peut-être raison.

Sa main balance la bague au loin dans le couloir. Mon cœur s'emballe de plus belle et nos lèvres se trouvent. Elles se cherchent, s'aguichent dans une infime douceur. Mes sens brûlent d'un désir naissant. Celui d'être sienne. Peu importe l'endroit, tant qu'il me comble.

Nous nous séparons pour reprendre notre souffle. Des yeux, je louche sur sa bouche. J'en veux plus. Comme Jessie ne fait plus rien, je passe mes bras autour de sa nuque. Nos fronts se collent, nos nez se frôlent. Sa respiration est aussi erratique que la mienne.

— Embrasse-moi, ordonné-je.

Ses lèvres s'étirent. Un sourire se dessine, le rendant craquant. Je fonds, brûlant la dernière barrière mise contre l'amour. Mes convictions ne sont plus qu'un tas de poussière.

— Doucement, m'arrête-t-il en s'éloignant. Ne soyons pas pressés. Faisons cela dans les règles de l'art !

Je n'aime pas du tout ça. Que veut-il dire ? Devoir se taper des dîners à la con pour finir une nuit dans le même lit ? Ce n'est pas mon genre. Déjà que ça me fait tout drôle qu'un homme se tienne près de moi sans que je sois affolée. Est-ce que les mots de Léon m'auraient aidée ?

Avant de pouvoir partager mes craintes, Jessie dépose ses lèvres contre les miennes et m'invite à rentrer chez moi. Je dois reconnaître que c'est un peu brutal. Je m'attendais à une nuit torride, au lieu de ça, je suis contrainte de prendre mon mal en patience. Cet homme est en train de me rendre folle. Il m'avait à sa merci. Mais Monsieur préfère se languir de mon impatience. Quitte à me rendre chèvre, autant en profiter.

Je n'aime pas ce qui se déroule. Je n'ai pas été ainsi depuis mon ex. Le futur me terrorise. Si je devais faire la même erreur, je n'échapperais pas à des séances avec un psy. Voire pire.

Chapitre 15
Jessie

Hélène a des sentiments pour moi et j'en ai pour elle. Alors pourquoi suis-je toujours effrayé ? Pourquoi ai-je envie de prendre mes jambes à mon cou et me terrer dans un trou de souris ?

La fête d'hier ne s'est pas passée comme prévu. Et j'en suis plus qu'heureux. Mais voilà, désormais j'ai peur. Des doutes subsistent. Comme à chaque fois, mes amis sont là pour me soutenir. Je n'ai eu qu'à envoyer un message groupé et ils ont débarqué.

On toque à la porte. Je vais ouvrir. C'est Nicolas, le dernier à se présenter. Ses traits sont tirés, ses cernes marqués, mais un sourire étire ses lèvres. Il ajuste ses cheveux derrière son épaule et me fait signe de la tête.

— Pour me faire venir un jeudi midi, alors que je bosse dans quelques heures, c'est obligé d'être une annonce de mariage, balance-t-il en entrant dans le hall.

Il quitte son manteau noir, le posant sur le portemanteau. Sans dire mot, il s'avance jusqu'au salon pour rejoindre nos deux amis. Arthur me scrute, quant à Léon, il observe les rideaux violets du salon.

— Elle ne les a pas arrachées en grimpant dessus ?

Mes paupières s'écarquillent. Il ne manque pas de culot. Cette question fait rire Arthur et Nicolas. Ces deux posent un regard lourd de sens. OK, ils pensent tous trois que j'ai couché avec Hélène.

— Non, il ne s'est rien passé.

Nicolas, sans me lâcher des yeux, s'installe dans le canapé. Les jambes pliées et ses coudes sur les genoux, il m'observe. Son visage s'illumine au bout de trois secondes. Si nous étions dans un dessin animé, une ampoule jaune paraîtrait au-dessus de sa tête.

— Rien ? Tu es sûr, mec ? Tu n'as plus ta bague !

Ma tête se baisse instinctivement. Oui, c'est vrai, je l'avais totalement oublié.

— La garder était trop dur. Embrasser cette femme, alors que je portais l'alliance pour Charlotte n'était pas envisageable. Ce que tu lui as dit hier, Léon, a fait écho en moi. Moi aussi j'ai compris que j'ai les couilles d'être heureux.

Nicolas a un sursaut. Il fixe Léon, puis moi à plusieurs reprises.

— Merde j'ai loupé. Sérieux, tu plagies ce que je dis maintenant ?

Léon lève les yeux au ciel.

— C'était une crise. Plus jamais, ô grand jamais, je n'utiliserai tes conneries.

Les deux hommes se défient du regard. Je contemple leur jeu avec amusement. Ils sont toujours en train de se chercher.

— Attends, t'as dit embrasser ? me questionne Nicolas, en tournant vivement la tête vers moi. Tu l'as embrassée ?

— Ouais... justement...

Je grimace. Me remémorer ce doux souvenir fait naître des fourmillements dans tous mes membres.

— C'est quoi le problème ?

La question d'Arthur me refait venir sur terre.

— Ça va trop vite. Je ne veux pas brûler d'étapes. Imagine...

Nicolas se lève et pose ses mains sur ses hanches. Il me fixe d'un air exaspéré.

— Dans une semaine et quelques, ça fera un an que tu la connais. Tu oses dire que ça va trop vite ? Je comprends que ça doit te faire bizarre avec la mort de Charlotte. Tu as juste retiré ta bague hier et tu n'as même pas enlevé ses affaires de ton appartement... mais il est temps d'avancer.

— Ouais, il a raison, continue Arthur. Elle ne reviendra pas, d'accord ? Avec cette femme, Hélène, tu es différent. Je ne saurais l'expliquer...

— Différent ? le coupe Nicolas, en s'esclaffant. Tu parles ! Dès que je plaisantais avec elle, ça l'énervait ! Moi je reconnais les symptômes. Il est dingue d'elle depuis le début.

Au moins, c'est clair. Je n'étais pas du tout mystérieux. Mon ami a tout percé, bien avant moi.

— J'ai mal au bide, déclaré-je, dès que je m'imagine avec elle. Je pensais que c'était pour me punir d'avoir ces idées-là...

— Or, c'est juste des sentiments, termine Arthur en roulant des yeux. C'est bon, on a compris, ne nous fais pas un dessin.

Il se lève du canapé et marche jusqu'à la porte-fenêtre. Mon ami se perd dans la contemplation du paysage.

— Bah alors lance-toi, reprend Arthur. Tu le regretteras sinon et tu t'en voudras toute ta vie. Au pire, il arrive quoi si ça ne fonctionne pas ? Tu auras pris du bon temps. Tu n'as vraiment rien à perdre.

Si. Elle.

Je me force de ne pas dire le fond de mes pensées. Mes amis n'ont pas à savoir que j'ai peur de perdre les gens proches de moi. Depuis la mort de Charlotte, je n'arrête pas de penser à la mort. Je suis complètement flippé.

— Je pourrais l'inviter au restaurant.

Un rire éclate. Suivi de deux autres. Mes amis se foutent de moi et je ne comprends pas pourquoi. N'est-ce pas comme ça qu'on séduit une femme ?

— C'est con et vieux, siffle Nicolas. Dans une boite de nuit, c'est mieux. Tu pourras danser avec elle, corps à corps. Un bon moyen pour finir à poils.

Si Nicolas me pousse ainsi à coucher avec, c'est normal. Nous avons eu plusieurs conversations. Pour moi, dès que je couche avec une femme, elle fait partie de ma vie. Elle devient ma petite-amie. C'est pourquoi je n'ai eu qu'une femme jusqu'à présent : Charlotte.

— Mon premier rencard avec Charlotte était au restaurant. Elle n'a pas trouvé ça vieux et con. Merci pour la proposition.

***

Mes mains sont moites, mes jambes cotonneuses. L'effluve du café chaud monte dans mes narines, dès que j'entre dans le bar. Je suis à la bourre. La mère d'Hélène m'a retenu pour me poser des questions. Elle voulait en savoir plus sur notre relation entre sa fille et moi. Je savais en déposant ma fille que j'aurais droit à un interrogatoire. Mais sûrement pas à ça. Je me serais cru face à un policier. Pas le gentil, mais le méchant, prêt à tout pour avoir des réponses.

Je suis sorti de la maison exténué et Bénédicte rassurée. Cette femme m'a aidé. Elle m'a dévoilé la peur d'Hélène. Qu'on s'en prenne encore à elle. Je suis sous le choc de cette annonce. Comment un homme peut-il faire ça à une femme ? Lui mentir sur son statut. J'y vois plus clair et sais que je vais devoir faire des efforts pour ne pas la brusquer. Puisque j'ai envie de franchir les étapes avec elle.

Hélène est dans ma ligne de mire. Elle remonte ses cheveux bruns aux reflets cuivre en un chignon. Son tatouage à la nuque se dévoile. La rose est splendide et bien faite. Le tatoueur a fait un sacré travail.

— Hélène ?

C'est quoi cette voix tremblante ? Elle va me prendre pour un idiot.

La jeune femme se tourne dans ma direction. Derrière le comptoir, elle saisit un torchon, ignorant l'interpellation. Elle m'ignore. Je souris et vais jusqu'à elle. Pour se donner une contenance, elle nettoie le comptoir déjà propre.

— Est-ce que tu aimerais aller en boite de nuit, samedi ?

Ses iris se plongent dans les miennes. Son geste en suspens, elle fait la moue.

— Non.

Un coup de poing s'abat dans mon ventre. Sa réponse est cinglante et explicite. Elle ne veut pas aller plus loin avec moi. Je secoue ma tête, un peu perdu, et m'éloigne déjà. Je dois fuir le plus vite possible. Son regard me pénètre au plus profond de moi et me déstabilise.

— Je n'aime pas les boites de nuit, ajoute-t-elle en soupirant.

Mon visage pivote. Un sourire illumine sa figure.

— Ah, c'était l'idée de Nico...

Autant dire la vérité. Je ne sais même pas pourquoi je lui ai proposé cette sortie !

— Ce bon cher Nico que je dois étriper...

Je ne relève pas, sachant déjà de quoi elle parle. Nico me doit autant de comptes qu'à elle. Seulement, j'ai réfléchi. S'il n'avait pas parlé, je n'aurais pas fait un premier pas. Visiblement, elle aussi.

— Et... au cinéma ? insisté-je. Nicolas disait que c'était ringard...

— Oui, ça l'est.

Bon, bah ça part bien entre nous. Autant abandonner. À ses réponses, je sais qu'elle ne veut pas aller plus loin. Ce qui est tout à fait normal. Son ex a agi comme le dernier des connards. Quant à sa copine, une vraie folle furieuse.

— Pourquoi pas la fête foraine ? me propose-t-elle.

Ma mâchoire se décroche. Je vais me ridiculiser ! Les jeux d'action ne sont pas pour moi. Tout ce qui va vite m'effraie. Même la grande roue à cause de mon vertige.

Mal à l'aise, j'affiche une grimace. Je suis partagé entre l'envie d'accepter et de refuser. D'un côté, la soirée sera horrible pour moi. D'un autre, je vais me rapprocher d'elle.

— Je pensais plus à un truc dans l'après-midi. Je n'ai pas de baby-sitter pour le soir et...

— C'est jour férié. On ne travaille pas, mais ma mère pourrait la garder.

Elle a réponse à tout pour obtenir ce qu'elle désire. Je capitule. Après tout, si je veux vraiment avoir une chance avec elle, autant aller dans son sens.

— Ça me va. Disons neuf heures sur le parking de la foire.

***

Voilà comment je me retrouve, bouquet de fleurs à la main, sur le parking. Mon pouls bat à la folie. Mon flux sanguin bouillonne dans mes veines. Je vois flou. Mes émotions me dominent.

Comment puis-je être ici aussi vite ? J'ai la sensation d'avoir fait un bond en avant. Il y a peu, notre relation n'était pas aussi évoluée.

J'ai un rencard avec Hélène Garnier ! Mon employée et à la fois une amie qui a su m'aider au fils des mois. Son aide m'a été précieuse. Sans elle, mon bar aurait coulé.

Mes yeux l'interceptent. Elle porte une robe en jean bleu, qui lui arrive à peu près à dix centimètres au-dessus des genoux. Des boutons blancs ferment la robe. Comme accessoires, elle porte un petit sac à main à la bandoulière en chaîne et un fin collier en argent. Ses cheveux sont attachés en une queue de cheval.

Au fur et à mesure qu'elle s'approche, je me contracte. Ses talons noirs claquent sur le sol. Ils résonnent dans mes oreilles. Il est bientôt l'heure de me ridiculiser.

Hélène s'arrête devant moi. Elle approche son visage, en penchant son buste contre le mien. Ses lèvres localisent les miennes et y déposent un chaste baiser. Je me fais violence pour ne pas la presser contre moi. Son odeur réveille de plus belle mes sens. Bien qu'étonné par son attitude, je regrette de ne pas en avoir plus. Elle se sépare et avise le bouquet que je tiens avec crispation.

— C'est pour moi ?

— Non, une femme est passée et me l'a offert. Elle me trouvait...

— Idiot ? me coupe-t-elle, avant d'éclater de rire.

Je le lui tends nerveusement. Elle s'en saisit et le porte à son nez. Une inspiration m'indique qu'elle les hume. Ses paupières se ferment. Je ne me défais pas de cette scène si douce.

— Merci. Elles sont vraiment belles.

Les roses rouges sont une valeur sûre. J'étais certain qu'en les achetant que ça lui plairait.

Revivre. C'est ce qu'il se passe. Comme une nouvelle bouffée d'air. Comme un phénix qui renaît de ses cendres. Je vois la vie sous un nouveau jour. Je me sens prêt à l'entamer et la savourer.

Avant d'aller à la fête, Hélène dépose le bouquet dans ma voiture. Il serait encombrant si nous décidions de manger un bout ou de faire des manèges.

— Cassandre t'a amenée ?

— Oui. Elle viendra me chercher.

L'idée que j'ai en tête me fait grincer des dents. Pour bien terminer la soirée, je la ramènerais chez elle. Un baiser volé et j'irais chercher ma fille. La suite de notre relation évoluerait au fil des jours. Si notre rencard se passe bien, je serais confiant pour la suite.

— Tu es très beau avec cette chemise. Le vert te va bien au teint.

J'inspecte ma tenue. Elle n'a rien de bien sophistiqué. J'ai pris au moins deux heures pour la choisir. Pour un rencard, je voulais venir en costume. Mais le lieu m'en a empêché. Avoir une cravate à la fête foraine aurait fait décalé. Après une crise de nerfs et un désir d'annuler, j'ai opté pour un jean basique et une chemise. Une sacoche en cuir marron, contenant mes affaires, à mon épaule et mon look était choisi. À la dernière minute. Je comprends pourquoi les femmes mettent autant de temps à se préparer.

— Merci. Tu es ravissante avec cette robe.

— Merci.

Elle agrippe mon bras, repliant son coude.

— C'est parti ! s'exclame-t-elle. Je vais te mettre la pâtée aux autos tamponneuses.

Sa joie est contagieuse. J'esquisse un sourire et l'invite à traverser le parking. Nous passons la route et arrivons à la fête. L'ambiance est électrique. Déjà des centaines de personnes y sont. Des rires et des pleurs envahissent ma tête. Ainsi que les musiques des forains et leurs voix qui s'élèvent, pour nous inviter à jouer à leurs manèges. Les lumières des jeux sont captivantes.

Devant le manège « Le palais du rire », Hélène tire mon bras en arrière.

— Ça te dit ? Je préfère commencer doucement pour toi...

— C'est très gentil de ta part. Bon, je suppose que je n'ai pas le choix. C'est parti. Oh, le premier qui a peur...

— Embrasse l'autre.

Elle ne me laisse pas le temps de répliquer, me tirant par le bras. Nous payons, à sa demande, nos parts respectives et montons sur le jeu.

L'une des cases penche d'avant en arrière. Cramponnés aux barrières, nous avançons lentement. Des gens nous observent, mais leur regard ne m'est pas dérangeant.

Hélène passe devant moi. Je me tiens derrière pour la rattraper si besoin. Mon cœur se gonfle quand nous pénétrons dans une pièce. Des rouleaux blancs aux motifs rouges et jaunes nous empêchent de passer. Hélène ne perd pas le nord, elle s'engouffre entre deux rouleaux. Je fais de même. Maintenant, une roue en bois tourne. Comme pour les hamsters.

— Si je glisse, tu me rattrapes ?

— Oui, affirmé-je, en attrapant sa main.

Je la serre pour lui prouver que je suis là pour elle. Cet élan ne m'est pas familier, mais je sens qu'il le deviendra. La roue passée, un vent provenant du sol souffle. Hélène éclate de rire. Je devine pourquoi et retiens un gloussement.

Nous continuons le jeu avec amusement. Même le toboggan me rappelle ma jeunesse. Après ça, nous choisissons un autre, puis un autre. Nous évitons les manèges à haute sensation qui pourraient arrêter mon cœur. Les heures passent et nous profitons pleinement. Je n'ai pas envie que la soirée s'arrête. J'aimerais qu'elle continue encore et encore.

Nos pas nous mènent devant un stand de barbe à papa. Incontournable. J'en prends une, grand format à la fraise. Si je veux nous rapprocher, autant commencer en douceur.

Penser à ça me gêne. À croire que j'ai fait tout un plan rien que pour la mettre dans mon lit. Or, ce n'est pas du tout ça. Ce que j'attends de nous est une longue relation. Je nous imagine déjà dans quelques années, dans une maison rien qu'à nous deux. Trois, en comptant Michelle.

Mais avant tout ça, je dois être certain de moi et d'elle. Oui, elle m'intéresse. Oui, j'aimerais qu'on sorte officiellement ensemble. Mais rien n'est joué. Un long chemin nous attend.

Le rencard se termine. Je tiens la barbe à papa pendant qu'elle en mange. Sans la lâcher des yeux, je pense à la ramener. Elle n'a pas encore envoyé de message à notre amie. Avec un peu de chance, elle acceptera ma proposition.

— Tu veux que je te ramène ?

Ses prunelles vairons se posent sur moi. Sa main engouffre un morceau de sucrerie dans sa bouche.

— Oui, avec plaisir !

Ma joie est visible. Mes lèvres sont étirées jusqu'à mes oreilles pendant tout le chemin du retour. Dans la voiture, nous terminons notre gourmandise avec délectation. Nous parlons de tout et de rien. De temps, du bar, de ma fille. Puis, c'est l'heure de se quitter. Je gare mon véhicule devant son immeuble. La femme ne perd pas de temps et sort hors de l'habitacle. Elle claque la portière et se dirige vers la porte du bâtiment. Je retire la clé du contact et referme ma voiture.

— Hélène !

— Oui ? Ah oui, ton gage, parce que tu as eu peur... vas-y.

Elle ne se retourne pas et reste de dos, à quelques pas de la porte. Moi qui pensais qu'elle aurait oublié mon petit moment de frayeur, je me trompais.

Plusieurs secondes passent. Hélène perd patience et pivote. Son corps s'élance sur le mien, plaquant avec fougue nos deux bouches. Le baiser est puissant. Il fait vibrer tout mon être des pieds à la tête. Ma peau s'enflamme, me picote et désire la sienne.

Hélène se décolle. Sans dire mot, elle pénètre dans le hall, refermant la porte derrière elle. Ma vision est embrumée. Un feu crépite en moi. Mais Hélène n'est plus là.

Le temps de me calmer me paraît interminable. Je pince l'arête de mon nez, en soufflant plusieurs fois d'affilée.

Un bruit me fait sursauter. Une porte s'ouvre. J'ouvre un œil et découvre Hélène s'avancer vers moi. Elle prend ma chemise entre ses doigts et m'attire à elle. Non pas pour m'embrasser, mais me faire entrer dans le hall. Je la suis sans émettre la moindre opposition.

Chapitre 16
Hélène

Le temps de monter jusqu'à mon appartement me paraît long. Dans l'ascenseur, nous profitons pour nous chercher. Ses mains glissent à l'arrière de mes cuisses, remontant ma robe. Contre la paroi, mon corps se cambre sous ses caresses expertes. Une de ses mains empoigne ma fesse fermement. Une chaleur irradie cette zone, remontant le long de ma colonne vertébrale.

Nos deux corps sont collés, son sexe est gonflé contre mon bas-ventre. Le faible être que je suis tremble rien qu'à ce contact.

— Jessie..., susurré-je à son oreille.

Mes dents trouvent leur proie. Le lobe de son oreille, que je mordille avec douceur. Sa réaction ne se fait pas attendre. Il pousse un grognement en se pressant plus contre moi.

L'ascenseur s'arrête. Les portes s'ouvrent. Nous reprenons notre souffle en nous observant dans les yeux. Il est déjà trop tard pour arrêter ça. Mon cœur a décidé que c'était lui et ce ne sera personne d'autre.

Je marche jusqu'à la porte de mon appartement. Mes pas sont étranges. Normal, ma robe est relevée. Jessie doit avoir une belle vue de là où il est. Les clé en main, je déverrouille mon appartement. Ma main cherche l'interrupteur et le baisse. La lumière éclaire le salon. J'invite Jessie à entrer et referme derrière lui.

Merde. J'ai oublié le bouquet de fleurs.

Pas grave, il attendra bien un peu.

Jessie se tient droit, au beau milieu de la pièce. Sa folle allure presque débraillée me fait rougir. Sa fermeture éclair est baissée, suite à notre provocation dans l'ascenseur. Je peux contempler avec gourmandise son boxer qui serre son entrejambe.

— C'est coquet, complimente-t-il en détaillant la pièce.

Pas plus que lui.

— Jessie ?

Il reporte son attention sur moi, les lèvres pincées. Mes joues cramoisies et mon cœur bat à vive allure. Je veux cet homme tout de suite.

— Oui ?

En réponse, mes mains saisissent un bouton de ma robe. Je le déboutonne et continue avec les suivants. Arrivée en dessous de mon soutien-gorge, je me stoppe. L'aguicher le rend fou. Il suit des yeux tous mes mouvements, la mâchoire serrée. Ses muscles sont bandés et ses veines ressortent, comme un bodybuildeur.

Alors qu'il fait un pas dans ma direction, je ne lui laisse pas en faire plus. Je m'enfuis dans ma chambre, semant en même temps mes chaussures et mon petit sac à main. Jessie me suit de près. Il pénètre dans la chambre quelques secondes après. J'ai le bonheur de le voir sans sa chemise verte. Uniquement vêtu de son jean, devenu encombrant.

Mes mollets, qui me mènent en arrière, sont stoppés par mon lit. Je tombe en poussant un cri de surprise. Je suis désormais allongée sur le lit, à la merci de mon rencard.

— Tu as un préservatif ?

Je lève les yeux au plafond. J'avais oublié ce détail !

— Dans le tiroir de ma commode. Mais je ne suis pas certaine pour la date.

Jessie traverse la chambre. Il se baisse et ouvre mon tiroir. Ses doigts attrapent un préservatif. J'en profite pour le détailler. Il est si beau, les joues rougies par ses sentiments. Ce qui émane de lui est puissant. Force, passion, gentillesse. Le meilleur chez un homme.

— Deux mille vingt-deux.

Soudain, il se stoppe. Ses prunelles plongent dans les miennes. J'y lis de l'angoisse.

— Je reviens. Ne bouge surtout pas.

Il s'éclipse, me laissant abasourdie. Les bruits dans la salle de bain m'indiquent ce qu'il accomplit. Lorsqu'il revient, un grand sourire étire ses belles lèvres.

— Désolée, mais je ne suis plus aussi excitée, balancé-je en me redressant sur les coudes.

Jessie arque un sourcil, les yeux plissés. Il cherche si je mens ou non. Bien sûr que oui. Ces secondes seules ont laissé mes pensées s'enflammer. Lui, me prenant contre le mur de ma chambre. Lui, allongé et totalement nu sur mon lit.

— Ah bon ? Tant pis. Ça ne presse pas.

Son bras retombe. Il a l'air déçu. Tout comme moi. Qu'il ne tente rien pour rallumer la flamme m'étonne.

— Jessie, bouge-toi, ordonné-je froidement.

Il m'adresse un triste sourire en secouant sa tête.

— Oui, j'y vais. Je te souhaite une bonne so...

— Hé ! Mais qu'est-ce que tu racontes ? Ce n'est pas chez toi que tu dois aller, mais en moi.

Un gênant silence s'installe. Mon futur amant me dévisage. Son éternel charmant sourire refait surface. Je me cambre, sur le lit et mordille ma lèvre.

— Oh, en toi... quel séduisant programme.

Son ton enjôleur me fait frémir. Je bombe ma poitrine, mue à une soudaine excitation. Il n'a jamais été comme ça et je me réjouis de découvrir cette nouvelle facette.

— Retire ta robe.

Son ordre résonne dans ma tête. Définitivement, oui, j'adore ce nouveau Jessie. Je m'exécute sans broncher. En même temps il enlève son jean. Nous nous trouvons en sous-vêtements. Puisqu'il a une avance sur moi, je libère mes seins de leur prison. Maintenant, nous sommes au même niveau. Il ne reste qu'un fin tissu pour cacher nos intimités.

J'écarte mes cuisses, montrant mon string noir. Jessie ne perd pas une miette du spectacle et va jusqu'à se pourlécher les lèvres.

— Tu es bloqué ou ça marche comment? le questionné-je en souriant. T'as que cinq pas à faire pour me prendre.

Son visage se baisse. Il ne répond pas et m'ignore. Des minutes passent et je m'ennuie. Soit il est partant, soit non. Mais s'il ne veut pas, qu'il le dise.

Je me lève du lit à la hâte et me positionne devant lui.

— Qu'est-ce qu'il y a?

— Tu... en es sûre? Je veux dire, tu veux vraiment de moi?

J'attrape la main libre et la glisse entre mes cuisses. Ses doigts frôlent ma culotte humide. Un frisson secoue mon corps. Cet acte me fait perdre la tête.

— Ça répond à ta question?

— Hum... pas vraiment. Je ne suis pas convaincu.

Le dernier tissu sur ma peau est écarté. Son index s'écrase contre mon clitoris. Je pose une main sur son épaule et l'autre au bord de son boxer noir. Mes jambes me trahissent en beauté.

En retour, je baisse son sous-vêtement. Son membre se dresse illico en l'air. Il me faisait de la peine, enfermé dans peu d'espace.

Ma dernière relation sexuelle remonte à loin. Très loin. Si bien qu'une stupide peur me prend. Et s'il n'aimait pas ? Et s'il regrettait sa défunte femme ?

Bordel. Je dois absolument arrêter de psychoter. C'est avec moi qu'il a passé la soirée. C'est chez moi qu'il est et qu'il est presque à poils. Et c'est avec moi qu'il a décidé de coucher. Pas une autre. Pas Jennifer, par exemple.

Ma main se referme autour de lui. Un mouvement d'avant en arrière démarre, faisant grogner Jessie de contentement. Pour me rendre la pareille, il augmente la cadence de sa caresse, invitant son majeur à frôler l'entrée de ma féminité. Son doigt ne tarde pas à s'engouffrer en moi avec lenteur. Mon bassin se cambre, mes cuisses s'entrouvrent un peu plus, lui donnant un meilleur accès.

Jessie glisse ses mains jusqu'à mes hanches. D'un geste sûr, il retire mon string. Je fais de même avec son sous-vêtement. Mes yeux s'arrêtent sur le bas de son ventre et ses hanches. Il a une cicatrice, que je devine pour l'appendice et des vergetures sur les hanches. Ça me rassure. Moi aussi j'en ai et vis très bien avec depuis mon adolescence.

Ses doigts palpent ma peau avec rudesse. Aucune parcelle ne lui échappe. Sauf les zones érogènes. Il fait même bien attention à ne pas les frôler.

— Tu es vraiment belle, Hélène.

Son compliment m'émeut. Il est sincère. J'ouvre la bouche, prête à répondre.

— Avant... tout ça. Voudrais-tu sortir avec moi ?

Il me prend de court. À vrai dire, je ne m'attendais pas à cette question.

À son intonation, je comprends qu'il est stressé. Ses iris vertes sont rivées sur moi. Son large torse monte et descend très vite.

Des doutes refont surface. Puis, les paroles de Léon les effacent. Cet homme à raison. Je veux être heureuse. Qui ne tente rien n'a rien !

— Oui !

À ma réponse, Jessie se presse contre mon corps. Son membre se colle contre mon bas-ventre et j'en rougis comme une adolescente. Il sent bon l'ambre. Tout chez lui me rend folle. La douceur de sa peau, son corps bien taillé – sans être dans l'excès – son comportement... ses mains qui emprisonnent ma taille et me soulève avec facilité.

— Tu sais que si tu avais refusé... je serais parti ?

— Je me doute bien, réponds-je, en enfouissant ma tête au creux de son cou.

Jessie me dépose sur le lit. Les draps propres et soyeux entrent en contact avec ma peau brûlante de désir. Il me surplombe, les mains plaquées au matelas pour se soutenir et mes jambes enroulées autour de ses hanches.

— J'ai passé une sacrée soirée, m'avoue-t-il, en plongeant sur moi.

Son buste joint ma poitrine. J'entoure sa nuque de mes mains et plonge mon regard dans le sien. Le fait qu'il parle, alors que nous sommes sur le point de coucher ensemble, me signifie une seule chose. Qu'il a peur. Peur de franchir cette dernière ligne qui nous liera.

— Moi aussi. C'était très amusant.

En signe de reconnaissance, il dépose un baiser sur mes lèvres. Je tends mon menton pour en demander un autre, qui n'arrive pas.

— Hélène... es-tu prête ?

Je lui fais mon plus beau sourire, dévoilant mes dents.

— Oh que oui ! Plus que prête.

Mon vœu est exaucé. Nos lèvres fusionnent passionnément. Le feu me ronge de nouveau. Je bouge mon bassin contre le sien, d'avant en arrière. L'excitation est maître de moi, balayant tous les autres sentiments.

Quand nos bouches se détachent, je prends une profonde respiration. Jessie enfile le préservatif et se repositionne entre mes cuisses. Au lieu de s'insinuer en moi, ses mains se posent sur mes seins. Il les palpe, les caresse, les comble. Quant à sa langue, elle glisse sur la peau de mon cou, électrisant mes sens.

Je n'en peux plus. Tenir est trop douloureux. Je me cambre à nouveau, puis bouge mon bassin. Nos sexes se frôlent, mais ce n'est pas assez à mon goût. Jessie comprend ce que je veux. Après un fin sourire, il donne un coup de reins, me pénétrant entièrement. Ma respiration est suspendue. Mes doigts se crispent contre sa peau.

Mes jambes autour de son bassin, il le roule suavement. Je place ma main sur son crâne lisse. Ses grognements se mêlent à mes halètements. À nous deux, nous allons réveiller mon voisin !

L'envie de changer de position me prend. Je tente de le plaquer au lit, mais il m'est impossible de le pousser. Je suis bloquée sous lui, pendant qu'il m'honore.

— Roule sur le dos !

Il s'exécute sans me poser de question. À mon tour de mener la danse.

J'enjambe sa taille et m'abaisse sur lui. Sa queue dressée est prête pour continuer nos ébats. Je l'attrape et la présente à mon entrecuisse.

Jessie est sur le dos, les yeux dévorant mon corps. Ses deux mains agrippent ma taille et m'invitent à m'empaler.

— Oh bordel, grogné-je en m'abaissant.

Ma tête se renverse en arrière. Nous n'avons même pas fini que j'en veux encore. Si tout pouvait s'arrêter, si on pouvait plonger dans un autre espace-temps où tout dure pour toujours, je serais la plus heureuse. Malheureusement, toutes les bonnes choses ont une fin. Alors je profite au maximum de notre relation sexuelle.

Je balance mon bassin d'avant en arrière, les mains posées sur son torse développé. Mes sensations sont à leurs combles. J'approche de l'orgasme. Tout mon corps tremble. Mes cuisses se resserrent.

— Non, je n'en ai pas fini avec toi.

Sa voix me parvient. Je papillonne des paupières, ne comprenant pas ce qu'il veut dire.

Puis, il me pousse. J'atterris sur le ventre, la tête sur l'oreiller. Son corps se plaque contre mon dos. Il m'écrase et me pénètre à nouveau. Tout doucement, pendant que ses roulements de hanches fusionnent nos corps, ses mains caressent ma peau. Elles remontent jusqu'à ma nuque, se faufilant dans mes cheveux. Il me cajole comme si j'étais faite de porcelaine. Des baisers humides marquent mon dos et mes épaules.

Jessie prend soin de moi. Il fait attention à tout. En cet instant, je suis heureuse d'être avec lui. De partager cette nuit. D'avoir accepté l'évidence. Je suis tombée amoureuse.

Mon corps soubresaute, mes dents coincent mon oreiller. Mon amant augmente la cadence. Nos corps ne s'amusent plus. Ils réclament la jouissance. Je suis la première à obtenir mon dû. Mes muscles sont contractés et mes gémissements résonnent. Le spectacle a raison de Jessie. Dans un dernier coup de bassin, il s'étale sur moi en grondant de plaisir.

***

Sous le drap, je m'étire. Un bruit vient de me réveiller. Il fait nuit noire. Je cherche à tâtons l'interrupteur de ma lampe de chevet. Quand la lumière s'allume, mes yeux me font mal. Je cligne des paupières, essayant de m'habituer.

— Jessie ?

Aucune réponse. Je pivote et découvre le lit vide. Il n'est pas là. Mon cœur loupe un battement. J'inspecte la pièce. Ses vêtements ne sont pas là. L'émotion me gagne. Mes yeux s'embuent. Il est parti.

Pourtant, un maigre espoir bat derrière mes doutes. Je me lève et fouille mon appartement. Il n'est ni dans la salle de bain, dans le salon ou dans la cuisine. Il est vraiment parti. Mon corps s'adosse contre le mur du salon. Je porte ma main à la bouche, pour retenir un gémissement. Plein de questions martèlent ma tête. Est-ce qu'il s'en veut ? Est-ce qu'il est chez mes parents pour récupérer sa fille ? Ça m'étonnerait. Il est trois heures quinze du matin.

Non, il faut que je me rende à l'évidence. Mon nouveau petit-ami s'est enfui après notre première fois.

Aussi bien, je me fais des idées. Il est peut-être allé se promener. Pour en être certaine, je prends mon téléphone et lui envoie un message. Au bout de dix minutes, j'en renvoie un autre et l'appel. Il ne décroche pas. Je ne suis pas rassurée. Une boule d'angoisse se forme dans mon ventre.

À cette heure-là, je ne peux rien faire. Demain après-midi, je filerai au boulot et lui toucherai deux mots. Maintenant qu'on sort ensemble, je ne vais pas tout abandonner. Je ne peux plus rester loin de cet homme. J'en suis folle.

Chapitre 17
Jessie

Les paupières ouvertes. Je fixe droit devant moi. Tout est noir. Le silence est pesant. À côté de moi, Hélène dort à poing fermé. Son corps chaud bouge. Elle soupire, avant de passer sa main autour de mon ventre.

Le cauchemar que je viens de faire compresse ma poitrine. Charlotte nous a surpris et a juré de se venger. Elle a récupéré notre fille. Je me suis retrouvé seul, dans un endroit désert. Tout ceci me fait réaliser une chose. Charlotte est et sera toujours là. Allant jusqu'à me hanter quand je profite enfin de la vie. C'est un message de sa part. J'en suis convaincu !

— Charlotte... pardonne-moi.

Impossible de me rendormir. Il faut que je quitte au plus vite cet endroit. La soirée a été incroyable et je me suis senti renaître, mais il y a un « mais ». Je ne suis définitivement pas prêt. Tout est allé beaucoup trop vite. Je m'en veux d'avoir cédé à la tentation. D'avoir écouté mes amis. Ils ne savent pas ce qui est bien pour moi. Je suis seul maître de ma vie. Si je juge avoir commis une erreur, il faut donc que je déguerpisse.

Je sors à la hâte du lit. Le drap me colle à la peau. Je me sens poisseux et malhonnête. J'espère qu'Hélène ne m'en voudra pas. Elle ne mérite pas que son cœur soit brisé une deuxième fois. Cette femme est intelligente. Elle me comprendra et me laissera du temps.

J'attrape mes vêtements éparpillés dans tout l'appartement et les enfile. Une puissante envie de retourner dans la chambre me prend. Je veux la voir une dernière fois. Mais je me fais violence pour ne pas céder à cette pulsion. Mon cœur ne doit pas être gagnant. J'ai besoin de réfléchir.

Dans le salon, je boutonne les boutons de ma chemise. Mes doigts tremblent. Ma respiration est coupée. L'odeur entêtante de ma petite-amie est incrustée au plus profond de moi.

Le visage de Charlotte apparaît. Elle est en colère. Ses sourcils sont froncés. Ses pupilles marron sont remplies de flammes. Cela vient-il de mon imagination ? Oui. Je dois être proche de la démence.

Partir d'ici. C'est tout ce que je dois faire pour l'apaiser.

Je quitte donc l'appartement, le double des clés en main. Il n'était pas question que je laisse la porte ouverte. Je les lui rendrai demain. Durant le trajet, mon esprit est torturé par des milliers de questions. Aucune n'a de réponse.

Je suis crispé sur le volant. Le paysage qui défile ne change rien. J'ai même oublié de prendre Michelle. Merde. Ma pauvre fille. J'ai osé la mettre de côté pour une femme ! Il est trop tard pour réveiller les parents d'Hélène. J'irai la prendre demain matin. En attendant, je me gare sur le bas-côté, devant leur maison.

***

Le temps est doux. Les rayons du soleil éblouissent ma vision. Par la fenêtre, j'aperçois Hélène arriver, suivie de

Nicolas. Sa mine est déconfite. Ses cheveux décoiffés. On dirait qu'elle n'a pas bien pris ma fugue de cette nuit.

Je n'ai pas le courage de l'affronter. Comment lui dire que Charlotte n'était pas contente de notre relation ? Elle va me prendre pour un fou. Et elle aurait totalement raison. Ma femme est morte. Elle ne devrait plus impacter ma vie.

Dans ma tête, mon cœur et au plus profond de moi, Charlotte subsiste toujours. Je sais d'ores et déjà que ça va me causer plein de problèmes. Heureusement, ma réflexion de cette nuit m'a un peu aidé à y voir plus clair. Je sais quel chemin je dois emprunter.

Je m'engouffre dans mon bureau. Je suis préoccupé par ce que je viens de voir. Hélène, soutenue par mon ami. La jeune et belle femme était triste. Quand ses yeux ont rencontré les miens, je suis parti à la hâte. Rien qu'à son visage, je sais qu'elle me maudit. Si j'avais le cran de lui dire la vérité, elle ne me détesterait pas. Parce que c'est ce que j'ai vu. Du dégoût.

En même temps, je suis quand même parti au beau milieu de la nuit, après avoir fait l'amour avec elle. Moi qui ne voulais pas être un connard, j'en suis devenu un !

Je plaque mes mains contre le bureau. Ma tête est penchée et mes paupières fermées. Je suis un homme. Il faut à tout prix que je prenne mon courage à deux mains. Ce n'est pas correct pour Hélène. Elle mérite la vérité. Mais comment la lui dire ? « Oh, je suis parti, car j'ai rêvé de Charlotte et l'ai pris comme un message. ». Non, mauvaise idée.

— Jessie.

Mes paupières s'ouvrent soudainement. La voix d'Hélène ne provient pas de mon imagination. Le trac comprime mon estomac. Allez. À trois, je lui dis tout.

1, 2, 3...

— C'était une erreur pour toi ?

Elle m'a pris de court. Je me retourne. Ça y est. Ses mots ont créé un déclic. Je suis fin prêt.

— Non, enfin... j'ai aimé et ne le regrette pas.

Son œil marron et son œil vert me dévisagent. Ils sont humides. Je suis peiné de la voir si triste par ma faute.

— Mais ta femme est toujours là, c'est ça ?

Perspicace, dis donc. Une profonde inspiration prise, je me décontracte tout doucement.

— Oui, avoué-je, tant bien que mal. Elle est toujours là.

Mes mots me sont douloureux. Hélène les encaisse comme un coup de poing et secoue son minois de gauche à droite.

— C'était pour une nuit, alors ?

Être certain de moi. C'est le plus important. Est-ce que je vais finir par surmonter le deuil ? Ça m'a tracassé toute la nuit et j'ai enfin une réponse. Oui, je le sais au fond de moi. Mais probablement pas seul. J'ai besoin d'elle. Peu importe si le fantôme de Charlotte me hante. Mes sentiments sont forts et ne veulent pas que je m'éloigne d'Hélène. Serait-ce ça qui va m'aider à avancer ?

— Non, on sort ensemble, affirmé-je.

Hélène baisse la tête. Sa main essuie son petit nez en trompette. Les secondes passent. Mon cœur bat à un rythme démesuré. J'ai peur qu'elle arrête tout, qu'elle m'en veuille de l'avoir quittée précipitamment. Là encore, elle aurait raison.

— Tu le penses vraiment ?

Un courage me force à m'approcher. J'agrippe son corps contre le mien et dépose un baiser sur son épaule nue. Le besoin de la sentir contre moi est viscéral.

— Oui. Je m'en veux pour cette nuit. J'avais besoin de sortir. Tout s'est mélangé. Je ne supportais pas mon cauchemar... tu sais, c'était un peu précipité.

— J'ai cru que tu avais eu ce que tu voulais et... et...

Sa voix se brise. Le comportement que j'ai eu l'a blessée. Il me renvoie une mauvaise image de moi. Jamais je n'ai voulu lui faire du mal. La voir aussi triste me rend fou de colère.

— Je ne suis pas ce genre d'homme.

Hélène entoure ma taille de ses bras. Elle me presse contre elle. Son parfum chatouille mon nez. L'odeur est succulente. À la fois fruitée et sensuelle. Elle va me faire perdre la tête.

— Alors, quel homme es-tu ? Je n'arrive plus à te cerner.

S'avouer à soi-même la personne qu'on est est très dur. Il faut faire appel à son bon sens et à son objectivité. Mais la nuit a été longue. J'ai pu réfléchir à tout ça. Des questions ont eu des réponses.

— Le genre d'homme perdu et amoureux. Pardonne-moi pour cette nuit. Je te dois des explications. J'ai rêvé de Charlotte et... elle nous a vus et s'est énervée. Au réveil, je n'étais pas bien. Je suis parti, oui, mais je s... ce n'était pas pour te faire du mal.

Je marque une pause. Se mettre à nu, devant une personne autre que Charlotte, est une première. Ce qu'il faut pour que notre relation avance. Parce oui, je n'ai pas eu le courage de sortir avec elle pour abandonner aussi vite.

Mes bras resserrent mon emprise. Mon cœur va exploser. Je tiens une autre femme contre moi et ne tiendrai plus jamais Charlotte.

— Je tiens à toi. Mais j'ai encore dû mal. Hélène, donne-moi un peu de temps, mais ne me laisse pas.

— Oui, je comprends. Ça a dû te faire bizarre. Je te pardonne. Mais la prochaine fois, réveille-moi pour en parler, je...

— Jessie !

Le hurlement de Jennifer fait frissonner mon corps. Le frisson parcourt ma colonne vertébrale jusqu'au haut de mon crâne. Je lève le menton. Jennifer, habillée en robe rose, lui arrivant au-dessus des genoux, nous dévisage fermement. Ses prunelles lancent des éclairs. Quant à sa mâchoire, elle est serrée. Cette vision de moi enlaçant Hélène ne doit pas lui plaire.

— Ta belle-mère est là. Elle veut te parler.

Oh fait chier. Qu'est-ce qu'elle me veut encore ?

— Elle a dit ce qu'elle me voulait ?

— Non. Elle t'attend et est pressée.

Je soupire. Mon ex-belle-mère est bien la dernière personne que j'ai envie de voir. Je préférais même me faire arracher les dents.

Pas trop le choix. Je n'ai pas envie qu'elle foute le bordel dans mon bar, comme la dernière fois. Dans la précipitation, j'en oublie les deux femmes. J'ai confiance en elles. Aucune n'irait fouiller dans mes papiers. De plus, je n'ai rien à cacher. Et de toute façon, elles doivent travailler.

Mon arrivée dans la pièce principale est remarquée par les deux personnes présentes. Nicolas, qui s'affaire derrière le comptoir et Lisa qui y est accoudée. Ses cheveux grisonnants brillent sous la lumière des néons. La femme d'un certain âge s'impatiente. Du plat de la main, elle tapote le bois du bar. Quand nos yeux s'interceptent, la rancœur qu'elle a pour moi vrille mon cœur et me désole.

J'aurais sincèrement aimé être proche de mes beaux-parents. Si Lisa ne m'avait pas détesté – pour je ne sais quelle raison – nous aurions surmonté le deuil ensemble. C'est assez dommage. Non seulement pour elle, pour Charlotte et moi, mais aussi pour Michelle.

— Mon avocat m'a indiqué toutes les démarches à faire. Elles sont déjà en cours. Dans quelques semaines, ma petite-fille habitera avec moi. Sois-en certain. J'ai toutes les preuves. Mon avocat est le meilleur de la ville. Il n'a jamais failli à ses missions.

Un coup de massue s'abat sur mon crâne. Je me retiens au comptoir avec difficulté. Mes jambes tremblent. Un haut-le-cœur me prend. Les propos de Lisa ont raison de moi. Je la connais suffisamment pour savoir qu'elle gagnera. Elle aura ma fille.

Comment prouver qu'elle a tort ? Que je suis un bon père ? Je n'ai même pas arrêté mon travail pour m'en occuper ! Je la fais garder par une baby-sitter.

Puis, comment aurais-je pu mettre de côté mon bar ? Travailler pour ne pas penser. C'était ça la clé. De plus, j'aurais mis la clé sous la porte. Jamais je n'aurais rencontré Hélène. Je ne veux même pas y penser !

— Tu ne l'auras pas, arrivé-je à articuler. C'est ma fille !

Lisa glousse, faisant grogner Nicolas. Ce dernier nous fixe et écoute la conversation. Tout son corps est tendu. Ses muscles étirent sa chemise noire. Je lui fais signe que je gère la situation. S'il s'en mêle, Lisa l'utilisera.

— Tout comme je suis sa grand-mère. Je sais ce qui est bon pour elle. Je suis une femme, j'ai un sixième sens. Elle ne sera jamais bien avec toi.

Son sixième sens est à déplorer. Je ne suis peut-être pas le meilleur des pères, mais je ne suis sûrement pas le plus mauvais.

À chaque fois que je la croise, j'ai envie de l'emplâtrer dans un mur. À croire qu'elle fait exprès !

— Sors d'ici, grogné-je entre mes dents.

— Si tu t'énerves, je mentionnerai ta violence. Tu as déjà une allure de taulard, ça joue en ta défaveur. Mitchel utilisera tous tes défauts.

Mitchel ? Son meilleur ami avocat. Quel idiot je fais. J'ai entendu parler de lui à plusieurs reprises. Cet homme est un loup. Je n'ai aucune chance.

— Quoi que je dise ou fasse, tu l'utiliseras. Alors...

— Dégagez d'ici.

La voix de Nicolas me coupe. Elle est forte, flippante. L'homme est penché sur son bar, en face de la femme qui l'avise avec peur.

— Bien. Mais ce n'est pas fini.

Lisa tourne les talons. Je ne la lâche pas des yeux jusqu'à ce qu'elle sorte du bar. Une fois la tempête passée, je pousse le plus profond des soupirs. Elle va briser ma nouvelle vie à peine construite. Il faut que je m'y prenne autrement. Mais comment ? Mitchel Mancini est le requin par excellence. Face à lui, je ne suis qu'un grain de poussière. Il m'aura en une bouchée. Peu importe les preuves que j'aurai.

— Tu tombes bien, l'autre folle est revenue.

Je suis reconnecté au monde qui m'entoure. J'étais parti loin dans mes pensées. Seul, sans ma fille. Si on me la retire, je ne m'en remettrais jamais. Elle est ce qui met le plus précieux. C'est triste à dire pour Hélène, mais Michelle est ma fille. Mon sang. Rien n'enlèvera ça.

Sans vouloir être méchant, quand mes beaux-parents seront plus vieux, Michelle sera adolescente. Comment feront-ils pour la gérer ? Et s'ils décèdent avant, aurais-je de nouveau sa garde ? Suis-je contraint d'attendre ce moment fatal pour la revoir ?

Une main sur mon épaule me fait sursauter. Elle se déplace jusqu'à ma nuque et la caresse avec une lenteur calculée. Je reconnais bien là l'odeur d'Hélène.

— Qu'est-ce qu'elle voulait ?

— M'annoncer qu'elle aura la garde de ma fille dans quelques semaines.

Hélène lâche un juron. Elle se cale contre le bar, devant moi et me contemple les sourcils froncés.

— Elle t'a donné la date pour le tribunal ?

— Non.

Son beau visage se penche sur la droite. Elle fait souvent ça, quand une chose l'intrigue. Cette action la rend touchante.

— Ce n'était que des intimidations, alors ? Elle ne voulait que te faire peur. Rien n'est joué, Jessie. Pas tant que tu ne seras pas devant l'avocat.

Mes yeux se détournent. Une boule dans ma gorge m'empêche de parler. Nicolas acquiesce et ajoute que j'aurai besoin d'aide pour me battre.

— Vous ne comprenez rien, les coupé-je dans leurs bêtises. Mitchel Mancini est l'un des meilleurs avocats. Lisa aura la garde de mon bébé. C'est un fait. Rien de ce que je pourrai faire ne changera la donne. Tout est déjà tracé. Je vais perdre Michelle.

Une puissante émotion me submerge. Je retiens de force un sanglot. Hélène touche mon avant-bras droit en signe de compassion. À cet instant, je n'en ai pas besoin. C'est de Michelle que j'ai besoin. Pas de vulgaire pitié.

— Je vais la chercher. Je veux passer tout mon temps avec elle. Tant que c'est encore possible.

Aucun des deux ne me retient. Je file à mon bureau récupérer ma sacoche. À la porte, je me stoppe net.

— Jennifer ?

La jeune femme relève la tête. Ses fesses sont posées sur le coin de mon bureau. Elle semblait m'attendre.

— Est-ce qu'il y a un problème ?

— Je dois te parler.

Je reprends ma marche et fais le tour de mon bureau. Jennifer ne me lâche pas des yeux, mais au moins, j'ai mis une certaine distance entre nous. Si elle tente de m'embrasser, j'aurais le temps de la repousser. J'en profite pour prendre mon sac et ranger un dossier qui traînait sur le bureau.

— Tu sors avec elle ?

Elle parle d'Hélène. Et je ne vois pas pourquoi elle me pose cette question.

— Oui.

Sa tête se secoue. L'air dubitatif, elle hausse les épaules.

— Tu es certain que c'est la meilleure chose à faire ? Je veux dire, en passant ton temps avec elle, tu n'honores pas la mémoire de ta femme, Charlotte. Penses-tu qu'elle serait contente de voir que tu laisses ta fille pour une autre ?

Dit comme ça, elle n'a pas tort. J'ai mis de côté ma fille pour une femme et j'en subis les conséquences. Ma joie de sortir avec Hélène vient de se dissiper. Sortir avec elle oui, mais si je dois perdre Michelle, non. Ce serait trop douloureux. Hélène m'a à plusieurs reprises aidé avec ma fille.

— Jessie, continue-t-elle, regarde-toi dans la glace. Tu es en train de perdre ta fille pour elle. Tu trahis ta femme.

Pour une fois, Jennifer n'est pas dénuée de bon sens. Elle clarifie bien la situation. Trop même. Pour Charlotte, je suis un véritable déshonneur.

Chapitre 18
Hélène

Jessie sort du bar, la mine déconfite. Jamais il n'a été ainsi. À la fois perdu et blessé. On dirait qu'il vient de tomber de très haut et qu'il s'est brisé en morceaux. Les jours d'après, c'est la même chose. Il ne vient qu'une heure ou deux puis repart. Nous n'avons plus le temps pour nous parler ou nous embrasser.

Comme le lendemain de notre première fois, j'ai parlé avec Nicolas. Cet homme est incroyable. Si nous n'étions pas en couple, j'aurais fini par craquer sur lui. Bien loin de son style vestimentaire, il est à l'écoute. Il a tout pour plaire.

Suivant donc ses conseils, je laisse à Jessie tout le temps qu'il lui faut. Non pas sans m'en faire. Plus les jours passent, plus je suis inquiète. Jessie change. Il ne me regarde plus et quand il le fait, il détourne les yeux. Je l'ai même surpris une fois en grande conversation avec Jennifer. Aucune idée de ce qu'ils ont dit, mais après cela il était encore plus maussade.

Je hais cette femme. Plus que tout. On dirait qu'elle le pousse à s'éloigner de moi. Si c'est le cas, elle va entendre parler de moi.

Je n'ai pas abandonné tous mes principes pour me protéger, pour perdre finalement mon petit-ami aussi vite. Je me refusais un chéri, maintenant j'en ai un. Autant tout faire pour le garder. Je sais qu'il traverse une très mauvaise passe. Il a besoin de soutien et être mise de côté me dérange.

Aujourd'hui, après une semaine et demie, je suis décidée à lui parler. Il m'effraie au fur et à mesure qu'on se croise. Son physique change. Il maigrit. Une petite voix en moi me dit d'inspecter la piste de sous-nutrition. Si c'est le cas, il va avoir de mes nouvelles ! Il ne doit pas se laisser aller. Sa fille est toujours là. Elle a besoin de lui. Imaginer cette situation me rend folle.

J'enfile mon tablier, une boule au ventre. Jessie vient d'arriver. Nicolas parle fort pour me prévenir. Bien sûr, n'étant pas discret, Jessie m'interpelle. Je bondis de derrière la porte en grimaçant. L'allure de mon petit-ami me fait peur. Il ne se ressemble plus. Ses cheveux repoussent, ainsi que sa barbe. Ce qui sculpte excessivement son visage. Son t-shirt gris est trop ample, son jean très sale. On dirait un célibataire qui se laisse aller.

Les magnifiques yeux de mon amoureux observent ses chaussures à lacets. Qu'il m'ignore de cette façon me blesse. Je suis là pour lui, il devrait se confier à moi au lieu de me fuir.

— Dis-moi ce qu'il y a.

Nicolas, pose ses mains sur nos deux épaules. Il a un air sévère. Avec un mouvement de tête, l'homme repousse une mèche de cheveux derrière son oreille.

— Réponds, ordonne-t-il à son ami. Ta meuf et moi nous inquiétions pour toi. Depuis que la grand-mère est passée, tu agis...

— Je vais bien, merci. Je dois y aller. Bon travail.

Jessie se libère et s'avance dans le couloir. J'en reste comme deux ronds de flan. Une fois de plus, il arrête la conversation. Il ne sera même pas resté cinq minutes.

Mes jambes n'en font qu'à leur tête. Elles me portent à sa suite et je le rattrape dans son bureau. Juste le temps de me faufiler, avant que la porte se referme.

— Je ne te lâcherai pas avant de tout savoir.

Jessie ne daigne pas répondre. Il continue de s'affairer au-dessus de son bureau. Ses mains tremblent. Je peux y voir ses veines ressortir. Cette vision est pénible et broie mon cœur.

— Est-ce que tu te nourris ?

— Hélène... ça va aller, crois-moi.

— Tu me fuis et tu maigris ! Et tu oses me dire que ça va ?

Mon ton est monté. Ma colère fait surface. Qu'il arrête de débiter ses conneries. Je ne suis pas aveugle. Il va mal et a besoin d'aide.

— Merde.

Jessie s'énerve. Mais je ne vais pas le laisser gagner. Qu'il me hurle dessus, m'insulte ou me repousse, je resterai là.

— Désolé, mais je dois chercher Michelle, continue-t-il sur un ton sec.

Bien que sa fille passe avant moi, je n'aime pas qu'il m'ignore. Je ne suis pas sa défunte femme. Je suis Hélène Garnier. Quand je veux savoir quelque chose, je le sais. Je ne le lâcherai pas.

Mon soi-disant petit-ami, qui l'a été à peine une journée selon moi, ferme son ordinateur portable. Ses pas le mènent à moi, il s'arrête à plusieurs centimètres. Ses mains se posent avec une infime douceur sur mes épaules. Des papillons naissent au creux de mon ventre. Qu'il soit aussi proche réveille en moi de nouveaux sentiments. Ça n'était jamais arrivé. Je suis excitée rien que par cette petite distance.

Jessie remonte sa main pour saisir mon menton. Ce que je lis dans ses yeux me rassure. J'y lis de l'espoir.

— Fais-moi confiance. Tout ira bien.

Ces simples mots ne me rassurent pourtant pas.

— Parle-moi, je t'en conjure.

En réponse, ses lèvres charnues s'écrasent sur les miennes. Le baiser passionné qu'il me donne est comme un tampon en bas d'un document. Il scelle son attestation. Tout ira bien.

Je me perds et en veux plus. Mes doigts glissent contre ses bras, remontant jusqu'à ses épaules. Je m'y accroche comme jamais pour renforcer notre baiser. Lentement, sa langue demande accès à la mienne. J'accepte en entrouvrant ma bouche. Elle s'engouffre entre mes lèvres, franchit la barrière de mes dents et trouve son but. La mienne.

Le temps paraît s'arrêter. Happée par ce moment si délicat, j'en oublie mon poste. Je devrais déjà être à ma place. Tant pis, c'est le patron lui-même qui me retient. Et pour une bonne cause. Pour nous.

Nous nous séparons, le souffle court. Son regard a changé. Il est lumineux, moins terne. Mon cœur se réchauffe à l'idée que j'en suis la cause.

Si le moi d'avant voyait ça, elle se foutrait de ma gueule. Se demandant ce qui a pu arriver pour que je change du tout au tout. Je n'aurais même pas de réponse. Ça s'est fait naturellement. Je suis juste tombée amoureuse. Cette fois-ci, de la bonne personne.

— Je dois y aller. On se voit demain ?

— Oui, ici même, je suppose...

Je laisse ma phrase en suspens, espérant qu'il me donne rendez-vous. Jessie sourit pour la première fois depuis longtemps et hausse ses épaules.

— Chez moi, demain matin à dix heures.

Ça, c'est très précis. J'accepte, bien que je sache que la nuit sera dure. Après mon service, j'aurais intérêt de me coucher au plus vite si je veux être en forme. Ce n'est pas une partie de Scrabble qu'il va me proposer.

Quand Jessie part, je reprends mon poste. Mon collègue, très curieux de la soudaine joie de notre supérieur, me fait passer un interrogatoire digne de Columbo. Je n'échappe à aucune question. Malheureusement pour lui, je n'ai pas de vraies réponses. Jessie ne m'a rien dit.

— Regarde-moi l'autre, m'indique Nicolas, en désignant Jennifer de la tête. Elle n'a jamais été aussi souriante.

— Figure-toi qu'elle et Jessie ont eu quelques conversations... tu crois que...

— Rien du tout, me coupe-t-il, en servant un client au bar. Il ne l'a jamais aimée. Elle lui a fait plusieurs avances et il les a toutes refusées. Aucun souci de ce côté-là.

Il a raison. Si dès que je vois une femme souriante, j'imagine que Jessie me trompe, je ne vais pas m'en sortir.

Derrière le comptoir en bois, Nicolas s'active à servir. Il prend même mes clients, alors que je réfléchis. Et si je m'étais trompée ? Et si Jessie était tout simplement malade ? Je peux bien me triturer la cervelle, je n'aurai de réponses que demain. Autant se remettre au boulot. Jennifer n'hésiterait pas à dire que je n'ai rien foutu.

Il y a une chose dont je ne peux pas me passer. L'odeur de café. Ça me rend toujours de bonne humeur. Entrer dans le bar et prendre une bouffée d'air est revigorant. Pas d'odeur de clope, comparé à l'ancien bar où je bossais.

Nicolas me bouscule. Il est plié au-dessus de son téléphone, une serviette sale autour de l'épaule.

— Je dois prendre l'appel.

Là-dessus, il me contourne et quitte la salle. Je le fixe jusqu'à ce qu'il soit dehors, devant le bar. Son allure est plus froide. Face aux portes, il regarde dans le vide. Ses sourcils épais se froncent. Je ne l'avais pas encore vu ainsi, perdu. On dirait qu'il vient de chuter au sol. Voire même qu'il s'est pris un bus. Sa main se lève jusqu'à sa bouche et ses yeux trouvent les miens. On dirait bien qu'il est abasourdi. Je ne sais pas ce qu'il se passe, mais ce qu'on lui dit le touche.

— Oh, la gonzesse, tu me sers ?

Mes yeux se détachent durement de ma cible, pour atterrir sur un mec complètement dégoûtant. Ses vêtements sont troués et par endroit tachés. Ses cheveux sont sales et je ne parle même pas de ses dents.

— Oui, tout de suite. Vous voulez quoi ?

— Tutoie-moi. Un Whisky.

Je sers l'homme, le regard posé sur Nicolas. Ce dernier revient. Ses traits n'augurent rien de bon. Il traverse la salle pas-à-pas, bondée de clients.

— Il est à l'hôpital.

De qui peut-il bien parler ? De Jessie ? De Léon ? Une autre personne ?

— Qui ça ?

Sa bouche s'entrouvre et se ferme plusieurs fois. Les secondes défilent comme une éternité.

— C'était sa... mère. Jessie est à l'hôpital. Elle a été appelée. C'est grave.

Mon cœur fait un bond dans ma poitrine. Je dois le rejoindre au plus vite.

— Emmène-moi le voir !

Pas de temps à perdre. Nous laissons, irraisonnablement, le bar à Jennifer. Elle ne fera rien pour se faire virer. Elle aussi a besoin de son travail.

Dans la voiture de mon collègue, je pousse des soupirs. Je suis stressée. Mon ventre est retourné et mon cœur prêt à exploser. Je me pose beaucoup de questions. Qu'est-ce qui a pu arriver pour qu'il se retrouve d'urgence à l'hôpital ? Est-ce à cause de son état ?

Nicolas tente de m'apaiser. Mais il est aussi inquiet que moi. Plusieurs fois, ses mains frappent le volant. Il s'énerve quand le feu est au rouge et insulte plusieurs automobilistes. L'arrivée à l'hôpital est silencieuse. Nous n'osons pas parler. Nicolas demande à l'homme d'accueil où se trouve Jessie, mais l'employé nous dit d'attendre dans la salle d'attente. Selon ses dires, il n'en sait pas plus.

— Sa mère est déjà arrivée ?

— Pas encore, elle vient de loin. Elle est en route.

— Tu crois que c'est vraiment grave ?

Nous sommes tous les deux assis dans la salle. D'autres personnes sont présentes et nous lancent des regards discrets. Nicolas, étire ses jambes et ses bras. Quant à moi, mon ventre crie famine. Mon repas pour la pause est dans mon casier. Je n'ai pas pensé à le prendre.

— Pour que sa mère soit en pleurs, ouais.

— Ah, putain, soufflé-je.

Je me lève. Je ne peux plus rester ici sans rien faire. Déjà que je stresse, je dois me nourrir. Ça m'occupera durant la longue attente.

— Je te prends un truc à manger ?

— Un café noir, merci.

Je hoche de la tête et quitte la pièce devenue trop petite. Mes bruits de pas résonnent dans le couloir. Plusieurs médecins passent et je les intercepte. Mais aucun ne s'occupe de Jessie. C'est donc encore plus stressée que j'arrive devant la machine. Je me prends un soda et pour Nico, son café.

J'ai chaud. Je me sens mal. Et s'il venait à mourir ? Je ne le reverrai plus jamais. Notre relation est trop fraîche. Nous n'avons pas profité pleinement. Il ne peut pas me quitter aussi vite. J'ai besoin de lui.

Non, je ne veux pas y penser. Peut-être me fais-je des idées ?

Nicolas se tient contre le mur, à côté de la porte de la salle d'attente. Ses yeux bleu-gris sont dénués de sentiments. Ses longs cheveux noirs encadrent son visage fin.

— Merci, me fait-il quand je lui donne son café.

Il boit une gorgée, sans prendre la peine de souffler.

— De rien. Alors, toujours rien ?

— Non. Je guette l'accueil. Il y a bien un doc' qui va faire un rapport...

Je n'en sais rien. Je ne sais pas comment ça marche. Je n'ai jamais vraiment aimé les hôpitaux.

— Là, il y en a un !

Je pointe du doigt un homme en blouse blanche qui marche dans notre direction. Nicolas l'avise en grognant.

— Hey ! l'interpelle-t-il en bougeant sa main libre.

Le médecin s'arrête à quelques pas de nous. Il observe Nicolas de la tête aux pieds.

— Oui ?

La voix de l'homme a un accent marseillais. Ses cheveux sont châtains et ébouriffés. Il a de magnifiques yeux marron en amande. Je me demande même s'il ne se recourbe pas les cils !

— Mon ami Jessie Saurel a été hospitalisé il y a quelques heures. Nous voudrions en savoir plus. S'il va bien et si on peut le voir.

L'homme pose ses yeux sur moi, puis les glisse sur Nicolas.

— Non, je ne m'occupe pas de ce patient. Je vous laisse patienter en salle d'attente. Le médecin...

— Ouais, le coupe Nicolas, on a compris. On fait que ça d'attendre. Mais merci.

Dépité, Nicolas tourne les talons. L'estomac noué par son aplomb, je remercie le docteur et suis mon ami. Nous retournons dans la salle d'attente. Comme précédemment, nous attendons dans le silence. Les minutes défilent. Je m'impatiente. Quand est-ce qu'on nous mettra au jus, bordel ? Qu'est-ce qu'a Jessie ?

Après un long temps, un médecin vient enfin à nous. Nicolas et moi nous levons en trombe et suivons le toubib. Je me mets à sa droite et Nico à sa gauche. Nous marchons rapidement dans le couloir, à sa demande.

— Votre ami a eu une perte de connaissance, annonce-t-il en nous menant à sa chambre. Est-ce que vous savez s'il s'alimente correctement ? Saute-t-il des repas ?

— Non, on n'en sait rien, dit Nicolas. Mais c'est vrai qu'il a maigri depuis plusieurs jours.

— D'accord. Il va être suivi par notre service de nutrition.

J'étais sur la bonne piste. Cet idiot a osé ne pas s'alimenter ! Mais qu'est-ce qu'il lui a pris ?

Au fil de l'explication, je ne me détends pas. Quand je vais le revoir, je vais lui passer un sacré savon. Il joue avec sa vie et celle de sa fille. Il aurait pu mourir !

En même temps, je m'en veux. J'aurais dû insister. Toutes les preuves étaient sous mes yeux et je n'y avais pas pensé avant. Je suis autant responsable. J'aurais eu sa mort sur la conscience.

Le médecin pousse la porte. La première personne que je vois est Jessie. Allongé sur le lit d'hôpital, les paupières fermées. Des larmes montent. Je baisse la tête, incapable de le regarder. Je sors avec lui. J'aurais dû plus m'en faire.

— Hélène !

La voix d'une femme résonne dans mes oreilles. Je lève le menton. Devant moi se tient sa mère, Laura. Elle aussi est submergée par l'émotion. Ses yeux verts sont humides et ses joues écarlates. Elle entrouvre les bras, pour m'accueillir, comme une mère à son enfant. Nicolas, voyant mon hésitation, me pousse en avant. Je n'ai vu que deux fois la mère de mon copain. Qu'elle m'accepte aussi vite me touche. Elle aurait pu ne pas m'apprécier.

— Il dort, dit-elle à mon oreille.

Je suis droite comme un i. Son câlin me met mal à l'aise. D'un autre côté, il me rassure. Ma mère ne déteste pas Jessie et je ne suis pas détestée par sa mère.

— Je ne vais pas pouvoir rester plus longtemps, m'annonce-t-elle en s'écartant. Je viens à peine d'arriver, mais je travaille demain. Je prendrai plusieurs jours pour le soutenir.

C'est vrai, elle habite à trois heures d'ici.

Oh. Trois heures ! Ça fait trois heures qu'on poirote comme des cons ?

Chapitre 19
Jessie

Hélène est la première personne que je vois. La seule, d'ailleurs. Elle me foudroie du regard. Son corps est tendu, sa mâchoire crispée. Je sais déjà ce qu'elle va me dire.

— Je t'ai pris à manger. Je ne partirai pas avant que tu aies fini.

J'avise le plateau au-dessus de moi. Sur la planche en plastique blanc, il y a plusieurs plats. Des gâteaux, sandwichs et une boisson. Une grimace transforme mon visage. Je n'ai pas faim.

— Pas envie.

Ma voix est grave. Je grogne presque. Mais c'est vrai. Je n'ai plus d'appétit. Plus depuis qu'on m'a fait comprendre que ma vie est un bordel. Je vais perdre Michelle et suis en train de salir la mémoire de Charlotte.

Hélène souffle. Elle s'assied sur le bord du lit. Son visage est fermé. Mais je vois dans ses yeux qu'elle a pleuré. Ils sont encore rouges.

— Mange.

— Non.

— Alors je pars.

— D'accord.

Elle plisse ses paupières. Ses doigts prennent un cookie qu'elle apporte à mes lèvres. Je les garde fermées. Je n'ai pas besoin qu'on me nourrisse. Je ne suis pas un enfant.

— Tu penses vraiment que c'est la meilleure solution ? Tu crois que Charlotte accepterait ça ?

— Je la trahis.

— Oui, c'est vrai. En baissant les bras comme un con. Tu abandonnes ta propre fille, quand même... Penses-tu que Michelle sera heureuse de savoir ça ? Que son père l'a laissée avec sa grand-mère ? Qu'il ne voulait pas d'elle ?

Bien sûr que je veux ma fille. Mais Mitchel va me séparer d'elle. Et avec de la malchance, il m'empêchera aussi de m'en approcher.

— Ne te mêle pas de ça.

Soudainement, Hélène se lève. Elle me lance un regard noir, qui m'étonne.

— J'ai été patiente. Mais si tu ne fais aucun effort, je ne pourrai rien pour toi. C'est ta vie, après tout. Si tu veux la foutre en l'air, fais-le.

Ce qu'elle me dit est pertinent et devrait faire écho. Devrait. Je n'arrive pas à réfléchir. J'ai mal à la tête et au ventre.

— Continue comme ça, ajoute-t-elle, en resserrant la lanière de son sac à dos noir entre ses mains. Tu es bien parti pour finir dans un cercueil.

Comme je ne réponds pas, elle se détourne. Elle ne fait qu'un pas en direction de la porte. Je suppose qu'elle hésite. Qu'elle a envie que je parle. Elle a quand même fait le déplacement pour moi. Elle a dû être très inquiète.

À vrai dire, je ne sais plus ce qu'il s'est passé. Je me rendais chez ses parents pour récupérer Michelle. Je me suis garé sur le côté de la route et après, le noir total. L'accumulation de tout, la fatigue et sûrement la faim ont eu raison de moi. Mon corps m'a lâché pour la première fois. C'en est terrifiant.

— Je n'arrive pas à être père. Je ne suis pas disponible pour elle, comme sa mère le serait.

J'entends le soupir d'Hélène. Ses mains retombent le long de son corps, avant qu'elle se retourne. Son regard est plus doux. Je vois même le coin de ses lèvres se relever.

— Normal, tu as un bar. Jusqu'à présent, tu gérais bien tout. À la fois ta fille et Le Jessotte Bar. Qu'est-ce qu'il s'est passé ? C'est à cause des menaces de la grand-mère de Michelle ?

— Pas que.

Hélène hoche silencieusement de la tête. Elle finit par s'approcher au-dessus de mon lit. Pour la première fois, depuis que nous sortons ensemble, elle a un geste tendre. Sa main à la peau douce caresse mon visage. J'en ferme les yeux, tant je veux savourer ce moment. Elle s'arrête à mon menton et le caresse aussi. Ma barbe repousse. J'entends le frottement entre nos deux peaux.

— Dis-moi ce qu'il y a ?

— Et si je trahissais Charlotte en étant avec toi ?

C'est parti trop vite. Hélène me dévisage. Sa bouche est entrouverte sous l'émotion. Je réalise bien tard mes mots.

— Ce n'est pas la question que tu devrais te poser. Ta Charlotte ne devrait pas être mise sur le tapis.

Sa voix est froide. Je viens stupidement de la blesser. Quel con !

— Quelle est la question ?

— Est-ce que tu m'aimes ?

Mon esprit crie à l'intérieur de moi. La petite voix me dit de dire la vérité.

Oui.

Mais je n'y parviens pas. Je n'ai jamais su, d'ailleurs, lui dire mes sentiments. Aujourd'hui, j'en suis bien incapable.

Tout est bousculé en moi. Même mes idées. Comme si j'avais perdu la raison. Que tout était remis en question.

— Est-ce que tu m'aimes pour rester avec moi, ou non ? Est-ce que tu préfères te réfugier derrière ta défunte femme ? Tu... te trouves toujours des excuses. Tu l'utilises, Jessie. Oui c'est horrible à dire, mais c'est vrai. « Charlotte n'aimerait pas si... », « elle ne voudrait pas ça... », « elle ferait-ci »...

Pourquoi est-ce que cette femme me perce aussi bien ? Pourquoi comprend-elle tout avec tant de clarté ?

Je m'apprête à lui répondre, mais elle m'en empêche en retirant sa main et en s'éloignant. Cette distance ne me plaît pas. J'aimerais qu'elle continue de chouchouter ma barbe.

— Sortir avec un homme qui ne ressent rien ou ne dit rien n'est pas envisageable, déclare-t-elle d'une voix sûre.

Les mots que je vais lâcher vont tout stopper. Si je ne veux pas plus la blesser, autant qu'elle soit libre. Surtout que je me pose plein de questions. Comme je n'arrive pas à en parler, c'est la meilleure chose à faire. Je pourrais y voir plus clair, après ça. Mes sentiments ne seront plus troublés par les mots de Jennifer.

— Romps avec moi, alors.

Son corps ne bouge plus. Au beau milieu de la pièce, Hélène m'observe avec des yeux ronds. Ils s'humidifient. J'ai de la peine de la voir triste. Je n'arrive pas à l'affronter et baisse les miens.

Je suis convaincu que je fais une connerie en la poussant à rompre. Si ça ne tenait qu'à moi, je... je ne sais pas, à vrai dire. J'ai besoin de réfléchir calmement. Prendre un peu de recul ne sera pas de trop. Comme on me l'a répété ces derniers jours, je dois me concentrer sur ce qui en vaut la peine. Michelle.

Ah ouais, mais comment ? Comment battre Mancini ? C'est juste impossible.

— Tu as raison, lâche-t-elle sèchement. Il vaut mieux qu'on stoppe ce massacre.

— Oui. Notre relation était n'importe quoi... si on peut appeler ça une relation.

Sans dire mot, Hélène tourne les talons. Je déglutis avec difficulté. La boule en travers de ma gorge est irritante. Mon corps sait et me fait comprendre ce qu'il vient de se passer. Quant à mon cerveau, il ne me le fait pas réaliser. Trop tôt, sûrement. Ce n'est que lorsque la pièce est vide et silencieuse que j'en prends conscience. Je suis définitivement seul. Hélène et moi, c'est terminé. Ça n'aura même pas duré un mois.

Quelqu'un toque à la porte. Je ne suis pas d'humeur à répondre. Me faire larguer a coupé mon semblant d'appétit. Je repousse le plateau-repas au loin, tout en disant d'entrer.

— Mec, pourquoi Hélène pleure ? Qu'est-ce que tu as ?

Mon ami se tient en face de moi, les mains posées contre les barreaux du lit. Ses yeux bleus aux reflets gris m'examinent avec la plus grande attention.

Hélène pleure ? Je l'imagine en train de hoqueter de chagrin. Cette vision est insupportable. Je la balaie au plus vite. Mais il est trop tard. Elle vient de me retourner.

— On a rompu, chuchoté-je comme pour moi.

Nicolas passe par plusieurs sentiments. D'abord l'étonnement, le doute et la moquerie. Il s'esclaffe tel un bébé qu'un parent amuse bêtement.

— Nan, mais sérieux. Tu te sens mieux ou pas ?

— Je répète, nous avons rompu.

Nicolas lève un sourcil. Puis, tout naturellement, il passe une main dans ses longs et brillants cheveux noirs. Il ne sait pas si je dis la vérité ou le mène en bateau. J'insiste de plus belle.

— Oh putain de merde, t'es sérieux ? Je n'y comprends rien. Comment est-ce possible ? T'as foutu quoi encore ? Mais vous n'êtes pas possible !

Mon ami s'énerve devant mon incompréhension. Pourquoi cette réaction pour quelque chose qui ne le concerne pas ?

— Arrête de crier. J'ai mal à la tête.

— Alors, parle. Pourquoi avez-vous rompu ?

À lui je sais que je peux m'ouvrir. Il ne me jugera pas ni me prendra pour un fou. Je lui dis alors tout. Les mots de Jennifer, mes doutes. Nicolas m'écoute sans m'interrompre. Son visage le trahit. Quand j'ai prononcé le prénom de sa collègue serveur, son visage s'est rembruni.

— Donc l'autre connasse t'enfonce et toi, tu l'écoutes ? La meuf, elle voulait te pécho depuis des mois et ne t'a pas eu. Elle est jalouse, Jessie. Jalouse que tu sortes avec Hélène. Voilà pourquoi elle t'a sorti ça.

Alors là, je suis encore plus perdu. Pourquoi Jennifer s'amuserait à ça ? Elle sait très bien que je ne vais pas bien.

— Attends... elle...

— Tu es plus faible et totalement manipulable, m'interrompt mon ami. Je ne dis pas ça pour être méchant, mais c'est le cas. La mort de Charlotte t'impacte encore. C'est normal, même. Mais que la pétasse s'en serve pour t'avoir...

Je le stoppe du revers de la main. Là il va trop loin. Je ne veux pas le croire. Jennifer, si insistante soit-elle, a toujours été là pour moi.

— Autant qu'elle fasse tout pour que je rompe avec Hélène, d'accord je peux le concevoir. Mais qu'elle essaie de me récupérer, non. Elle sait déjà que je ne ressens rien pour elle. Nous en avons parlé.

Nicolas plonge ses prunelles dans les miennes. Il ne plaisante pas.

— T'as parlé plusieurs fois avec elle, ces derniers jours, hein. Elle te disait quoi, le grand manitou ?

— Tout et rien. La même chose à chaque fois. Que je devais aller de l'avant et honorer la mémoire de Charlotte. Oh, elle restait à bonne distance.

— En larguant Hélène. Ouais, je vois. Petit à petit l'oiseau fait son nid. OK, ça n'a rien avoir, mais j'avais envie de la placer.

Je roule des yeux. Il n'arrêtera jamais de plaisanter.

— Toi, tu crois que j'ai fait une connerie ? hésité-je, en me redressant sur le lit.

Nicolas hausse nonchalamment des épaules en se penchant vers moi.

— Que tu te sous-alimentes ? Que tu rompes avec ta copine ? Oui pour les deux. Tu vois le truc, t'as autant besoin d'Hélène que de manger. Je ne suis pas aveugle et j'ai vu comment tu la regardes depuis le début. C'est bien plus que ce que tu peux l'imaginer. C'est pire qu'être accro.

Il faut que je rattrape Hélène avant qu'il soit vraiment trop tard.

— Elle est partie ?

— Non, elle m'attend. Je la ramène, pourquoi ?

— Je veux lui parler.

Mon ami refuse de la tête. Il m'indique de son long doigt mon lit.

— Tu lui parleras quand tu sortiras d'ici. Faut que tu comprennes qu'on ne joue pas avec une femme. Laisse-toi le temps de comprendre ton erreur. Quand tu rêveras d'elle, même éveillé, là tu lui parleras. Vois ça comme une punition.

Bien que ce qu'il me dit me fasse chier, je souris. À mon âge, je n'ai pas à avoir de punition. Encore moins venant d'un ami. Cela dit, je comprends la manœuvre et m'y tiendrai. Enfin, du mieux que je peux.

***

Rester une semaine cloîtrée dans un lit d'hôpital a eu raison de moi. S'ils ne me laissaient pas sortir, j'aurais pété un câble. J'ai eu de la chance que mes trois amis soient venus, ainsi que mes parents et Michelle.

Après ces dernières semaines de secret, j'ai dit à mes parents le problème que je rencontrais. Qu'on allait m'enlever Michelle. Le sang de ma mère n'a fait qu'un tour. Mon père, qui est de nature plus calme, s'est pourtant énervé. Ils voulaient tous deux retrouver Lisa pour lui faire sa fête.

La bonne nouvelle est qu'ils me soutiennent. Et la mauvaise qu'ils ne peuvent rien pour moi. Ils ne connaissent pas d'avocat plus puissant que Mancini. La seule chose que ma mère veut faire est parler avec Lisa. Je doute que ça marche. Pour faire changer d'avis cette femme, il faudrait un chèque.

Voilà la solution. Payer une sacrée somme cette odieuse femme pour qu'elle abandonne.

Ça ne me plaît pas. Faire ça reviendrait à acheter Michelle. Je ne me nourris pas de ce pain-là. Je ne pourrais jamais regarder dans les yeux ma fille. L'acheter serait malhonnête.

Ne sachant pas quand on me m'enverra le maudit papier pour le tribunal, j'ai décidé de tout arrêter. J'ai confié à Nicolas le contrôle du bar, en attendant que l'affaire s'arrête. Ce n'est pas la meilleure idée que j'ai eue, mais j'ai besoin de passer tout mon temps avec ma fille. Qui sait combien de temps elle restera avec moi ?

Je suis assis sur le tapis dans la chambre de ma fille, quand mon téléphone vibre. Je lâche le poupon au sol et m'en saisis. Michelle, qui a hérité des jolis yeux de sa mère, dévisage le jouet.

— Bobo.

Elle attrape son poupon appelé Mélody et l'embrasse sur son crâne chauve. Le jouet est vêtu d'un bas et un haut rose avec des fleurs blanches. Je me suis aussi amusé à lui trouver des chaussons roses. Moi qui n'ai jamais été confronté à ces jeux de filles, je m'en sors bien.

Mais ma fille est curieuse. Quand nous allons au magasin, elle gigote devant des jouets de petits garçons. Je ne pouvais pas être le père qui refuse ça. Si un garçon peut jouer aux poupées, une fille peut jouer aux voitures. Je lui ai donc offert des voitures et un circuit de petits trains.

J'ai reçu un message de ma mère.

Maman : *J'ai parlé avec la vieille. Elle est au courant de ton séjour à l'hôpital et va s'en servir contre toi. Pour soi-disant, je cite « sauver sa petite-fille d'un père qui ne s'occupe pas d'elle ». J'ai cru que j'allais lui exploser la gueule. Pardon, sa tête. Si tu me trouves en prison, tu sauras pourquoi. :)*

J'adore ma mère. Mais je hais comme jamais Lisa Blandin. Elle n'abandonnera pas Michelle.

Jessie : *Salut, merci quand même. Si je m'enfuis avec Michelle, tu crois que je serais recherché ?*

Je reporte mon attention sur ma fille, en attendant la réponse de ma mère. Ce serait une bonne idée. Mais passer une vie en cavale n'est pas du tout envisageable. Je désire que Michelle ait la plus belle vie possible. Que ce soit avec moi ou pas.

Ma petite serre sa Mélody fort contre elle. Son petit minois est triste.

— Qu'est-ce qu'il y a ? Mélody a faim ? Tu veux la nourrir ?

J'attrape le faux biberon rempli d'un liquide blanc-bouge quand on remue l'objet. Une très belle invention. C'est astucieux. En le penchant, on pourrait croire que le biberon se vide. Je porte le biberon à la bouche du poupon et laisse Michelle le tenir.

Pendant ce temps, je peux voir la réponse que j'ai reçue.

Maman : *Oui, mais tu peux changer d'identité et même te remarier ;) Tu as déjà une prétendante...*

Je n'ai pas la moindre idée si elle a compris qu'Hélène et moi ne sommes plus ensemble. Quoi qu'il en soit, je tente de repousser un sourire qui ne veut pas partir.

Jessie : *Elle a rompu avec moi. Je ne l'ai pas revue depuis l'hôpital. Oublie ça. Mais je note l'idée dans un coin.*

Maman : *Il n'y a pas à dire, j'ai le fils le plus lent de toute la planète. Quand il sort enfin avec celle qu'il veut, il la lâche... cours-lui après !*

C'est ce que j'ai voulu faire, en sortant de l'hôpital. Elle n'a pas répondu au téléphone, ne m'a pas ouvert sa porte et n'était pas à son travail quand j'y suis allé. Je n'ai plus aucun signe de vie. Même Nicolas ne me parle pas d'elle. Quant à Jennifer, je me suis contraint de la licencier. Non pas sans la recommander à des collègues.

Je reconnais que la virer pour ça n'est pas juste. Mais je me sens trahi. Elle s'est amusée avec moi, alors qu'il me fallait vraiment de l'aide. Aujourd'hui, je reconnais mon erreur et ne la referai plus.

Jessie : *Laisse-moi gérer. Je n'ai pas été assez puni.*

C'est un bien grand mensonge. Je veux la revoir. La sentir. La toucher. L'embrasser. Je veux redémarrer à zéro. Je veux qu'elle m'écoute et me pardonne. Pour cela, je dois la croiser. Ce n'est pas chose aisée. Elle fait absolument tout pour que cela n'arrive pas. Je me demande même si elle sort de chez elle.

Maman : *Votre destin est entre vos mains. Donne-toi le courage et la chance d'accéder à la vie que tu désires au plus profond de toi.*

Chapitre 20
Hélène

Cassandre se tient face à moi, abasourdie. La révélation ne passe pas. Elle se laisse tomber sur mon canapé, les mains sur son visage.

— Vous veniez de vous mettre ensemble...

— Et on a rompu.

— Mais je ne comprends pas... c'était évident.

— Il y a plus important dans la vie. Je m'en remettrai.

Elle relève sa tête. Un rictus accroché aux lèvres, elle croise les bras contre sa poitrine.

Ma fierté est si forte, que je n'arrive pas à dévoiler ce que je ressens. Le temps d'un instant, j'ai bien cru que Jessie se livrait à moi. Il l'a fait, mais pas comme je l'attendais. Ça m'a secouée, ratatinée et effondrée.

— Donc tu restes enfermée chez...

— Ne me prends pas la tête maintenant. J'ai dû expliquer à ma mère pourquoi elle ne garde plus sa gamine. Je viens à peine de me remettre de la longue conversation.

Jamais ma mère n'a pu se montrer aussi pénible. Elle m'a questionnée sur tout, m'a demandé si j'étais certaine de notre choix. Qu'aurais-je pu lui répondre à part oui ? Non ? Que je suis déçue de Jessie ? Que je l'aurais préféré honnête ? Elle doit bien s'en douter. Comme elle le dit si bien, cet homme m'a changée.

— Ok, ok. Tu ne comptes pas avoir de discussion avec lui ? Tu vas faire comment pour ton job ?

J'y ai déjà réfléchi. Ça m'a même hantée pendant des nuits entières, m'empêchant de dormir.

— Je vais démissionner.

Mon amie ouvre la bouche, comme un poisson hors de l'eau. Elle est incrédule. Sa tête se secoue négativement.

— Tu as besoin de ce job, Hélène. Tu ne peux pas faire ça. Là, ce serait de la pure connerie.

Cassandre croise ses bras. Je détourne le regard, un peu perdue. Oui, j'en suis consciente. Cependant, je ne veux plus le croiser. Ces sentiments pourraient me pousser à faire une erreur. À essayer de le faire craquer ce qui serait la pire chose à faire. S'il ne veut pas de moi, je ne peux pas le forcer. Même si je suis déçue et que mon ego en a pris un coup, je veux qu'il soit heureux. Avec ou sans moi.

— La connerie que j'ai faite est de tomber amoureuse aussi vite.

Mon amie porte sa main à son front. Ses yeux se ferment et elle pousse un soupir à fendre l'âme.

— La connerie que tu as faite est de croire qu'il ne veut pas de toi.

Je détourne mon visage, nerveuse. Ils sont tous les deux amis. Jessie a dû lui parler. Si c'est le cas, pourquoi ne pas venir s'expliquer ? Parce que je ne le croirais pas et ne lui répondrais même pas. Rien de bien compliqué.

Puis, comment pourrais-je avoir à nouveau confiance en lui ? S'il ment comme il respire, le mieux à faire est de l'oublier. Une relation ne sera jamais stable avec un menteur. Peu importe les raisons.

— Qu'est-ce que tu veux dire par-là ?

— Donne-lui juste du temps. Ce n'est pas facile pour lui. Il vient de se rendre compte que Jennifer s'est joué de lui pour... enfin, il t'en parlera. Il veut juste être certain que la punition de Nicolas soit marquante.

Je ne comprends plus rien. De quelle punition parle-t-elle ?

Je reporte mon regard sur Cassandre, qui affiche un grand sourire.

— Punition ? répété-je.

— Ouaip. Moi aussi, je n'ai pas compris. Les gars n'ont pas voulu m'en parler.

Je ne suis pas plus avancée, sur ce point-là. Car elle a raison. J'ai galéré pour obtenir ce job. Tout foutre en l'air serait de la pure stupidité. Sans argent, je perdrais mon appartement. Me retrouver à la rue et sans avoir de quoi manger à cause d'une rupture, non merci !

Bon, maintenant que j'y vois un peu plus clair, il est temps de me changer les idées. Nous avions prévu une soirée entre femmes. Nos sucreries nous attendent déjà sur ma table de salon. Marshmallow, nougats, pots de crème glacée – sûrement fondue – et tablettes de chocolat de toutes les saveurs.

Inévitablement, nous allons remettre Jessie sur le tapis. Je fais tout mon possible pour ne pas approcher du sujet épineux. Quitte à en faire trop.

Cassandre lance le DVD de la saison une d'*Hercule Poirot*. Le premier épisode commence et nous sommes toutes les deux attentives. Il ne faut pas longtemps pour qu'on émette des hypothèses farfelues. Cassandre est la première, assise en tailleur, la glace sur ses cuisses. Elle agite la cuillère en l'air.

— Elle est morte ! C'est l'employé qui l'a tuée. T'en penses quoi, toi ?

— Mmh... je n'en sais rien. Mais j'ai vu d'autres épisodes. Quand il y a un mort, ils le montrent et *Poirot* se concentre sur le meurtrier. Là, ce n'est pas le cas.

L'épisode passe vite. Le dénouement nous étonne. Ce n'est pas du tout ce que nous pensions. Pour ne pas rester sur un échec, nous lançons la suite. Ainsi de suite jusqu'à ce qu'il ne reste plus rien de mangeable sur la table et que nos paupières se ferment seules.

Je tombe de fatigue. Ma tête se relève automatiquement. Quand je glisse mes yeux sur Cassandre, cette dernière a la tête en arrière. Elle s'est endormie avec le pot de crème glacée au chocolat dans les mains.

Mon téléphone sonne. Je grogne en me levant. Au passage, j'en profite pour éteindre la télé. L'épisode n'est pas fini, mais je me suis assoupie. Aucune idée de ce qu'il s'est passé ces dernières vingt minutes.

Au-dessus du meuble télé, je regarde l'écran tactile se rallumer. Deux messages de la part de Jessie s'affichent.

Jessie : *Bonsoir, ma belle. J'ai besoin de te parler.*

Ce surnom est à tomber. Mon cœur bat à vive allure et mes joues brûlent.

Jessie : *Pardon pour le surnom. On se capte demain au bar ?*

Depuis notre rupture, il n'a pas arrêté de m'envoyer des SMS. J'ai cru que j'allais le bloquer. Lorsqu'il m'a appelée, sans laisser de message vocal, j'ai saturé. Il ne peut pas continuer de me harceler, alors qu'avant, il m'a ignorée ! S'il n'allait pas bien, il n'avait qu'à en parler.

Hélène : *Arrête de m'envoyer des messages. Je vais te supprimer et te bloquer. Salut.*

Mon message est lu et reste ainsi. Au bout de trois minutes, mon écran change. Ma sonnerie d'appel se lance. Du regard, je défie le prénom qui est affiché. Jessie. Les boutons rouge et vert sont en compétition. Je décide qu'à trois heures du matin, il est tard pour parler. J'appuie sur le bouton rouge. Vert. Merde ! J'ai ripé. Mon cœur palpite d'une excitation soudaine.

— Hélène ?

Sa voix secoue tout mon être. Triste et faible, elle redresse mes poils. Il me fait vibrer.

— Hélène ? répète-t-il encore plus bas. Réponds-moi.

Mais qu'est-ce que je fous à ne pas raccrocher ?! Pourquoi au fond de moi, j'ai envie d'en entendre plus ? Pourquoi sa voix fait-elle autant écho en moi ?

— Jessie, laisse-moi tranquille. Arrête de me harceler. Sinon je vais porter plainte.

Ma menace n'a pas l'effet escompté. S'il n'est pas aussi idiot, il sait que ce ne sont que des paroles en l'air.

— Je regrette mes mots. Ça m'a fait réfléchir. Il faut qu'on en parle, face à face.

Mes yeux sont posés sur la télévision éteinte. L'écran noir reflète Cassandre. Tiens, tiens... elle ne dort plus et m'observe de dos. Un petit sourire révélateur étire ses lèvres. Elle a manigancé ça avec mon ex. Pourquoi est-ce que ça ne m'étonne même pas ?

— Je suis en bas de chez toi. Ouvre-moi.

— Non. Rentre chez toi. Je n'ai pas envie de te voir.

— Fous ta fierté de côté et viens m'écouter. C'est important. Moi je l'ai fait, sinon je ne serais pas là pour t'affronter.

Il ne gagnera pas en me défiant. J'écarte mon téléphone et raccroche. Je ne céderai pas. Encore moins à cette heure-ci.

— Attends, tu lui as raccroché au nez ?

Je pose mon téléphone, qui sonne de nouveau, sur le meuble.

— Je fais ce que je veux.

— T'es idiote. Il revient vers toi et tu le repousses.

— Et ça été l'inverse peu de temps avant. Il m'a clairement dit qu'il faisait une erreur en sortant avec moi, qu'il trahissait sa femme. Je n'ai pas envie d'être entre lui et une morte. S'il me l'a dit, c'est qu'il le pensait.

Cassandre saute sur ses pieds. Elle contourne la table baisse, décorée par les déchets de notre soirée. Ses yeux marron me fusillent du regard. Je me sens subitement mal à l'aise. Je rentre ma tête dans mes épaules et serre mes poings très fort.

— S'il veut te parler, c'est pour tout t'expliquer. Même à moi, il ne m'a pas tout dit. Vas-y, donne-lui une dernière chance.

Je secoue ma tête négativement. Je ne reviendrai pas sur mes dires. C'est décidé.

***

La stupidité ne tue pas, mais blesse. Voilà trois jours que je fuis tout le monde. Je ne donne plus signe de vie et reste enfermée chez moi. Aller au travail serait se jeter dans la gueule du loup. J'ai fini par bloquer le numéro de Jessie et muter mes amis et ma famille.

Tout simplement à cause de quelques mots. « Romps avec moi, alors ». Pourquoi me l'avoir proposé, si ce n'est pas ce qu'il voulait ? Putain, je suis perdue. J'arrive même à regretter d'être sortie avec lui, d'avoir été embauchée et d'être entrée dans son bar. Sans lui, je serais chez mes parents, sans travail, mais heureuse. Quant à Jessie, il serait encore dans son deuil, sans personne pour l'en détourner.

Car je suis cette personne. J'ai détourné Jessie de son deuil. J'ai cru que je l'aiderais. Que mes sentiments étaient réciproques. Or, c'est tout le contraire.

On toque à ma porte. Je me lève, en pyjama polaire jaune, de mon canapé. Sous mes yeux se trouvent les trois amis de Jessie. Nicolas, Arthur et Léon. Leurs visages sont crispés, leurs corps tendus.

— Enfile un truc, bouge ton cul, m'ordonne Nicolas.

J'entreprends de refermer la porte. Le ténébreux aux cheveux noirs met son pied pour m'en empêcher.

— Ne joue pas à ça avec nous, dépêche-toi.

J'ignore encore ses mots. Ce qui ne lui plaît pas. Il m'agrippe par les bras et me tire contre son corps.

— Lâche-moi ! hurlé-je en me débattant.

Arthur l'aide à me tenir, tandis que Léon entre chez moi. Il éteint la lumière et ferme la porte à clé. Je continue de donner des coups de pieds et des coups de genoux. Ils sont quand même en train de m'enlever !

Les trois hommes m'emmènent hors de l'immeuble. Ils n'éprouvent aucune difficulté. Nicolas me tient par un bras et sa main est posée sur ma bouche. Arthur, lui, tient mon bras gauche avec force. Je suis surprise que mes voisins ne se réveillent pas. Il ne faut pas que je me fasse vraiment enlever ou tuer !

Nicolas me pousse dans sa voiture ; un quatre-quatre flambant rouge et neuf. Il attache ma ceinture et je me retrouve entre ses deux amis.

— Où est-ce que vous m'emmenez ?

— À ton avis ?

— Non ! Je ne veux pas le voir ! Laissez-moi descendre.

Je crie comme une furie en essayant de me détacher. Léon prend mes mains dans les siennes sauvagement.

— Ne t'en fais pas. Fais-nous confiance.

La voiture démarre en trombe. Nicolas gère comme un maître son bolide. Tout chez lui respire la plus grande maîtrise. Quelques fois, nos yeux se croisent. Les minutes défilent et je me calme un peu. Mon regard se pose sur le paysage qui défile. Je ne connais pas ce chemin.

— Tu sais quel jour nous sommes ? m'interroge Arthur en se penchant sur nous.

— Non ?

— Tu vas vite le savoir, répond-il.

Ça m'aide vachement...

Nicolas stoppe la voiture au beau milieu d'une route déserte. Cela ne me dit rien qui vaille. Le ciel est couvert par des nuages sombres et la lune se place lentement pour se mettre fièrement à la vue de tous. Comme pour nous surveiller et nous protéger.

Arthur ouvre la portière et descend du véhicule. Sa main se présente à moi, m'invitant à le suivre. J'hésite. Bien qu'ils soient amis avec Jessie et Cassandre et qu'ils soient mariés, des appréhensions grandissent. Et s'ils tentaient de me faire du mal ? Comment puis-je m'en sortir ?! Ils sont trois et moi seule.

— Il y a un an, tu te ruais sur les lèvres de Jessie, sans même le connaître, me dit Arthur en avançant le long de la route. Il y a un an, ton inconscience l'a choisi. Et il y a un an, tu as fait le meilleur choix.

J'affiche une moue peu convaincue. Ce n'est pas ce que je pensais, il y a encore dix minutes.

Les deux autres hommes sont restés à la voiture. Je lance un regard, par-dessus mon épaule. Impossible de les voir. Il fait trop sombre et mes yeux fatiguent.

Arthur se stoppe à quelques mètres de ses amis. Il se tourne vers moi. Son visage est plus sombre, à cause de la faible luminosité.

La prochaine fois, je prendrai un pull. Il fait frisquet. Mon corps tremble et mes dents claquent. Je baisse les yeux sur ma tenue. Je suis en pyjama. Si on croise des gens, je vais soit passer pour une folle, soit pour une kidnappée. Dans les deux cas, ce n'est pas bon pour moi.

— C'est pour me dire ça qu'on fait une balade nocturne ?

Il rigole timidement.

— Plus ou moins. Sache que j'ai aussi galéré avec Noémie. On s'est mal compris et on a rompu une bonne dizaine de fois. Puis, un jour, j'en ai eu marre et lui ai tout déballé. Depuis, on ne s'est plus quittés.

Voilà, on va parler du sujet épineux à un peu plus de minuit. Tout à fait ce que je voulais faire.

— Noémie a un sacré caractère, reprend-il, en posant ses yeux au loin sur la route. Elle n'aurait pas fait le premier pas, par fierté. Tout ça pour dire qu'on n'a pas bougé notre cul pour rien. Si Jessie n'avait pas changé en te rencontrant, on n'aurait pas levé le petit doigt...

Il marque une courte pause, pour scruter l'horizon devenu inquiétant.

— Nicolas a été le premier à le voir. Tu l'intéressais et il t'intéressait. Ça a été vite décidé. Vous deviez tenter un truc. On ne savait pas où ça irait, hein. On savait juste que notre ami était au plus bas et qu'une petite dame le faisait rayonner.

Ils se sont donc tous liés. D'un côté, c'est touchant. D'un autre, pénible. Je ne m'occupe pas des affaires des autres, moi. Ça ne me viendrait même pas à l'esprit de caser une amie.

— Tu parles de rayonner... il m'engueulait constamment. Encore une chance que Nicolas se balance lui-même.

— Tu t'amusais sous ses yeux avec un homme, son ami qui plus est... tu voulais qu'il le prenne comment ?

Sa question fait tilt dans ma tête. Un seul mot me vient. Jalousie.

J'entrouvre la bouche trois fois, avant de poser la question qui brûle mes lèvres.

— Il était jaloux de ma proximité avec mon collègue ?

— Tu croyais quoi, toi ?

Je hausse mes épaules. Aucune idée. Mais cette option n'a pas traversé une seule seconde mon esprit.

— Sois gentille, termine-t-il. Tu l'écoutes et tries ce qu'il dit. Ne nous oblige pas à stopper notre soirée entre potes pour vous botter le cul. Demain, on attendra votre message de remerciement.

Arthur dépose un baiser sur ma joue et tourne déjà les talons. Je m'apprête à le suivre. Pas question de rester seule au beau milieu d'une route déserte, à côté d'une forêt. Je suis peut-être parano, mais je n'ai pas envie d'être la victime d'un psychopathe.

— Joyeux un an de rencontre, s'écrit-il tout en disparaissant au loin. Rendez-nous fiers ! Nous n'avons pas fait tout ça pour rien, les loulous.

Je le vois s'engouffrer dans la voiture. Le moteur ronronne et elle démarre lentement. Elle me contourne. J'ai le temps de voir les sourires des trois hommes. Ils viennent quand même de m'abandonner sur une route au beau milieu de la nuit. Ils n'ont pas peur.

Parce que moi, oui ! Je suis totalement flippée ! Est-ce qu'on va venir me chercher ? Est-ce que je dois marcher ? Si oui, dans quelle direction ?

Qu'est-ce qui m'attend ?

La meilleure option est de ne pas bouger. Enfin, si, juste se décaler sur le bas-côté dans l'herbe fraîche.

Les minutes me paraissent interminables. Je rumine, tourne sur moi-même en espérant que je n'ai pas été victime d'une blague.

Quand une voiture, que je reconnais que trop bien, déboule, mon corps fait un bond. Il se gare en contre-bas, à cinq mètres de moi. La portière s'ouvre. Je retiens mon souffle. La lumière de sa voiture m'aide à y voir un peu. Ce qui ne m'aide pas à refréner le feu qui crépite en moi. Comment une simple vue peut me faire perdre la tête ? Pourquoi ai-je subitement des pensées peu catholiques en cet instant ?

Dans une partielle obscurité, j'entrevois son beau visage traversé par une grande peur.

— Tu montes ?

Oh bah non, je vais rester ici. Mieux, je vais rentrer à pied, ne sachant même pas où je me trouve.

Chapitre 21
Jessie

Elle est là. Seule, sur cette route abandonnée. Le trajet m'a paru interminable. J'ai reçu deux messages de Nicolas, qui ont fait bouillir tous mes sens.

Nicolas : *Nous utilisons les grands moyens. Les plans A et B n'ont pas marché, mais nous ne doutons pas que tu viendras au secours de ta bien-aimée. Vois-tu la forêt où nous aimons faire du camping ? Hélène se trouve sur la route, juste devant l'entrée. Elle est seule. Qui sait qui elle pourrait croiser ? Signés, tes trois amis qui ne veulent que t'aider. (Et accessoirement, qu'en remerciement après votre réconciliation, tu leur offres une soirée de camping, comme auparavant...)*

Je fais défiler le second message.

Nicolas : *Cass m'a parlé. Dis tout à Hélène. Elle t'en veut encore pour ce qui tu lui as dit (d'ailleurs, chouette... à sa place je t'en aurais collé une. Lui dire que tu trahissais ta femme en étant avec elle... tu te rends compte ? Heureusement que tu ne me l'as pas dit, je t'aurais fendu la mâchoire pour un aussi gros mensonge ! À cause de cette connasse de Jennifer) Au fait, ses sentiments sont présents. Tu ne perds rien. Hélène a besoin de savoir la vérité. Passez une bonne nuit remplie de baisers, de caresses... héhé !*

Quelle idée de l'enlever ? Il faut être fou pour une telle chose ! Je n'ai donc pas eu le choix. La laisser seule n'est pas envisageable. Alors oui, je suis venu à elle comme l'un de ces princes en collant. En plus, je n'ai pas pris la peine de m'habiller. Je suis moi aussi en pyjama. Un pantalon de nuit avec des nounours. Super glamour et sexy, pour un homme qui va avoir trente-quatre ans.

Hélène reste muette. L'obscurité la rend mystérieuse, jolie. La lune nous éclaire un peu, l'entourant d'un halo argenté. Cette vision, je l'espère, restera gravée dans ma mémoire à jamais.

— Je n'ai pas trop le choix, me répond-elle en s'avançant.

Je m'en vais ouvrir la portière côté passager. Elle s'installe en silence et je l'y rejoins. Je serre les mains autour du volant en cuir, après avoir mis ma ceinture. Que suis-je censé faire ? La conduire chez elle ? Lui parler ici ? Ma peur me retourne l'estomac.

Du coin de l'œil, je la vois frissonner. Je n'ai même pas de quoi la couvrir. Moi aussi, je commence à avoir froid. Mon torse dénudé est froid, mes poils hérissés.

Mon téléphone vibre. Je tends la main et l'attrape à côté du GPS.

Nicolas : *J'ai oublié. Une tente vous attend à quelques mètres... bon camping. (Il y a de la bouffe et un feu. Nous ne sommes pas complètement teubés, non plus). Au fait, tu te souviens de mon accident de travail qui m'a valu un arrêt ? Petit coup monté pour que tu embauches Hélène... Je n'avais rien, mais j'ai perdu plusieurs euros avec mon médecin haha. Tu ne m'en voudras pas, j'espère. Laisser une belle femme à la rue était impossible.*

Ils ont pensé aux moindres détails pour que tout marche entre nous. J'hésite à les remercier ou les insulter.

— Suis-moi, ils ont installé une tente dans la forêt.

Hélène se rembrunit sur le siège. Je porte ma main à la portière et l'ouvre. Un vent froid me fait frissonner.

— Je veux rentrer chez moi.

— J'aurais pu te laisser ici et me recoucher. Je n'aurais pas réveillé Michelle et tes parents... Alors, accepte au moins de m'écouter.

Je la vois hésiter. Ses pupilles se posent sur la forêt au loin. Ses lèvres sont pincées.

— Dix minutes. Je n'ai pas envie de geler.

— Il y a un feu de camp, selon les dires de Nico. Et merci de m'accorder ce temps.

Nous sortons tous les deux de ma voiture et empruntons le chemin de pierre. Nous avons fière allure en pyjama. Elle dans des pantoufles à fourrure marron et moi dans des pantoufles éléphants. Elles seront bonnes à laver !

Après cinq minutes de marche, guidés par la lumière de la lune et par le chant d'animaux nocturnes, nous déboulons dans notre coin. Une tente rouge est installée non loin d'un petit feu. Notre rondin de bois est là et de la nourriture est posée dessus. Hélène s'avance vers le feu. Elle se penche et frotte ses mains au-dessus pour se réchauffer.

Je ne m'attendais pas à ce qu'elle porte un pyjama jaune. C'est assez surprenant de sa part. À la fois mignon et drôle. Mais je n'ai rien à dire. J'en ai un bleu ciel avec des nounours marron.

— Je t'aime.

Je n'ai pas pu m'en empêcher. La voir ainsi n'est pas supportable. Aujourd'hui, je veux être honnête. Ça commence par les sentiments.

— Jessie...

— Attends. Laisse-moi t'expliquer. Je n'étais pas bien. Jennifer m'a donné des conseils... enfin, elle m'a dit mot pour mot que je n'honorais pas la mémoire de Charlotte. Que je la trahissais et j'étais d'accord avec elle.

Hélène se redresse en un soupir.

— C'est pour ça que tu l'as virée ?

— Oui. Parce qu'elle s'est jouée de moi.

Elle fait la moue, tordant ses belles lèvres si pulpeuses et désirables.

— Ça ne serait pas arrivé, si tu m'avais parlé.

J'ai tous les torts. Si j'avais fait part de mes doutes, nous ne serions pas là.

— Je l'ai compris et m'en veux. Donne-moi une dernière chance.

Hélène ne répond pas tout de suite. Elle marche jusqu'au rondin de bois et s'assied à côté de la nourriture. Elle attrape le sachet de marshmallow, l'ouvre et porte une sucrerie à la bouche. J'attends, impatient, qu'elle me réponde. Là, elle joue avec mes nerfs et c'est visible. Le coin de ses lèvres est relevé.

— C'est quoi l'histoire de la punition ?

Mes yeux s'agrandissent. Comment est-elle au courant ? Seul Nicolas... l'enfoiré. Il a parlé ! En même temps, que n'a-t-il pas dit !

— Après qu'on a rompu, dis-je sur un ton stressé, il est passé pour m'engueuler. Il m'a fait comprendre que je ne devais pas croire Jennifer et... je voulais te parler. Il a refusé, me disant que c'était ma punition pour t'avoir repoussée.

Hélène rigole. Elle porte la main à sa bouche pour se cacher. Je me baisse à son niveau juste devant elle. Son parfum se faufile dans mes narines. Je retiens ma respiration. Mon cœur est gonflé par nos deux corps rapprochés. Je n'ai pas envie d'elle sexuellement, mais je veux que son corps soit pressé contre le mien. Je veux la tenir dans mes bras.

— Punition... donc ça y est ? On est supposé se jeter dans les bras ?

— Pas encore. Je veux que tu saches que je suis... tombé amoureux de toi. Je ne sais pas comment ça s'est fait, mais c'est la stricte vérité. J'ai vécu ces jours loin de toi comme un séjour en prison.

Hélène baisse la tête. Ses yeux sont humides et les miens aussi. L'émotion me guette. Je refrène une envie de la pousser au sol et l'embrasser à en perdre haleine.

— Jessie, c'est complètement bateau de dire ça. Mais je suis tombée amoureuse de toi. À la foire, ça été le déclic.

La foire. Cette incroyable journée restera gravée dans ma mémoire. J'aimerais la recommencer en boucle.

— Tu ne m'en veux pas pour...

— Tu l'as dit toi-même, tu n'étais pas bien. Alors, si je ne t'empêche pas de faire ton deuil et que tu ne te sens pas mal en étant avec moi, je...

Je ne lui laisse pas finir sa phrase. Ses belles et douces lèvres m'appellent. Je me rue dessus et les scelle. Ses mains se plaquent à l'arrière de mon crâne. Je n'ai même pas rasé mes cheveux depuis que j'ai sombré.

Hélène entrouvre ses lèvres et sa langue franchit mes dents. Une de mes mains est posée à l'arrière de sa tête et l'autre au creux de ses reins. Un peu brutalement, nous finissons sur le sol dont l'herbe est fraîche. Mon corps semble content de ce rapprochement. Sa peau est satinée, succulente. Notre baiser se renforce. Il devient plus bestial.

Dans un empressement soudain, nous retirons le peu de vêtements que nous avons.

— Attends, nous arrêté-je en m'écartant.

Sur mes pieds, je lui tends ma main. Mes yeux ne se détachent pas de son somptueux corps. Elle est parfaite. Même ses vergetures la rendent incroyable.

— Jessie !

— Du calme, ris-je. On va dans la tente. À moins que tu préfères avoir des bêtes sur toi...

Une lueur coquine passe dans ses yeux vairons.

— La seule bête que j'aimerais sur moi perd du temps à parler.

J'en ai le souffle coupé. J'adore quand elle me parle comme ça.

— Suis-moi !

Nous marchons six pas jusqu'à la tente fermée et pénétrons dedans. Il y a une petite lampe allumée et un grand sac de couchage noir.

— Aller ! s'exclame-t-elle en fermant derrière moi.

Elle me pousse au milieu de notre abri pour la nuit.

Oui, je remercierai mes amis pour tout ce qu'ils ont fait pour nous. Sans eux, nous ne serions pas là. Sans eux, je me morfondrais toujours pour Charlotte. Celle à qui je dois le plus est cette femme, nue sous mes yeux. Elle a fait plus que m'aider. Elle m'a relevé.

Cette nuit promet d'être magique.

— Merde !

Hélène est la première à craquer.

Elle me pousse sur le sac de couchage sans précaution. Je me laisse tomber, un sourire dessiné sur ma bouche. Son corps se place sur le mien, pour mon plus grand plaisir. Nous nous embrassons à nouveau. Mais ce baiser ne dure pas. Elle descend lentement, déposant ses lèvres exagérément humides sur ma peau brûlante.

Ma tête est sur le coussin, mes mains dans ses cheveux, quand ses lèvres entourent ma queue déjà dressée d'excitation. J'en lâche un râle. C'est si merveilleux et bon. Sa tête se lève de haut en bas, encouragée par mes gémissements rauques.

— Oh... soupiré-je.

Mes hanches bougent d'elles-mêmes. Elle me suce avec attention, enroulant sa langue autour de ma chair. Mon orgasme arrive. Je le sens et éloigne sa tête en tirant sur ses cheveux. Hélène grogne et relève son visage dans ma direction. Ses joues sont aussi écarlates que les miennes et sa respiration est saccadée.

— Deux secondes, Hélène.

Je dois à tout prix reprendre une respiration convenable. Mais je comprends sa réaction. Pour elle, il n'est pas question que je stoppe les préliminaires. Nous avons la nuit devant nous. Et elle a bien raison. Notre rupture a duré bien trop longtemps. C'est le moment de profiter.

— Si tu ne me fais pas l'amour maintenant, je te jure que tu le regretteras ! Arrête de perdre du temps.

Sa voix n'est plus maîtrisée. La passion brûle en elle, l'embrasant sûrement comme moi. Hélène replonge au-dessus de mon membre, mais je l'en empêche. J'ai une meilleure idée.

— Glisse ton bassin sur moi.

Autant prendre du plaisir à deux.

Sans perdre du temps, Hélène s'active. J'ouvre la bouche et tire la langue, déjà prêt à la satisfaire. Son entrecuisse s'abaisse et elle se cambre en avant pour attraper ma queue. Pendant qu'elle s'occupe de moi, je fais tournoyer ma langue sur son clitoris. Son bassin ondule. Elle a de plus en plus de mal à tenir la cadence. Pour la faire craquer, mes doigts se joignent à ma langue. Vingt secondes. C'est le temps entre mes doigts qui s'amusent avec elle et son orgasme. Tout est en suspens.

Le temps de reprendre ses esprits, elle change de position. Je me redresse sur mes coudes et elle entoure ma nuque de ses mains.

— Je t'aime, vraiment, me souffle-t-elle.

— Moi aussi, je t'aime.

Et c'est vrai. Je l'ai compris il y a peu. J'ai besoin d'elle autant que ma fille. Elle est devenue indispensable.

***

Deux mois après

Je sors du tribunal, la boule au ventre. Mes jambes flageolent. Par chance, Hélène était là pour me soutenir. Elle me tient par la main, la serrant avec force. Je prends une bouffée d'air frais qui remplit mes poumons. Mon émotion est plus que palpable. Hélène caresse mon avant-bras délicatement. Mes poils se hérissent sous son touché.

— Ça va mieux ? m'interroge-t-elle d'une voix mielleuse.

Je hoche de la tête.

— Bien sûr ! Je te suis infiniment reconnaissant.

De la main, elle balaie mes mots.

— Je n'ai rien fait.

— Tu m'as sauvé, Hélène. À plusieurs reprises. Pour mon bar, ma vie, ma fille. C'est grâce à toi si j'en suis là. Si tout roule et si ma fille ne part pas chez Lisa.

C'est la stricte vérité. Hélène m'a aidé à trouver un avocat et à monter un dossier. Elle a même trouvé la moindre faille pour contrecarrer les plans de mon ex-belle-mère. Cette femme est très intelligente. C'en est flippant et si fou. C'est avec moi qu'elle est. Pas un autre.

— Tu aurais trouvé tout seul...

— Oh... tu ne veux pas de remerciement spécial ?

Son sourcil s'arque de surprise. Elle affiche un air canaille.

— Mmh... ça dépend... habillé ou non ?

— Malheureusement, déshabillé.

Il y a une chose dont je raffole entre nous. Ce petit jeu de séduction, de phrases indécentes pour nous chercher.

Nous reprenons notre marche jusqu'à ma voiture. De temps à autre, nous nous observons les yeux brûlant de désir.

Je suis bien certain d'une chose. Je suis heureux. Même si je pense souvent à Charlotte, je suis libéré. Hélène a complètement changé ma vie. À tel point que nous venons d'acheter une maison et pensons à agrandir notre famille. C'est tout frais, mais je sais où je vais. Et ce sera nulle part si ce n'est pas avec elle.

— On leur doit une soirée dans la forêt..., me rappelé-je.

— Ah oui. Je ne sais pas pourquoi, mais je ne la sens pas cette sortie...

— Tu m'étonnes, ils vont nous chambrer.

— Je me tape déjà des « Ah la belle-mère bosse enfin » de notre cher Nicolas...

Hélène n'aime pas se faire appeler « belle-mère ». Elle m'a parlé de ses – anciennes – convictions que je trouve très drôles. Elle ne voulait pas d'homme ni d'enfant et se retrouve avec moi et Michelle.

Avec ma fille d'un an et demi, tout se passe pour le mieux. J'appréhendais un peu avec ma copine. Finalement, Hélène fait beaucoup d'effort. Elle ne se met pas entre moi et Michelle, mais m'aide. Pour une femme qui ne voulait pas d'enfant, elle se débrouille bien mieux que moi !

— Il aime bien te charrier, affirmé-je en souriant.

— Depuis toujours, d'ailleurs. Dis, ce week-end, on va à la piscine ?

— Et Michelle ?

Hélène m'adresse un sourire éblouissant, rien que pour me faire craquer.

— Ma mère pourra la garder... ou on la prend avec nous ?

— Comme tu veux. De toute façon, je n'ai pas le choix.

Hélène m'attire à sa suite, pour me coller contre ma voiture. Ses bras entourent mes épaules, elle lie sa bouche à la mienne en un infime baiser. Elle plaque son bassin contre le mien, pour y sentir mon désir pour elle. Nos langues se trouvent et commencent un ballet endiablé.

Quand nous nous séparons, j'ai encore son goût qui se mélange au mien. J'en veux plus et tout de suite. En signe de refus, elle plaque sa main sur mon torse et s'éloigne. Au loin, je vois Lisa passer, soutenue par son mari. Elle pleure à chaude larme. Ça m'attriste de la voir comme ça.

— Jessie ?

— Oui ?

Je porte mon attention sur ma fiancée. Dans ses prunelles, j'y lis un profond amour. Mon estomac se vrille, mon cœur tambourine en moi. Je ne sais pas du tout comment lui expliquer ce que je ressens. Aucun mot ne les décrit.

— Et si, tous les deux, on n'allait pas chercher Michelle, pour profiter ?

À la fin de sa question, elle me fait un clin d'œil. Je devine déjà ce qu'elle a en tête. Une soirée torride dans notre maison dont les cartons recouvrent presque tout le sol.

— À condition qu'on ne tombe pas sur les cartons, comme la dernière fois. Mon bas du dos s'en souvient encore.

Cette soirée-là, nous célébrions ses trente ans. Pour fêter le coup, j'avais organisé une soirée puis une fin de nuit en amoureux. La première chose que nous avions fait était de nous ruer l'un sur l'autre. Comme amortisseur à notre chute, un carton de vaisselle. L'hôpital a pris le relais, à défaut de nos draps.

— Promis... si tu utilises de la glace.

— Considère que c'est déjà fait.

Tout ceci est grâce à nos amis. S'ils n'avaient pas insisté, nous ne vivrions pas une magnifique relation. Alors pour les remercier, j'ai prévu de leur offrir ce qu'ils désirent depuis toujours. À Léon, un voyage à la mer pour lui et Sandy tous frais payés. À Arthur et Noémie, un voyage d'un mois au ski, aussi tous frais payés. Et pour Nicolas, une prime et un poste plus important. Ce qui inclut une augmentation de salaire. Bien qu'il affirme aimer être barman, il aspire à plus grand. Avoir son propre bar. Je veux l'aider, comme il m'a aidé. Petit à petit, il prendra la tête du bar.

Mon rêve est accompli et un nouveau a germé. Ce sera aussi un moyen de m'éloigner de Charlotte pour de bon. Chose que j'ai faite il y a peu, en retirant ses affaires. Elles ont été données à sa mère. Je n'en avais pas utilité. Enfin, sauf un ou deux vêtements que je donnerai à Michelle.

J'ai peur. Ma nouvelle vie me plaît. Je suis comblé à tous les niveaux. Mais que me réserve le futur ? Comment vais-je éduquer Michelle et la rendre heureuse ? L'aider à devenir une femme ? Et Hélène, aura-t-elle ce rôle de mère idéale ?

Je me fais des tas de scénarios. Sur la maternelle, la primaire, le collège et le lycée. Sur ses premières blessures, ses colères, ses chagrins d'amour.

Je serai à la hauteur, je le sais. Ma fille mérite tout l'amour du monde. Je serai là pour elle, tout le temps. Au moindre souci. Elle me détestera pour être surprotecteur et m'aimera pourtant. Je ne renoncerai jamais à la protéger. Ce qui m'importe est que ma fille soit heureuse, qu'elle ne manque de rien.

Pour ma copine, je continuerai mes efforts. Hélène mérite aussi d'être heureuse et aimée.

Mon nouveau but est de prendre soin de ma famille. L'argent que j'ai m'y aidera, mais ne fera pas tout. C'est à nous de travailler. À nous de créer un cocon. Et quand ce sera chose faite, je ne manquerai plus de rien puisque je pourrai voir toutes les personnes que j'aime grandir et mûrir.

À suivre...

Vous avez aimé votre lecture ?
Découvrez les autres romans des éditions So Romance
disponibles en format papier et numérique.

Butterfly
Romance contemporaine
Charlie est une femme brillante qui a tout pour elle. Tout, sauf ses souvenirs. À ses quinze ans, un terrible accident en mer lui a pris ses parents, et tous ses souvenirs, la laissant amnésique. Accompagnée par Stan, son meilleur ami de toujours, elle retourne à Saint Amour, lieu du drame, mais aussi le lieu de toute son enfance. En quête de son passé, elle fait la recontre d'hommes magnifiques, dignes d'Apollon, notamment de Sébastien, qui la trouble intensément... Qui est-il ? Et pourquoi Stan se met-il à réagir étrangément ? Il est parfois dangereux de remuer le passé...

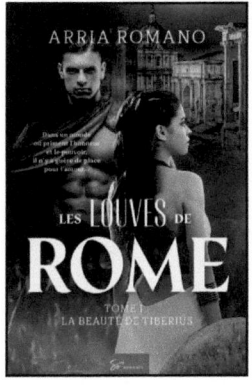

Les Louves de Rome
Tome 1 : Tiberius
Fille d'un puissant sénateur romain, Laelia voit son destin étroitement lié à celui de sa famille. Elle devra suivre les directives de ses aînés dans une Rome peuplée par l'ambition, où la trahison et les complots sont monnaie courante. Toutes ses actions seront guidées par l'honneur familial. Mais son monde s'écroule lors de sa rencontre avec Kaeso Tellus Aquila, guerrier romain assurant la sécurité de l'empereur. Dès leur premier regard, un amour sans précédent se déclare.

Passion d'été
Tome 1 : Les prémices de l'amour
Plus que deux mois avant de commencer ses études d'infirmière ! Laurène est plus motivée que jamais pour profiter de son été tout en gagnant de l'argent. Une occasion inespérée se présente à elle : la foire près de chez elle recrute ! Dès son premier jour, elle y fera la rencontre de Mathias, qui semble bizarrement la prendre en grippe... Pourtant, elle se sent irrémédiablement attirée par lui. Mais les traditions des forains sont différentes des siennes, Laurène s'en rendra vite compte. Entre son boulot et ses premiers amours, son été s'avèrera plus mouvementé que jamais !

Touche pas à mon cœur !
Chloé veut être une femme libre et autonome. Pas question de se retrouver flanquée d'un mec qui lui dicte ce qu'elle peut faire ou pas ! Mais son passé tumultueux n'est jamais très loin. Dépassée par la situation, Chloé n'arrive pas à surmonter les événements. Mathieu, un mec croisé par hasard quelques jours auparavant, lui offre son aide, mais la jeune femme se met à douter. Elle ne veut pas dépendre d'un riche comme lui, qui en plus rêve d'une histoire à l'eau de rose... Mais quelle autre possibilité lui reste-t-il ?

Pour en savoir plus
www.soromance.com

© Éditions So Romance, 2020 pour la présente édition

Éditions So Romance
159 avenue de la Couronne
1050, Bruxelles
www.soromance.com

D/2020/14.771/27
ISBN : 9782390451488

Maquette de couverture : Philippe Dieu
Photo : © CURAphotography / Shutterstock